LES EXTRAORDINAIRES AVENTURES D'ALFRED KROPP

Pour Sandy.

*Et, naturellement, pour les garçons,
Jonathan, Joshua et Jacob.*

Couverture : © 2005, Nicholas Yarger, conception Lizzy Bromly

Titre original : *The Extraordinary Adventures of Alfred Kropp*
Édition originale publiée par Bloomsbury Publishing Plc, Londres
© Rick Yancey, 2005, pour le texte
© Éditions Gallimard Jeunesse, 2006, pour la traduction française

LES EXTRAORDINAIRES AVENTURES D'ALFRED KROPP

RICK YANCEY

Traduit de l'anglais par Jean Esch

GALLIMARD JEUNESSE

La sœur silencieuse, voilée de blanc et de bleu
Entre les ifs, derrière le dieu-jardin
Dont la flûte s'est essoufflée, baissa la tête
Et soupira, sans dire un mot.

T.S. Eliot, *Mercredi des cendres.*

CHAPITRE

1

Je n'avais jamais pensé que je sauverais le monde un jour, ni que je mourrais en le sauvant. Je n'avais jamais cru aux anges ni aux miracles, et je ne me considérais pas comme un héros, loin de là. D'ailleurs, personne n'aurait pu me prendre pour un héros, pas même vous si vous m'aviez connu avant que je ne mette la main sur l'arme la plus puissante au monde et que je laisse un fou s'en emparer. Peut-être qu'après avoir écouté mon histoire vous ne me considérerez pas davantage comme un héros, étant donné que la plupart des mes actes héroïques (si on peut les appeler ainsi) ont résulté de mes divers plantages. Beaucoup de gens sont morts à cause de *moi*, y compris moi-même, mais là, je crois que j'anticipe ; je ferais mieux de commencer par le début.

Tout est parti du désir de mon oncle Farrell de devenir riche. Il n'avait jamais eu beaucoup d'argent, et quand M. Arthur Myers débarqua un beau jour avec une proposition qui se ne présente qu'une fois, mon oncle avait quarante ans et il en avait marre d'être pauvre. La pauvreté n'est pas une chose à laquelle on s'habitue, même si vous êtes pauvre depuis la naissance. Alors, quand M. Myers sortit les billets de banque, toutes les autres considérations (comme le caractère légal de toute cette affaire) se retrouvèrent aux oubliettes. Évidemment, oncle Farrell ne pouvait pas savoir qui était réellement M. Arthur Myers, ni qu'il ne s'appelait pas vraiment Arthur Myers.

Mais j'anticipe, là encore. En fait, je devrais peut-être commencer par vous parler de moi.

Né à Salina, dans l'Ohio, je suis le premier et le dernier enfant d'Annabelle Kropp. Je n'ai jamais connu mon père. Il a fichu le camp avant ma naissance.

Ma mère eut une grossesse très difficile et très longue. Elle en était presque au dixième mois et demi quand le médecin décida de me faire sortir de force avant que je jaillisse hors de son ventre comme une sorte d'œuf extra-terrestre.

Je suis né grand et gros et, par la suite, je n'ai jamais cessé de grandir et de grossir. A la naissance, je pesais déjà plus de six kilos et ma tête avait la taille d'une pas-tèque. Bon, d'accord, peut-être pas vraiment une pastèque, mais elle était au moins aussi grosse qu'un cantaloup, ce melon d'Amérique du Sud.

A cinq ans, je pesais presque cinquante kilos et je mesurais un mètre vingt. A dix ans, je faisais un mètre quatre-vingts et pesais cent kilos. J'étais sorti de la courbe de croissance du pédiatre. Ma mère commença à s'in-quiéter sérieusement. Elle m'imposa des régimes spé-ciaux et m'obligea à faire de l'exercice.

A cause de ma grosse tête, de mes grandes mains, de mes grands pieds et de ma timidité naturelle, beaucoup de gens me prenaient pour un handicapé mental. Ça aussi, ça devait inquiéter ma mère car elle fit évaluer mon Q.I. Elle ne m'a jamais donné les résultats. Le jour où je lui posai la question, elle me répondit que je n'étais pas un attardé. « Tu es juste un grand garçon, fait pour de grandes choses », dit-elle.

Je la croyais. Je ne parle pas de ma capacité à faire de

grandes choses, mais du fait que je n'étais pas un attardé. Étant donné que je n'ai jamais vu les résultats du test, j'étais dans une de ces situations où vous êtes bien obligé de croire que vos parents disent la vérité.

On habitait dans un petit appartement près du super-marché dont ma mère était sous-directrice. Elle ne s'est jamais mariée, même si parfois je voyais passer un petit ami. Elle avait pris un deuxième boulot : elle s'occupait de la compta de quelques petits commerces familiaux. Je me souviens que j'allais souvent me coucher en enten-dant le bruit de la calculatrice dans la cuisine.

Puis, quand j'avais douze ans, elle mourut d'un cancer.

Un matin, elle se réveilla avec une douleur à la tempe gauche. Quatre mois plus tard, elle était morte et je me retrouvais seul.

Pendant deux ou trois ans, je naviguai entre plusieurs familles d'accueil, jusqu'à ce que le frère de ma mère, oncle Farrell, se porte volontaire pour me recueillir, chez lui à Knoxville dans le Tennessee. Je venais d'avoir quinze ans.

Je ne voyais pas souvent oncle Farrell : il travaillait comme veilleur de nuit dans un immeuble de bureaux du centre-ville et il dormait presque toute la journée. Il por-tait un uniforme noir avec un insigne doré brodé sur l'épaule. Il n'était pas armé, mais il avait une matraque et il se croyait très important.

Je passais énormément de temps dans ma chambre, à écouter de la musique et à lire. Au grand désespoir d'oncle Farrell qui se voyait comme un homme d'action, alors qu'il restait le derrière sur une chaise pendant huit heures, toutes les nuits, sans rien faire à part regarder des écrans de surveillance. Un jour, il me demanda si j'avais envie de parler de la mort de ma mère. Je lui dis que non. Je voulais juste qu'on me foute la paix.

– Alfred, me dit-il. Regarde autour de toi. Regarde les grands de ce monde. Tu crois qu'ils en sont arrivés là en passant leurs journées allongés sur leur lit à lire et à écouter du rap ?

– Je ne sais pas comment ils en sont arrivés là, répondis-je. Alors, peut-être que oui.

Il n'apprécia pas ma réponse et m'envoya chez la psychologue de l'école, le Dr Francine Peddicott. C'était une très vieille femme avec un très grand nez crochu, et son bureau sentait la vanille. Le Dr Peddicott aimait poser des questions. A vrai dire, je me souviens que tout ce qui sortait de sa bouche était une question, à part « Bonjour, Alfred » et « Au revoir, Alfred ».

– Est-ce que ta mère te manque ? s'enquit-elle lors de ma première visite, après m'avoir demandé si je préférais m'asseoir ou m'allonger sur le divan.

J'avais choisi de m'asseoir.

– Évidemment, répondis-je. C'était ma mère.

– Qu'est-ce qui te manque le plus ?

– Elle cuisinait super bien.

– Vraiment ? C'est sa cuisine qui te manque le plus ?

– Euh, j'en sais rien. Vous m'avez demandé ce qui me manquait le plus et c'est la première chose qui m'a traversé l'esprit. Peut-être parce que c'est bientôt l'heure du dîner. Et parce que mon oncle Farrell ne sait pas cuisiner. Il fait à manger, mais ce qu'il prépare, je voudrais même pas le filer à un chien affamé. Généralement, on mange des plats surgelés ou des boîtes.

Elle griffonna dans son petit carnet pendant une minute.

– Mais ta mère, elle… c'était une bonne cuisinière ?

– Oui, une super-cuisinière.

Elle poussa un profond soupir. Je ne lui donnais peut-être pas les réponses qu'elle attendait.

– Il t'arrive de la haïr, parfois ?

– La haïr ? Pour quelle raison ?

– Est-ce que tu lui en veux d'être morte ?

– Hé, c'est pas sa faute !

– Mais tu es quand même en colère contre elle, parfois, non ? Parce qu'elle t'a abandonné.

– J'en veux au cancer qui l'a tuée. J'en veux aux médecins et... Ce truc existe depuis des siècles et on n'arrive toujours pas à s'en débarrasser. Je me dis que si on utilisait tout l'argent qu'on gaspille avec ces projets gouvernementaux pour lutter contre le cancer... Bref, vous me comprenez.

– Et ton père ?

– Quoi, mon père ?

– Tu le détestes ?

– Je le connais même pas.

– Est-ce que tu le détestes parce qu'il vous a abandonnés, ta mère et toi ?

Elle commençait à me faire flipper ; on aurait dit qu'elle essayait de me faire haïr mon père, un type que je ne connaissais pas, et même qu'elle essayait de me faire haïr ma mère morte.

– Oui, peut-être, dis-je, mais je suis pas au courant de toute l'histoire.

– Ta mère ne t'a pas raconté ?

– Elle m'a juste dit qu'il ne pouvait pas s'engager.

– Et qu'est-ce que tu en penses ?

– Je pense qu'il voulait pas d'enfant.

– Tu penses qu'il ne voulait pas... de qui ?

– De moi. Oui, de moi, je suppose. Forcément.

Je me demandais ce que j'étais censé haïr ensuite.

– Tu aimes l'école ?

– Je déteste.

– Pourquoi ?

– Je connais personne.

– Tu n'as pas d'amis ?

– Ils m'appellent Frankenstein.

– Qui ça ?

– Les autres, à l'école. A cause de ma taille. Et de ma grosse tête.

– Et les filles ?

– Vous voulez savoir si elles m'appellent Frankenstein ?

– Tu as une petite amie ?

Il y avait une fille, oui, la seule, Amy Pouchard ; elle était assise deux tables devant moi en cours de maths. Elle avait de longs cheveux blonds et des yeux presque noirs. Un jour, durant la première semaine, j'ai cru qu'elle m'avait souri. Mais peut-être qu'elle souriait au type assis à ma gauche, ou peut-être même qu'elle ne souriait pas et que c'est moi qui ai plaqué un sourire sur son visage sévère.

– Non, dis-je. Pas de petite amie.

Après cet entretien, oncle Farrell discuta longtemps avec le Dr Peddicott. Il m'annonça ensuite qu'elle m'adressait à un psychiatre qui pourrait me prescrire des antidépresseurs car elle estimait que j'étais gravement déprimé. Elle recommandait, outre ces visites chez le psy et des pilules contre la folie, d'autres activités que la télé et la musique. Oncle Farrell eut alors l'idée de me faire jouer au football, ce qui n'était pas très étonnant compte tenu de mon gabarit, mais c'était bien la dernière chose que j'avais envie de faire.

– Oncle Farrell, lui dis-je, je ne veux pas jouer au foot.

– Tu es un sujet à risque, Al. Tu cumules tous les facteurs d'une grave crise psychotique. Premièrement, tu n'as pas de père. Deuxièmement, tu n'as pas de mère. Troisièmement, tu vis avec un tuteur absent : moi. Et quatrièmement, tu habites dans une ville inconnue où tu n'as aucun ami. Il y avait un cinquièmement… ah oui. Cinquièmement, tu as quinze ans.

– Je veux passer mon permis, dis-je.

– Ton permis de quoi ?

– De conduire. Je veux faire un stage de conduite accompagnée.

– Je t'explique que tu es sur le point de péter les plombs et toi, tu me parles de ton permis de conduire ?

– C'est quand tu as dit que j'avais quinze ans, ça m'y a fait penser.

– Le Dr Peddicott a trouvé que c'était une très bonne idée, dit l'oncle Farrell.

– Le permis de conduire ?

– Non ! Jouer au football. Premièrement, il te faut une activité. Deuxièmement, c'est un excellent moyen de te faire prendre confiance en toi et de te faire des amis. Et troisièmement, regarde-toi, bon sang ! Par la Sainte Vierge, tu es une véritable force de la nature ! N'importe quel entraîneur rêverait de t'avoir dans son équipe.

– J'aime pas le football.

– T'aimes pas le football ? Comment tu peux ne pas aimer le football ? Tu n'es pas un gosse normal ? Quel jeune Américain n'aime pas le football ? Tu vas me dire que tu veux prendre des cours de danse, je parie.

– Non, je veux pas prendre des cours de danse.

– Tant mieux, Al. Tant mieux. Car si tu m'avais dit ça, je ne sais pas ce que j'aurais fait. Je me serais jeté du haut d'une falaise ou un truc dans le genre.

– J'aime pas avoir mal.

– Allons ! Les autres vont rebondir sur toi comme… comme… des pygmées ! Des moucherons ! Des moucherons pygmées !

– Oncle Farrell, je pleure quand j'ai une écharde dans le doigt. Je m'évanouis à la vue du sang. Et j'ai des bleus pour un rien, je marque facilement.

Mais oncle Farrell ne voulait pas entendre parler d'un

refus. Pour finir, il me fixa ses conditions. Il ne me donnerait pas de cours de conduite accompagnée tant que je
ne me serais pas inscrit dans l'équipe de football. Et si je
refusais, il promettait de me faire avaler tellement d'antidépresseurs que j'en oublierais de m'asseoir pour chier.
Oncle Farrell était capable de telles grossièretés.

Je voulais vraiment avoir mon permis – et je ne voulais
pas être abruti par les médicaments au point d'oublier de
m'asseoir pour chier – alors je m'inscrivis dans l'équipe.

Je fus sélectionné au poste d'arrière droit, ce qui signifiait, en gros, que je servais de punching-ball aux défenseurs du premier rideau.

Le coach Harvey était un petit bonhomme rondouillard avec une bedaine qui dépassait de son pantalon et des mollets aussi épais que ma tête, qui est très grosse, je l'ai déjà indiqué. Comme un grand nombre d'entraîneurs, le coach Harvey adorait crier. Surtout après moi.

Un après-midi, un mois environ avant qu'oncle Farrell conclue son marché avec l'Agent des Ténèbres en chef, je découvris l'ampleur que pouvaient prendre ses braillements. Je venais de laisser passer un *linebacker* lancé à toute allure et le gars était allé rétamer le *quaterback*, le garçon le plus populaire de l'école, Barry Lancaster. Je ne l'avais pas fait exprès. J'avais du mal à mémoriser le bouquin des schémas de jeu. Tout cela me paraissait très compliqué, surtout que ce document s'adressait à des gros costauds, dont la plupart savaient à peine lire. Bref, j'avais cru que Barry réclamait un « plaquage », alors qu'en fait, il avait dit : « marquage ». Ces quelques lettres changent beaucoup de choses, et c'est comme ça que Barry se retrouva au tapis, en train de se tordre de douleur.

Le coach Harvey, qui se trouvait sur le bord de la touche, accourut, avec son sifflet argenté coincé entre ses grosses lèvres, accompagnant par des hurlements les cris perçants et hystériques de son sifflet.

– Kropp ! *Pffffiiiiit !* Kropp ! *Pfffffiiiiit !* KROPP !

– Désolé, coach. J'ai entendu « plaquage » à la place de « marquage ».

Il tourna la tête vers Barry, qui continuait à se contorsionner dans l'herbe. Mais son corps resta face à moi.

– Lancaster ! Tu es blessé ? demanda-t-il.

– Ça va, coach, répondit Barry, le souffle coupé.

Moi, je trouvais que ça n'avait pas l'air d'aller. Son visage était aussi blanc que les lignes tracées sur le terrain.

– C'était quoi comme phase de jeu, Kropp ? demanda le coach Harvey d'un ton cassant.

– Euh… un plaquage ?

– Un plaquage ! Un plaquage !! Tu as confondu plaquage et marquage, Kropp ? Hein ? Comment c'est possible ? Explique-moi !

Toute l'équipe s'était rassemblée autour de nous entre-temps, tels des curieux sur les lieux d'un terrible accident.

Le coach Harvey m'asséna un coup du plat de la main, sur mon casque.

– C'est quoi, ton problème, mon gars ?

Il me frappa de nouveau. Et il continua à ponctuer chacune de ses questions d'une grande claque sur ma tempe.

– Tu es débile ?

Vlan !

– Tu es débile, Kropp ?

Vlan !

– Tu es bouché, c'est ça, Kropp ?

Vlan ! Vlan !

– Non, monsieur.

– Non, quoi ?

– Je suis pas débile, monsieur.

– Tu es sûr de ne pas être débile, Kropp ? Pourtant, tu te comportes comme un débile. Tu joues comme un débile. Tu parles comme un débile. Alors, tu es vraiment sûr de ne pas être débile, Kropp ?

Vlan ! Vlan ! Vlan !

– Non, monsieur, je sais que je suis pas débile !

Il me gifla encore une fois. Je braillai :

– Ma mère a fait tester mon Q.I., je suis pas débile, monsieur !

Tous les autres s'écroulèrent de rire, et ils continuèrent à rire durant les trois semaines suivantes. J'entendis cette phrase partout où j'allais : « Ma mère a fait tester mon Q.I., je suis pas débile ! » Pas uniquement dans les vestiaires (où je l'entendis énormément). Elle se répandit dans toute l'école. Des inconnus qui me croisaient dans le hall s'écriaient : « Ma mère a fait tester mon Q.I. ! » C'était affreux.

Ce soir-là, après l'entraînement, oncle Farrell me demanda comment ça se passait.

– Je ne veux plus jouer au football.

– Tu joueras au football, Alfred.

– Il ne s'agit pas que de moi, oncle Farrell. D'autres personnes peuvent être blessées.

– Tu joueras au football, répéta-t-il. Sinon, tu n'auras pas ton permis de conduire.

– Je ne vois pas l'utilité de continuer. Quel mal y a-t-il à ne pas jouer au football ? Je trouve ça un peu borné de penser que, parce que je suis grand et costaud, je devrais jouer au football.

– Très bien, dit oncle Farrell. Je t'écoute. Qu'est-ce que tu voudrais faire ? Tu veux t'inscrire dans la fanfare ?

– Je ne joue d'aucun instrument.

– C'est un orchestre de lycée, Alfred, pas le New York Philarmonic.

– Quand même, il faut certainement avoir quelques connaissances musicales, il faut savoir lire les notes, ce genre de choses.

– Pas question que tu restes couché toute la journée dans ta chambre à écouter de la musique et à rêvasser. J'en ai marre de trouver des idées, alors je t'écoute : quels sont tes talents ? Qu'est-ce qui te plaît ?

– Rester couché dans ma chambre et écouter de la musique.

– Je te parle de talents, monsieur le gros malin. Je te parle de compétences particulières. Tu vois ce que je veux dire ? Ce qui te différencie du gars moyen.

J'essayais de me trouver un talent quelconque. En vain.

– Bon Dieu, Al ! Tout le monde est doué pour quelque chose.

– Quel mal y a-t-il à être dans la moyenne ? C'est le cas de la majorité des gens, non ?

– C'est donc ça ? C'est tout ce que tu attends de toi, Alfred ? demanda oncle Farrell en devenant cramoisi.

Je m'attendais à ce qu'il se lance dans un de ses discours sur les grands de ce monde, en expliquant que n'importe qui pouvait réussir avec un peu de chance et de la détermination.

Mais non. Au lieu de cela, il m'ordonna de monter dans la voiture et on prit la direction du centre.

– Où on va ? demandai-je.

– Je t'emmène faire un voyage magique, Alfred.

– Un voyage magique ? Où ça ?

– Dans le futur.

On traversa un pont et je découvris un immense bâtiment de verre qui dominait tout ce qui l'entourait. Le verre était fumé et sur le fond du ciel nocturne, le bâtiment ressemblait à un gros pouce noir et brillant, dressé.

– Tu sais ce que c'est, ça ? me demanda oncle Farrell. C'est là que je travaille : la Samson Tower. Trente-trois étages de haut et trois rues de large. Regarde bien, Alfred.

– J'ai déjà vu de très grands immeubles, oncle Farrell.

Il ne répondit pas. Il y avait une expression de colère sur son visage mince. A quarante ans, oncle Farrell était aussi petit et maigrichon que j'étais grand et enrobé, mais il avait une grosse tête, comme moi. Quand il enfilait son uniforme de vigile, il me faisait penser à Barney Fife dans cette vieille série, le *Andy Griffith Show*, ou plutôt à un distributeur Pez à l'effigie de Barney Fife, à cause de la grosse tête et du corps tout fin. J'avais honte de le comparer à un nullard loufoque comme Barney Fife, mais c'était plus fort que moi. Il avait même des lèvres pendantes et humides comme Barney.

Il s'engagea dans l'entrée du parking souterrain et introduisit une carte en plastique dans une machine. La porte s'ouvrit et il pénétra lentement dans le parking quasiment désert.

– A qui appartient la Samson Tower, Alfred ?

– A un type nommé Samson ? proposai-je.

– A un type nommé Bernard Samson, en effet. Tu ne sais rien de lui, mais laisse-moi t'expliquer. Bernard Samson est un self-made-man, plusieurs fois millionnaire. Il a débarqué à Knoxville à seize ans, sans un sou en poche et maintenant, c'est un des hommes les plus riches d'Amérique. Tu veux savoir comment il en est arrivé là ?

– Il a inventé l'iPod ?

– Il a travaillé dur, Alfred. Le travail et une chose qui te fait gravement défaut : la force morale, les tripes, la vision, la passion. Car je vais te dire une bonne chose : le monde n'appartient pas aux plus intelligents ou aux plus talentueux. Il y a un tas de gens intelligents et talentueux sur terre. Tu veux savoir à qui appartient le monde, Alfred ?

– A Microsoft ?

– C'est ça, rigole, petit malin. Le monde appartient à ceux qui ne renoncent pas. Qui vont au tapis et qui se relèvent pour recommencer.

– OK, oncle Farrell, j'ai compris. Mais tu me parlais du futur…

– Exact. Le futur ! Suis-moi, Alfred. Tu ne trouveras pas le futur dans ce parking.

On prit l'ascenseur qui nous conduisit dans le hall. Là, oncle Farrell m'entraîna jusqu'au bureau en fer à cheval qui faisait face à l'atrium de deux étages. A mi-chemin entre le bureau de la sécurité et les portes d'entrée se trouvait une chute d'eau qui se déversait sur ces énormes rochers qui, d'après oncle Farrell, avaient été apportés à grands frais de la Pigeon River dans le Tennessee.

– Ce qui est amusant dans la vie, c'est qu'on ne sait jamais ce qu'elle te réserve, me dit oncle Farrell. Je bossais dans une carrosserie le jour où Bernard Samson est entré. Il engage la conversation avec moi et sans comprendre ce qui m'arrive, voilà que je me retrouve ici où je gagne deux fois plus de fric. Pour rester assis sans rien faire ! Le *double* pour ne rien faire ! Uniquement parce que l'homme le plus riche de Knoxville a décidé de me filer un boulot.

Sur le bureau étaient installés des dizaines d'écrans en circuit fermé destinés à surveiller les moindres recoins de la Samson Tower.

– C'est un système ultrasophistiqué. Cet endroit est mieux surveillé que la Banque fédérale. Capteurs laser, détecteurs de son, et tout le tralala.

– C'est génial.

– Oui, génial, répéta-t-il. Tu l'as dit. Et c'est là que je reste assis huit heures par jour, six soirs par semaine, devant ces moniteurs, à regarder. A observer. Qu'est-ce que j'observe à ton avis, Alfred ?

– Tu viens de dire que tu observais les écrans, non ?

– J'observe le vide, Alfred. Huit heures par jour, six soirs par semaine, je reste assis dans ce petit fauteuil que tu vois, à observer le vide.

Il se pencha vers moi, si près que je pouvais respirer son haleine, qui ne sentait pas très bon.

– Voilà le futur, Alfred. Voilà ton avenir, ou ce qui y ressemble, si tu ne te découvres pas une passion. Si tu ne découvres pas pourquoi tu es sur terre. Une vie entière passée à observer le vide.

CHAPITRE 3

J'échouai à mon examen de conduite accompagnée, bien que l'ayant bossé à fond. Je le passai une deuxième fois et me plantai de nouveau, mais je fis moins de fautes, ce qui voulait dire que je progressais dans l'échec. Oncle Farrell se servit de mes résultats comme preuve : je n'avais pas assez de tripes pour réussir un truc aussi simple que l'examen de conduite accompagnée.

Au lycée, ça n'allait pas beaucoup mieux. Barry Lancaster souffrait toujours d'une grave entorse au poignet ; il était relégué sur le banc de touche, comme moi. Et ça ne lui plaisait pas. Il racontait à qui voulait l'entendre qu'il allait « se payer Kropp », et je passais mes journées à regarder par-dessus mon épaule, en attendant qu'il passe à l'acte. Je devenais nerveux ; le moindre bruit un peu violent, comme une porte de casier qui claque, suffisait presque à me faire mouiller mon froc.

Un après-midi, au début du printemps, en rentrant à la maison, je découvris qu'oncle Farrell était déjà levé.

– Qu'est-ce qui se passe ? lançai-je.

– Pourquoi tu me demandes ça ?

– Comment ça se fait que tu es déjà debout ?

– Tu veux jouer au jeu des vingt questions ?

– Je n'ai posé que deux questions, oncle Farrell, et vu

qu'elles étaient plus ou moins liées, ça compterait sans doute comme une question et demie.

– Tu sais quoi, Alfred ? Les gens qui se trouvent drôles le sont rarement.

– Je ne me trouve pas drôle. Je me trouve trop grand, trop mou, trop nul, mais je ne me trouve pas drôle. Alors, pourquoi tu es déjà debout ?

– On attend de la visite, expliqua-t-il en humectant ses grosses lèvres.

– Ah bon ? (Personne ne venait jamais nous voir.) Qui ça ?

– Quelqu'un de très important, Alfred. Va te changer et rejoins-moi dans la cuisine. Ce soir, on mange tôt.

En revenant, avec des fringues propres, je découvris mon steak surgelé qui m'attendait dans mon assiette, à la table de la cuisine, après être passé par le four à micro-ondes. Oncle Farrell buvait une bière, ce qui était très inhabituel. Il ne buvait jamais de bière en dînant.

– Alfred, qu'est-ce tu que dirais de quitter ce taudis pour aller vivre dans une de ces grandes baraques de Sequoia Hills ?

– Hein ?

– Tu sais bien, là où vivent tous les gens riches.

Je réfléchis.

– Ce serait super, oncle Farrell. Mais quand est-ce qu'on est devenus riches ?

– On n'est pas devenus riches. Mais on pourrait le devenir. Un jour.

Il affichait un sourire mystérieux en mastiquant son steak.

– Puisque tu vas repasser ton examen de conduite la semaine prochaine… ça te dirait d'avoir une Ferrari comme première voiture ?

– Ouah, ce serait super, oncle Farrell.

Il était comme ça, des fois. Être pauvre, ça craint, ce n'est un secret pour personne. Mais il y a pauvre et vraiment pauvre. Nous, on n'était pas vraiment pauvres. Je n'allais jamais me coucher avec la faim au ventre et on laissait les lumières allumées, mais ce ne devait pas être facile de bosser la nuit, tout seul, pour le compte de l'homme le plus riche de Knoxville. Oncle Farrell ne dormait pas très bien ces derniers temps, et le manque de sommeil, ça peut rendre maboul.

– Mais je préférerais un Hummer, ajoutai-je.

– Allons-y pour un Hummer. Ce que tu veux. Peu importe le genre de bagnole. Ce type qui va venir ici ce soir, il est très riche et il m'a fait une proposition qui… Si ça marche comme je l'espère, on n'aura plus jamais de souci à se faire, question fric.

– Je t'avoue, oncle Farrell, que j'ignorais que c'était un souci.

– Il s'appelle Arthur Myers et il possède Tintagel International. Tu as déjà entendu parler de Tintagel International ?

– Non.

– C'est un des plus gros conglomérats internationaux, plus gros peut-être que Samson Industries.

– Ah.

– Je t'explique, Al. Un soir, j'étais au boulot. C'était une nuit comme les autres, j'étais seul à mon bureau, à me tourner les pouces, quand soudain, le téléphone sonne. Et devine qui est au bout du fil.

– M. Myers.

– Gagné !

– C'est quoi, un conglomérat ?

– C'est une entreprise qui possède des entreprises, ou un truc comme ça. Mais peu importe. Il faut que tu arrêtes de m'interrompre, Alfred. Concentre-toi un peu, d'accord ?

– Je vais essayer, oncle Farrell.

– Bref. M. Arthur Myers me dit qu'il a un travail à me proposer.

– Le propriétaire d'un des plus gros conglomérats du monde a un travail à te proposer ?

– C'est dingue, non ?

– C'est sûr, ça paraît dingue.

– C'est ce que je me suis dit ! (Oncle Farrell tapotait son assiette avec sa fourchette, en parlant à toute vitesse.) Je ne suis qu'un petit veilleur de nuit de rien du tout. Mais je l'ai rencontré et il se trouve que c'est pas du bidon. Il a besoin de mon aide. De notre aide, Alfred !

– Notre aide ?

Plus il parlait de cette proposition bizarre, plus je me sentais bizarre.

– En fait, Myers et Bernard Samson se connaissent depuis longtemps. C'est des vieux potes, ils viennent du même pays ou je sais pas quoi. Bref, Myers a convaincu Samson d'investir dans une grosse affaire. Je ne connais pas tous les détails, mais apparemment, y avait un gros paquet de fric en jeu et ça s'est mal passé. Très mal. Samson a perdu beaucoup d'argent et il a tenu Myers pour responsable.

– Pourquoi il l'a tenu pour responsable ?

– J'en sais rien. Laisse-moi continuer, arrête de m'interrompre, Alfred. On n'a pas beaucoup de temps.

– Pourquoi on n'a pas beaucoup de temps ?

– J'y arrive.

– A quoi ?

– La raison pour laquelle on n'a pas beaucoup de temps !

Il inspira à fond avant de continuer :

– M. Samson a tenu M. Myers pour responsable de l'échec de cette grosse affaire. Il l'a très mal pris, M. Samson. Et il a fait une chose terrible.

– Qu'est-ce qu'il a fait ?

– Il a volé un truc.

– A M. Myers ?

– Non, au musée du Louvre. Évidemment, à M. Myers ! Samson a volé cette chose et l'a enfermée dans son bureau.

Je commençais à comprendre.

– Son bureau dans la Samson Tower ?

– Exact. Tu commences à comprendre. La Samson Tower dont le veilleur de nuit n'est autre que ton serviteur.

– Et Myers veut que tu récupères cette chose.

– Exactement. Et...

– C'est quoi ?

– C'est quoi, quoi ?

– Le truc qu'a volé Samson.

– Oh ! J'en sais rien.

– Tu n'en sais rien ?

L'oncle Farrell secoua lentement la tête.

– Aucune idée.

– Oncle Farrell, comment vas-tu faire pour récupérer cette chose si tu ne sais pas ce que c'est ?

– C'est un détail. Un simple détail. Le plus important...

– Un gros détail, si tu veux mon avis.

– Tu ne veux pas savoir ce qui est le plus important ?

– Si, bien sûr.

Sa bouche remuait, mais aucun son n'en sortait.

– Tu n'arrêtes pas de m'interrompre et je perds le fil ! Toutes mes pensées fichent le camp ! Où j'en étais ?

– Tu allais me dire ce qui est le plus important.

– Le plus... ? Ah oui ! Le plus important, c'est qu'il me file un million de dollars pour récupérer ce truc.

Je le regardai d'un air hébété.

– Un million de dollars, tu as dis ?

– Je n'ai pas dit un million de pesos, c'est sûr !

Je réfléchis.

– C'est forcément illégal, dis-je.

– Non, c'est pas illégal.

– Si M. Samson a volé ce truc, pourquoi M. Myers ne va pas à la police ?

Oncle Farrell s'humecta les lèvres.

– Il m'a dit qu'il ne voulait pas mêler la police à cette affaire.

– Pourquoi ?

– Il veut pas que ça s'ébruite. Et il veut pas porter plainte parce que les journaux et la télé vont s'emparer de cette histoire et ça, il veut surtout pas que ça arrive.

– Et si cette chose appartenait bien à M. Samson et que M. Myers mente ? Peut-être qu'il veut juste se servir de toi parce que tu as les clés.

– Oui, c'est moi qui ai les clés, exact. C'est pour ça qu'il a besoin de moi, mais je suis pas un voleur, Al. Écoute… Je t'ai pas parlé de ça pour te demander ta permission. Je t'en ai parlé pour te demander ton aide.

– Mon aide ?

– Parfaitement. Je peux pas faire ça tout seul, Al. Et je me suis dit que tu étais le mieux placé pour m'aider, vu que tu es gagnant dans cette opération, toi aussi. Un million de dollars ! Réfléchis. Tu n'as que quinze ans, tu n'as pas encore beaucoup vécu, moins que moi. Les occasions comme ça, il n'y en a pas deux dans la vie !

– Faut que je réfléchisse.

Là, il arrêta de mastiquer son steak décongelé au micro-ondes et resta bouche bée ; je voyais la nourriture à l'intérieur.

– Comment ça, faut que tu réfléchisses ? Réfléchir à quoi ? Je suis ton oncle. Tu n'as plus que moi comme famille depuis que ton bon à rien de père t'a abandonné et que ta mère est morte d'un cancer, que Dieu ait son âme. On te fait une proposition incroyable, un million pour une heure de boulot, et tu me dis que tu dois *réfléchir*?

– Il faut réfléchir à un tas de trucs, oncle Farrell.

Il renifla avec mépris.

– Tu as intérêt à réfléchir vite, Alfred, parce que...

On sonna à la porte. Oncle Farrell sursauta et s'obligea à sourire. Il avait de très grandes dents.

– C'est lui. Il est ici.

– Qui ça?

– Myers! Je t'ai dit qu'on n'avait pas beaucoup de temps!

– M. Myers est ici?

– Tu veux que je te dise, Alfred? Avec une tête aussi grosse que la tienne, on pourrait espérer que tu réfléchisses un peu plus vite. Débarrasse la table et rejoins-nous dans le salon, d'accord? On ne fait pas attendre un homme comme Arthur Myers.

Sur ce, il sortit de la cuisine en coup de vent. J'entendis la porte d'entrée qui s'ouvrait et oncle Farrell qui s'exclamait:

– Ah, monsieur Myers! Pile à l'heure. Entrez donc! Installez-vous. Alfred! Alfred est le garçon dont je vous ai parlé.

J'entendis une voix masculine, mais je ne comprenais pas ce qu'elle disait; l'homme parlait tout bas. Je déposai les assiettes dans l'évier et essuyai la table de la cuisine.

Dans le salon, j'entendis oncle Farrell qui demandait:

– Voulez-vous boire quelque chose, monsieur Myers?

Puis il me cria:

– Alfred! Fais-nous du café!

Je préparai donc du café, puis je restai planté devant l'évier à me ronger l'ongle du pouce. Oncle Farrell attendait que j'aille dans le salon pour faire la connaissance de M. Myers, mais j'avais peur, sans savoir pourquoi. Toute cette histoire me paraissait foireuse. Pourquoi un homme aussi riche et puissant qu'Arthur Myers offrirait-il un million de dollars à oncle Farrell pour faire ce boulot de « récupération » ? Qu'y avait-il de si précieux à l'intérieur de la Samson Tower ?

Mais la grande question, c'était : que deviendrais-je si oncle Farrell se faisait pincer en pénétrant dans le bureau de Bernard Samson ? S'il finissait en prison, ça voulait dire pour moi retour en famille d'accueil.

J'attendis que le café soit passé, puis je servis deux tasses et les emportai dans le salon.

Oncle Farrell était assis au bord du canapé, penché vers le fauteuil dans lequel était assis Arthur Myers. Je remarquai un grand cartable en cuir avec des fermoirs en or posé par terre à ses pieds.

Arthur Myers était un homme mince avec de longs cheveux châtains, noués en queue-de-cheval, qui pendaient jusqu'au milieu de son dos. Son costume en soie avait une drôle de couleur ; il était presque multicolore, en fait. Quand il bougeait, la lumière faisait briller le tissu, tour à tour bleu, blanc, puis rouge. Mais ce qu'il y avait de plus frappant chez lui, c'étaient ses yeux, profondément enfoncés, sous un front saillant. D'un marron si foncé qu'ils paraissaient presque noirs. Et quand il posa ces yeux sur moi pour la première fois, je frissonnai, comme si j'avais marché sur une tombe.

– Alfred ! s'exclama oncle Farrell. Du café ! Formidable ! Comment buvez-vous votre café, monsieur Myers ?

– Noir, merci.

M. Myers me prit la tasse des mains.

Il avait un accent un peu français, mais très léger je

crois. Je n'en sais rien, en fait, je ne suis pas très doué pour les accents.

– Alors comme ça, c'est vous Alfred Kropp, dit-il. Votre oncle pense le plus grand bien de vous.

– Ah oui ? (Je me tournai vers oncle Farrell.) Avec du lait et deux sucres, dis-je en lui tendant sa tasse.

– Parfaitement, reprit M. Myers. Mais il a omis de me parler de vos impressionnantes… mensurations. Vous jouez au football dans votre lycée ?

– Je fais partie de l'équipe. Je suis arrière droit de deuxième rideau. Mais le coach ne me fait pas jouer souvent car j'arrive pas à retenir les combinaisons. Quand on a vingt points d'avance, il me fait entrer. A l'entraînement, j'ai fait foirer une phase de jeu et notre quaterback a été blessé. Si ça se trouve, j'ai gâché sa seule chance d'entrer à la fac et je crois qu'il va me tuer à cause de ça.

– Viens t'asseoir, Al, et détends-toi, dit oncle Farrell en tapotant le canapé et en s'humectant les lèvres. (Il se tourna vers M. Myers.) J'ai expliqué à Al les grandes lignes de l'opération.

– J'avais quelques réserves, comme je vous l'ai dit, répondit M. Myers. Mais je comprends la nécessité d'avoir un complice. Du moment qu'il est digne de confiance.

– Oh, vous pouvez être tranquille, dit oncle Farrell.

– Je suis pas sûr de pouvoir, dis-je. (Les deux hommes me dévisagèrent.) Je veux dire… Je suis un peu long à la détente, j'arrive même pas à mémoriser des combinaisons de jeu. Et toute cette histoire me semble un peu louche.

Arthur Myers croisa ses longues jambes, appuya ses coudes sur les bras du fauteuil, joignit l'extrémité de ses doigts fins et demanda :

– Qu'entendez-vous par « louche », monsieur Kropp ?

– Eh bien, premièrement, vous avez utilisé le mot

« complice ». Ça sous-entend que vous mijotez quelque chose de malhonnête.

– Le mot est mal choisi, j'en conviens. Que diriez-vous du mot « associé » ? Ça vous convient mieux ?

– Moi, je trouve que c'est un très bon mot, dit oncle Farrell.

– L'autre chose, dis-je, c'est comment on peut savoir que ce machin qui est dans le bureau de M. Samson est réellement à vous ? Peut-être qu'il appartient à M. Samson et que vous avez inventé cette histoire pour qu'on le vole à votre place.

– Alfred ! protesta l'oncle Farrell.

Avec sa bouche, il articula : « Ferme-la ! »

M. Myers leva la main.

– Ce n'est rien, monsieur Kropp. Ce garçon a le sens de l'honneur. Ce n'est pas une mauvaise chose, particulièrement chez quelqu'un d'aussi jeune.

Il posa sur moi ses yeux presque noirs et je sentis ma poitrine se serrer, comme si un poing immense me comprimait le torse.

– Qu'est-ce que vous voudriez, Alfred Kropp ? Des témoignages ? Des témoins oculaires ? Un certificat d'authenticité ou une preuve d'achat, comme pour les boîtes de céréales ? Il s'agit d'un héritage familial, un trésor qui se transmet de génération en génération. Bernard Samson me l'a volé en guise de représailles à la suite d'une affaire qui a mal tourné, un événement malheureux dont je ne suis nullement responsable Si vous saviez qui est cet homme, vous comprendriez pourquoi il a agi ainsi.

– Je ne sais rien de lui, dis-je. Je ne l'ai jamais rencontré. Pourquoi a-t-il fait ça ?

– Pour se venger.

– Vous lui avez demandé de vous rendre cette chose, quelle qu'elle soit ?

M. Myers me dévisagea un instant, avant qu'oncle Farrell intervienne :

– C'est une bonne question, monsieur Myers. Qu'est-ce que vous voulez récupérer, au juste ?

– Ceci.

M. Myers sortit de sa poche une grande enveloppe de papier kraft et la tendit à oncle Farrell. Sans cesser de m'observer.

– Je me disais aussi que vous n'étiez peut-être pas obligé de claquer un million de dollars pour récupérer votre bien, dis-je. M. Samson et vous, vous pourriez peut-être vous réconcilier et il vous le rendrait.

– Vous croyez, monsieur Kropp ?

Il me souriait. J'avais le visage en feu, mais je continuai sur ma lancée.

– Je n'ai pas la prétention de savoir comment ça se passe dans le monde des affaires et des… conglomérations, mais si je me disputais avec un ami ou s'il m'empruntait un truc et voulait plus me le rendre, je l'inviterais à aller se balader, ou peut-être à faire quelques jeux vidéo, vous, vous iriez sans doute boire des cocktails ; on tchatcherait un peu et je lui demanderais de me rendre le truc en question. Je lui dirais : « Hé, Bernie, (ou Bernard ou je sais pas comment vous l'appelez), je sais que t'es en colère, mais ce truc que tu m'as piqué, il a vachement de valeur pour moi, il est dans ma famille depuis des générations. Alors, peut-être qu'on pourrait s'arranger car ça m'embêterait d'aller chez les flics. » Un truc dans ce genre-là. Vous y avez pensé ?

– Vous avez raison, monsieur Kropp, répondit M. Myers sans se départir de son sourire figé. Vous ne savez pas comment fonctionnent les « conglomérations ». Dois-je comprendre que votre oncle et vous refusez ce travail ? Le temps presse.

– Pourquoi ? demandai-je.

– Fichtre, monsieur Kropp ! dit Arthur Myers en s'adressant cette fois à mon oncle. Comme vous devez être fier de ce jeune garçon. Si direct ! Si prudent. Si… curieux.

– Il n'a plus que moi comme famille, expliqua oncle Farrell. Et il reste très souvent seul, vu que je dors dans la journée et que je pars travailler le soir. C'est un miracle qu'il ne soit pas dans une maison de redressement, si vous voulez mon avis.

Oncle Farrell avait ouvert l'enveloppe ; il en sortit une photo 18 x 24 sur papier brillant, qu'il me tendit.

Je regardai la photo.

– C'est une épée, dis-je.

– Oui ! s'exclama M. Myers en riant sans raison apparente. Et la Grande Pyramide est une vulgaire pierre tombale.

Cette épée se trouvait dans une vitrine, comme une pièce de musée. La lame était argentée, un peu terne, et le manche tarabiscoté. Mais « manche » n'était pas le bon mot. Il y avait un mot pour désigner le manche d'une épée. Je me mordillai la lèvre pour essayer de le retrouver. On distinguait une sorte d'inscription sur la lame, à moins que ce ne soit un ornement.

– J'ai pris cette photo il y a des années, précisa M. Myers, pendant que je la regardais fixement. Pour une question d'assurances. Samson était fasciné par notre héritage familial, depuis le premier jour où il l'a vu. Il a voulu me l'acheter, pour une somme faramineuse, mais j'ai refusé, évidemment. Elle ne vaut pas ce qu'il m'en a offert, mais sa valeur sentimentale est astronomique.

– Je sais ce que c'est, dit oncle Farrell. J'ai une balle de base-ball des Cubs de 1932 et…

– Alors, oui, je lui ai demandé de me la rendre, poursuivit M. Myers. Je lui ai même offert de l'argent, mais rien à faire. Je n'ai plus d'autre solution maintenant que de la lui reprendre.

– Je trouve que ce salaud l'a bien cherché, déclara oncle Farrell.

– Mais évidemment, je ne peux pas le faire moi-même. Et j'ai conscience de mettre en danger le travail de votre oncle. Voilà pourquoi je me montre aussi généreux. Et puisqu'on parle de ça… (Il fit glisser le cartable en cuir vers oncle Farrell.) Voici un acompte. Je vous donnerai le solde à la livraison de l'épée.

Les doigts d'oncle Farrell tremblaient quand il ouvrit les fermoirs en or. A l'intérieur, il y avait des liasses de billets de vingt dollars.

– Bon sang de bonsoir ! murmura-t-il.

– Cinq cent mille dollars, annonça M. Myers. Vous pouvez compter.

– Oh, je vous fais confiance, monsieur Myers. Pensez bien ! Regarde ça, Alfred !

Je ne regardais pas l'argent, je regardais la photo de l'épée dans la vitrine. Cent questions me traversaient l'esprit, mais elles tourbillonnaient si vite que je n'arrivais pas à en saisir une seule.

Puis M. Myers ajouta :

– Comme je l'ai expliqué à votre oncle, monsieur Kropp, j'ai besoin de quelqu'un pour récupérer mon épée. Une personne de grand talent et de grande discrétion. Une personne incorruptible, indifférente aux tentations des êtres maléfiques. J'ai besoin d'une personne opiniâtre, monsieur Kropp. Une personne qui n'abandonnera pas, qui ne faiblira pas quand toutes les chances seront contre elle. Bref, j'ai besoin d'une personne prête à donner sa vie pour récupérer un trésor dont le prix dépasse toute la valeur que les mortels peuvent lui attribuer.

– Donner sa vie ? dis-je. Oncle Farrell, il prétend que tu devras peut-être donner ta vie.

– C'est une façon de parler, Alfred. Certaines personnes aiment exagérer pour faire passer leur message. Pour attirer ton attention. Il ne dit pas ça au sens propre. N'est-ce pas, monsieur Myers ? Vous ne voulez pas dire donner sa vie littéralement, hein ?

M. Myers ne répondit pas. Oncle Farrell humecta ses grosses lèvres et me dit :

– Tu devrais écouter M. Myers. Il y a des leçons à tirer d'un homme comme lui.

M. Myers reprit la parole :

– Je pourrais m'adresser à des individus… plus impitoyables. J'en connais. Mais je ne leur fais pas confiance. Car ce qui les rend impitoyables les empêche d'être dignes de confiance. Or j'ai besoin d'une personne de confiance. Quelqu'un qui ne me trahira pas.

– Vous avez frappé à la bonne porte, monsieur Myers ! s'exclama oncle Farrell. Vous pouvez nous faire confiance. C'est comme si votre jolie épée était déjà entre vos mains.

– Parfait. Comme je vous le disais : le temps presse. Samson part pour l'Europe ce soir et il rentre dans deux jours.

– On ira ce soir, déclara oncle Farrell avec détermination. Ou demain soir. Ce soir ou demain soir, l'un ou l'autre. Peut-être qu'Al a des devoirs à faire, je sais pas. (Il me regarda.) En tout cas, on fera ça très vite. Ce soir ou demain soir, d'accord, Al ?

– Comment savez-vous que l'épée est dans son bureau ? demandai-je à M. Myers.

– Je n'en suis pas certain. En revanche, je suis certain qu'elle n'est pas chez lui.

– On n'a pas besoin de savoir comment vous le savez, dit oncle Farrell. Pas vrai, Alfred ?

– Et si elle n'est pas dans son bureau ? Il faudra qu'on rende les cinq cent mille dollars ?

– Hé ! fit oncle Farrell. En voilà une bonne question.

Il serrait le cartable contre sa poitrine comme s'il avait peur que M. Myers le lui arrache.

– Vous pourrez les garder, évidemment. Cet argent, c'est pour le dérangement. Le reste, c'est pour l'épée.

Après le départ de M. Myers, on se disputa méchamment. Malgré l'argent qui était posé sur le canapé, et qu'on pourrait garder, épée ou pas, je continuais à avoir une drôle d'impression. Quelque chose ne collait pas. Même si M. Samson avait vraiment volé cette épée et même s'il la cachait dans son bureau, ça ne nous donnait pas le droit de la récupérer.

– C'est pas comme s'il nous demandait de buter quelqu'un ou de faire quelque chose de vraiment mal. Un million de dollars, Alfred ! On pourra faire tout ce qui nous plaît, vivre où on veut, avoir tout ce qu'on veut !

Mes objections importaient peu. L'argent aveuglait oncle Farrell.

Il alla jusqu'à dire :

– Tu fais ce que tu veux, Al, mais peut-être que je devrais revoir notre petit arrangement. Peut-être que c'est trop dur pour moi de m'occuper de toi... Peut-être que je devrais te renvoyer dans une famille d'accueil...

Cela mit fin à la dispute. Il savait que je ne voulais pas retourner dans une famille d'accueil.

CHAPITRE

4

Le lendemain même, mon prof de maths m'annonça que j'étais recalé. C'était déjà une mauvaise nouvelle, mais le plus terrible c'était qu'on m'assignait un « tuteur » pour m'aider, et ce tuteur n'était autre qu'Amy Pouchard !

On devait se retrouver pendant une demi-heure après l'école, juste moi – Alfred Kropp – et Amy Pouchard, la fille aux longs cheveux blonds et aux yeux presque noirs. Assis à côté d'elle, je sentais son parfum.

– Tu viens d'où ? me demanda-t-elle avec cet accent nasillard du Tennessee. Tu parles bizarrement.

– De l'Ohio.

– Tu es un élève boursier ?

Les élèves boursiers étaient généralement des handicapés mentaux ou bien ils venaient de milieux très défavorisés, ou bien les deux. Certaines personnes diraient sans doute que c'était mon cas.

– Non, je suis nul en maths, c'est tout.

– Hé, Kropp ! C'est pas toi le gars qui a fait tester son Q.I. ?

– Oui, plus ou moins.

– Et c'est toi qui as cassé le poignet de Barry Lancaster.

– Son poignet n'est pas cassé et ce n'est pas vraiment

moi. C'est quelqu'un d'autre, mais c'était à cause de moi, alors c'est quasiment la même chose.

– Je déteste donner des cours particuliers, me confia-t-elle.

– Pourquoi tu le fais, alors ?

– Ça me donne des points en plus.

– En tout cas, je te suis reconnaissant. C'est dur pour moi… Les maths, je veux dire. Mais c'est dur aussi de s'habituer à une nouvelle ville, un nouveau lycée et tout ça.

Elle mit un chewing-gum dans sa bouche et l'odeur de la menthe verte livra bataille avec le musc de son parfum.

– Je vais chez une psy, avouai-je, sans trop savoir pourquoi je lui racontais ça. C'est pas que j'en aie envie, mais c'est mon oncle qui m'a obligé. Elle a au moins mille ans et elle m'a demandé si j'avais une petite amie.

Amy fit claquer son chewing-gum en me regardant fixement. Elle s'en foutait royalement. Elle tapota sur la table avec la gomme de son crayon et tout dans son attitude semblait dire : j'en ai rien à foutre.

– Je lui ai répondu que j'avais pas de… petite amie. Car quand on débarque dans une nouvelle école, c'est difficile au niveau de… pour rencontrer des filles. D'autant que je suis du genre timide et pas mal complexé par ma taille.

– Ouais, tu es plutôt balèze, confirma-t-elle en mastiquant son chewing-gum. Bon, on ferait bien d'attaquer quelques exercices.

– En fait, je me demandais… (J'avais la bouche tellement sèche que j'aurais pu l'assommer pour lui piquer son chewing-gum.) Qu'est-ce que tu dirais de sortir avec un gars de ma taille ?

– J'ai déjà un petit ami.

– Je voulais juste avoir ton avis, je t'assure.

– Barry Lancaster.

– Barry Lancaster est ton petit ami ?

Elle balança ses cheveux par-dessus son épaule et hocha la tête. Le chewing-gum faisait *smac-smac-smac* dans sa bouche.

– Y a des types à qui tout réussit, dis-je en pensant à Barry Lancaster… et à moi aussi, curieusement.

Oncle Farrell dut venir me chercher en voiture cet après-midi-là car j'avais loupé le car. On alla directement à l'auto-école et je passai l'examen pour la troisième fois. Cette fois-ci, je le réussis, en ne faisant que quatre erreurs, soit une de moins que le maximum autorisé. Pour fêter ça, je nous conduisis au IHOP[1] pour dîner. Je commandai des œufs avec du bacon, des saucisses et des pancakes. Oncle Farrell prit un cheeseburger. Il portait son uniforme noir et humectait ses lèvres encore plus souvent que d'habitude.

– Alors, qu'est-ce que tu as décidé, Alfred ?

– A quel sujet ?

– L'opération pour M. Myers.

– Je trouve que c'est incroyablement injuste de menacer de m'envoyer dans un foyer d'accueil pour m'obliger à le faire.

– Ne parle pas de ce qui est injuste ou pas. Tu crois que c'est juste de refuser d'aider ton seul parent ?

– Tu me dis de ne pas parler de ça, et juste après, tu me demandes si un truc est juste ou pas.

– Et alors ?

– C'est pas juste.

– Des fois, j'ai l'impression que tu te moques de moi, Alfred. Et je trouve ça incroyablement culotté pour un gamin dans ta position. Dernière fois, dernière chance, à prendre ou à laisser : est-ce que tu veux bien m'aider ce soir ?

---

1. IHOP : International House of Pancakes, chaîne de fast-foods. *(NdT)*

– Ce soir ? Tu vas faire ça ce soir ?

Il hocha la tête. Il en était à sa troisième tasse de café et son hochement de tête fut saccadé, comme un pompon sur un bonnet.

– J'ai pas le choix, dit-il. Samson est absent et Myers veut récupérer son épée le plus vite possible. Alors, c'est maintenant ou jamais. Quatrième quart temps, il reste dix secondes à jouer.

– Autrement dit, que je t'aide ou pas, tu le feras quand même ?

– J'ai donné ma parole, Alfred. J'ai fait une promesse, dit-il d'un ton mordant, comme pour me rappeler que je devais tenir la mienne, moi aussi, bien que je ne me souvienne pas d'avoir rien promis. Il n'y a plus qu'une seule question… vas-tu m'aider, oui ou non ?

Voyant que je ne répondais pas immédiatement, il se pencha vers moi et murmura :

– Tu crois que je ne le ferai pas ? Tu crois que je ne te renverrai pas dans une famille d'accueil ?

Je m'essuyai la joue avec ma serviette, qui était toute collante de sirop d'érable.

– Si tu faisais ça, dis-je, je pourrais raconter à la police que tu as volé l'épée.

– Parle pas si fort ! Je ne vole rien du tout. Je récupère quelque chose pour le rendre à la victime. Je fais une bonne action, Al. Je te le demande pour la dernière fois : tu veux bien m'aider ou pas ?

Je me tamponnai les joues encore une fois avec ma serviette collante, et pour une raison qui m'échappe, je pensai à Amy Pouchard, au fait que Barry Lancaster allait certainement me tuer en apprenant qu'elle me donnait des cours de maths ; puis je pensai à ma mère qui était morte et au père que je n'avais jamais connu. La seule personne qui me restait était assise en face de moi, en train de boire du café, en s'humectant nerveusement les lèvres et en pianotant sur la table.

– OK, dis-je. Mais je suis mineur, alors quoi qu'il arrive là-bas, c'est toi qui seras responsable.

– Quoi qu'il arrive là-bas, répondit-il, ça va changer nos vies pour toujours.

Je me souviendrais de ces paroles quand oncle Farrell se tournerait vers moi pour murmurer mon nom, *Alfred*, juste avant de mourir.

CHAPITRE 5

Dans la voiture, sur le trajet conduisant à la Samson Tower, je demandai :

– Oncle Farrell, tu as réfléchi à la façon dont tu allais t'y prendre ?

– Pour faire quoi ?

– Récupérer l'épée. Tu as pensé aux caméras de surveillance ?

– On va couper le courant.

– Dans tout l'immeuble ?

– Non, uniquement pour le système de sécurité. C'est souvent qu'il y a des pannes de courant.

– Il n'y a pas de système auxiliaire ?

– On peut le débrancher. Mais si le courant reste coupé plus de dix minutes, la police est alertée automatiquement.

Je réfléchis.

– Autrement dit, on a dix minutes entre le moment où tu coupes le courant et l'arrivée des flics.

– Ouais. Mais il faut ajouter cinq ou dix minutes, le temps qu'un flic rapplique.

– Comment tu le sais ?

– On a fait des simulations, Alfred.

Il soupira et sa tête tressauta encore une fois.

– OK. Disons qu'on dispose d'une fenêtre maximale d'un quart d'heure.

– Une fenêtre maximale ? Tu vois trop de films, Alfred.

– Et si quelqu'un se pointe au rez-de-chaussée pendant qu'on est dans le bureau de M. Samson ?

– Pendant que *tu es* dans le bureau de M. Samson.

– Moi ?

– Ça peut pas être moi, Alfred. Pourquoi je t'ai demandé de venir, à ton avis ? Je suis obligé d'assurer la couverture en bas. Je te fais entrer dans le bureau, tu prends l'épée et on s'en va. Ensuite, j'appelle M. Myers et on échange l'épée contre un autre demi-million.

Après cela, on roula en silence pendant un moment. La Samson Tower se dressait devant nous, menaçante sur le fond du ciel noir.

– Tu vas rester dans la voiture, dit oncle Farrell en pénétrant dans le parking souterrain. Je reviendrai te chercher après le changement d'équipe.

Il me laissa là, recroquevillé sur le siège avant. Ma montre indiquait 22 h 45. Je dois l'admettre, même si toute cette histoire me paraissait super-louche, j'étais excité. C'était comme un film d'espionnage, sauf qu'on n'était pas des espions et que ce n'était pas un film. Alors, peut-être que ça ne ressemblait pas à un film d'espionnage, finalement ; ça ressemblait plutôt à un gamin de quinze ans et son oncle qui tentaient de voler une épée qui appartenait, ou pas, à un type qui nous filait un énorme paquet de fric pour la voler.

Quand oncle Farrell redescendit, je sortis de la voiture.

– La voie est libre, murmura-t-il. J'ai déjà coupé l'alimentation du système de sécurité. Dépêche-toi, Alfred !

Il ouvrit le coffre pour prendre un vieux sac en toile tout pourri.

– C'est pourquoi faire ? murmurai-je.

Le parking était désert et je me demandais pour quelle raison on parlait à voix basse.

– Tu veux qu'on te voie entrer chez nous avec une grosse épée sous le bras ? Tiens.

Il me tendit le sac.

On prit l'ascenseur qui reliait le parking au hall, où la fontaine gargouillait et où nos pas résonnaient de manière angoissante dans cet immense espace vide.

Je suivis oncle Farrell jusqu'au poste de garde avec sa rangée d'écrans de surveillance. Ils étaient tous éteints. Je remarquai de minuscules gouttes de sueur sur le front d'oncle Farrell.

– OK, Alfred, allons-y.

On prit un autre ascenseur et oncle Farrell sortit de sa poche la clé des bureaux de la direction. Il transpirait à grosses gouttes maintenant. Moi aussi et j'avais l'impression que ma langue avait doublé de volume. On ne parlait pas. Secrètement, j'espérais que notre quête s'achèverait par un échec. Comme ça, on pourrait dire à M. Myers qu'on n'avait pas trouvé l'épée et on aurait gagné un demi-million sans avoir pris une chose qui n'était pas à nous et peut-être même pas à lui.

La porte de l'ascenseur s'ouvrit et on sortit dans le couloir. Je sentais mon cœur cogner dans ma poitrine et le simple fait de respirer me faisait mal. J'aspirais de petites bouffées d'air pour atténuer la douleur.

La porte à double battant du bureau de M. Samson se trouvait juste face à nous. Oncle Farrell regarda sa montre. J'avais déjà regardé la mienne.

– Quatre minutes d'écoulées, on est dans les temps, dit-il.

Il introduisit la clé dans la serrure et la porte s'ouvrit sans bruit. Je cherchai l'interrupteur à tâtons.

– Non, n'allume pas, souffla oncle Farrell.

Il prit la lampe torche glissée dans sa ceinture.

– Ça aussi, quelqu'un pourrait le voir, dis-je.

– Ah, zut ! J'ai oublié mes lunettes à infrarouge à la maison. On n'a pas le choix, alors.

Il alluma sa lampe et le faisceau lumineux dansa sur l'acajou sombre du bureau de la secrétaire.

– Où est l'épée ? demandai-je.

– J'en sais rien.

– Tu n'en sais rien.

– Ça m'étonnerait qu'elle soit dans cette pièce.

Il sortit de sa poche une paire de gants en caoutchouc.

– C'est pas des gants pour la vaisselle, ça ?

– Je les ai trouvés dans le placard du gardien. Tiens, enfile-les.

– Où sont les tiens ?

– Je travaille ici, Al, je te le rappelle. Peu importe qu'on trouve mes empreintes.

– Tu ne crois pas que les flics vont se demander ce qu'elles font sur les affaires de M. Samson ?

Il me foudroya du regard.

– On n'en a qu'une paire.

J'ôtai le gant gauche et le lui donnai.

– Je suis droitier, dit-il.

– Moi aussi.

On se regarda dans le blanc des yeux.

– Quoi ? dit-il. Je peux quand même pas penser à *tout* !

Je soupirai et renfilai le gant. Oncle Farrell orienta sa lampe vers la gauche et la lumière se refléta sur la poignée de porte en plaqué or du bureau de M. Samson.

– Si cette épée est quelque part, c'est là, murmura-t-il. Tiens-moi la lampe, Al.

Je braquai la lampe sur son trousseau de clés pendant qu'il cherchait la bonne avec ses doigts tremblants. Je voulus regarder ma montre, mais il faisait trop sombre et oncle Farrell avait besoin de la lumière.

Enfin il trouva une clé qu'il pensait être la bonne, mais non. Il poussa un juron et continua à chercher.

Il essaya une autre clé. Celle-ci entra dans la serrure et on pénétra dans le bureau de M. Samson. Une table imposante faisait face à la porte, un canapé en cuir était disposé le long d'un mur, deux autres étaient occupés par des étagères. C'était une pièce immense, environ deux fois plus grande que l'appartement d'oncle Farrell. Dans le mur du fond, à gauche du bureau, il y avait une autre porte.

– Bon. Où peut-elle être ? dit-il.

Je réfléchis.

– Cette épée doit être assez grande. Il n'a pas pu la planquer n'importe où.

– Peut-être que ces étagères cachent une chambre secrète ou un truc dans ce genre, dit oncle Farrell. J'ai vu ça dans *Scooby-Doo*.

– Tu regardes *Scooby-Doo* ?

– Quand j'étais môme, Al. C'est un vieux truc.

– Si on était dans *Scooby-Doo*, tu jouerais le méchant, dis-je. Le méchant, c'est toujours le gardien ou le veilleur de nuit.

– Alors, heureusement que c'est pas le cas.

Le mur du fond n'était qu'une immense baie vitrée qui dominait le centre-ville, tout en bas. Elle laissait entrer juste assez de lumière pour qu'oncle Farrell puisse éteindre sa lampe et voir suffisamment clair. Il alla ouvrir l'autre porte et disparut à l'intérieur.

Je l'entendis étouffer un petit cri.

– Nom d'une pipe !

Il revint dans le bureau en reculant.

– C'est les toilettes. Je crois que le robinet du lavabo est en or massif.

Je regardai ma montre.

– Neuf minutes déjà. Faut se dépêcher.

Je ne savais pas où chercher dans ce grand bureau. Je ne voyais que des étagères, remplies principalement par des bibelots et des photos, un petit palmier en pot, un canapé, une table basse, le bureau et un fauteuil, c'était à peu près tout. Je tirai sur la poignée d'un des tiroirs du bureau, mais il était verrouillé. De toute façon, on ne pouvait pas cacher une épée dans un tiroir de bureau. Oncle Farrell avait peut-être raison : on devrait chercher une cachette secrète. Il pouvait très bien y avoir un coffre-fort derrière cette grande aquarelle au-dessus du canapé. On voit ça tout le temps dans les films. Oncle Farrell s'était arrêté près de la porte donnant sur l'anti-chambre ; il avait perdu son calme.

– Pourquoi tu restes planté là ! me cria-t-il.

– Je ne sais pas où regarder, avouai-je. M. Myers s'est peut-être trompé. Rien ne prouve qu'elle soit là.

– Elle est ici.

– Comment tu le sais ?

– Je le sais, c'est tout.

– Tu ne sais pas, mais tu sais, c'est ça ?

– La ferme, Alfred. J'essaye de réfléchir.

Je m'assis dans le fauteuil de M. Samson. Jamais je ne m'étais assis dans un fauteuil aussi confortable. On aurait dit qu'il me prenait dans ses bras. J'étais curieux de savoir combien ça coûtait, un fauteuil pareil.

– Qu'est-ce que tu fais ? me lança oncle Farrell.

– Je réfléchis.

– On n'a pas le temps, Alfred.

Le bureau de Bernard Samson était bien rangé. Rien ne traînait sur le sous-main. Une photo encadrée était posée dans un coin : un homme en compagnie d'un gros chien blanc, une sorte de mélange entre un loup et un saint-bernard. Je me demandai si cet homme était

M. Samson. Peut-être qu'il avait choisi cette race de chien parce qu'il s'appelait Bernard. A côté de la photo, il y avait un porte-stylo et une plaque avec un nom, au cas où quelqu'un oublierait, en entrant dans la pièce, qui était assis dans ce gros fauteuil si accueillant. Je regardai de nouveau la photo. L'homme avait des épaules larges, une grosse tête et une masse de cheveux châtain clair qu'il coiffait en arrière, comme une crinière de lion.

Je soulevai le sous-main de deux ou trois centimètres, ce qui n'est pas facile quand vous portez des gants pour la vaisselle. Il y a des types qui cachent des choses sous leur sous-main.

— Oncle Farrell, si tu possédais une épée d'une valeur inestimable, où tu la cacherais ?

— Dans mon cul d'une valeur inestimable.

Il jeta un coup d'œil dans l'antichambre, comme s'il s'attendait à voir débouler la police d'un instant à l'autre. Il était devenu très nerveux.

— Elle est peut-être derrière ce tableau au-dessus du canapé, dis-je.

— *Elle est peut-être derrière ce tableau au-dessus du canapé*, répéta-t-il en se moquant de moi, mais il s'agenouilla sur le coussin du milieu et souleva timidement le bas de cadre.

Je connaissais déjà la réponse avant de l'entendre dire :
— Rien.

Il se laissa tomber sur le canapé et se massa le front.

Je rapprochai le fauteuil du bureau et appuyai les coudes sur le sous-main.

— Je crois pas qu'elle soit ici, dis-je.

— La ferme, Al. J'essaye de réfléchir.

— Ou peut-être qu'elle était ici et que M. Samson l'a emportée.

— Pourquoi il l'aurait emportée ?

— Peut-être que quelqu'un lui a dit ce que mijotait M. Myers.

— Peut-être, peut-être, peut-être… Avec des peut-être, on peut refaire le monde !

— Peut-être qu'il est trop intelligent pour nous, dis-je, en parlant de M. Samson.

— Intelligent ?

Oncle Farrell leva la tête et me foudroya du regard de l'autre bout de la pièce.

— Qu'est-ce que je t'ai déjà dit à ce sujet, Al ? Être intelligent, c'est pas aussi important que les gens le pensent. Tu veux savoir ce qui est plus important que l'intelligence ? L'obstination. L'obstination et l'*énergie*, Alfred. C'est *ça* qui te fait réussir dans ce monde.

Il se laissa tomber à genoux sur le sol et braqua sa lampe sous le canapé. Je regardai ma montre. On avait dépassé la fenêtre.

— Oncle Farrell, faut s'en aller.

— Je reste ici.

— On va se faire prendre.

— Je n'abandonne pas un demi-million de dollars !

Quand je voulus me redresser, la boucle de ma ceinture heurta le dessous du bureau. Elle resta coincée et, lorsque je me levai, le plateau du bureau se souleva d'environ un centimètre. Ma boucle se libéra et le plateau retomba bruyamment.

A l'autre bout de la pièce, oncle Farrell, toujours à genoux par terre, me regardait d'un air hébété.

— Nom d'un chien, murmura-t-il.

CHAPITRE

6

– C'est lourd, dis-je. Prends ce côté-là.

J'avais débarrassé le dessus du bureau, en posant tout sur les étagères derrière moi.

– La vache, un peu que c'est lourd ! (Oncle Farrell gonfla ses joues en m'aidant à soulever le plateau.) Dépêche-toi, Alfred. Faut que je descende pour accueillir les flics. Toi, tu restes ici en attendant qu'ils soient repartis.

Cette idée me rendait nerveux. Je n'avais pas envie de me retrouver seul dans le noir, mais je ne voyais pas comment faire autrement.

Le plateau du bureau était monté sur des charnières ; on aurait dit une gigantesque boîte à musique. Oncle Farrell retint son souffle au moment où on se penchait tous les deux vers l'avant pour regarder à l'intérieur.

– Nom d'une pipe ! souffla-t-il. Ça alors !

A l'intérieur du compartiment secret se trouvait un clavier argenté, comme le clavier d'un distributeur de billets ou d'une calculatrice, encastré dans le bureau.

– Il y a un code, dis-je. Tu tapes un code et ça ouvre un truc.

– C'est quoi, le code ?

Oncle Farrell semblait au bord des larmes.

– J'en sais rien.

– Évidemment que tu n'en sais rien, Alfred ! Je posais pas la question en pensant que tu savais !

Il regarda sa montre et mordilla sa grosse lèvre inférieure.

– Allez, Al, tout va bien, dit-il de ce ton faussement positif que les adultes emploient parfois avec les enfants. Je vais descendre pour accueillir les flics pendant que tu restes ici.

– Je reste ici pourquoi faire ?

– Pour trouver le code.

Il me donna une petite tape d'encouragement dans le dos et se dirigea vers la porte.

– Oncle Farrell !

Il ne se retourna pas. J'entendis le *ding* de l'ascenseur, puis je me retrouvai dans le silence le plus assourdissant que j'aie jamais entendu.

J'observai le clavier. Le code était sans doute la date de naissance de M. Samson, ou la date de création de sa société, ou bien alors un chiffre au hasard qui n'avait rien à voir avec quoi que ce soit. Comme je ne connaissais aucune de ces dates, j'appuyai sur quelques touches au hasard. Rien ne se produisit et je me dis que je pouvais continuer comme ça jusqu'à la nuit des temps, sans résultat.

Finalement, je renonçai. Je m'enfonçai dans le fauteuil et regardai ma montre. Et si les flics exigeaient de voir les bureaux de la direction et qu'oncle Farrell les fasse monter ? En élaborant notre plan, on aurait dû penser aux talkies-walkies.

Ressentir à la fois de l'angoisse et de l'ennui est un mélange de sensations assez étrange. Incapable de tenir en place, je me penchai en avant pour scruter l'intérieur du compartiment secret. Une petite voix dans ma tête murmura « *téléphone* », puis elle recommença, « *télé-*

phone », et je me demandai pourquoi cette petite voix me murmurait « *téléphone* » comme ça.

Et soudain, je compris.

– Les lettres...

J'avais posé le téléphone de M. Samson par terre à côté du bureau. Je le pris et le posai sur mes genoux. Comme sur la plupart des appareils, chaque touche possédait trois lettres correspondant à un chiffre. Par exemple, ABC, c'était le chiffre 2.

Je me remis à pianoter sur le clavier secret.

7-2-6-7-6-6 = SAMSON. Rien. 2-3-7-6-2-7-3 = BER-NARD. Rien. Comment s'appelait ce chien sur la photo ? Je tapai 5-6-8-7 (LOUP) au hasard.

Toujours rien.

Je soupirai et consultai ma montre encore une fois. Oncle Farrell était parti depuis cinq minutes. Il disait que ce n'était pas si important que ça d'être intelligent, mais à cet instant, ça aurait été bien utile. Par désespoir plus qu'autre chose, je tapai ce qui me passait par la tête : 2-5-3-7-3-3.

Je sentis un vrombissement sous mes pieds, comme un moteur qui s'emballe, et le sol se mit à trembler. Je m'écartai du bureau en poussant un petit cri de stupeur, alors que le bureau commençait à se soulever ! A croire qu'un magicien invisible le faisait entrer en lévitation !

Une énorme colonne argentée monta lentement du sol, jusqu'à ce que le plateau du bureau se trouve à environ cinq centimètres du plafond.

Cette colonne était creusée, face à moi, et à l'intérieur, suspendue à deux clous en argent, pointe en bas... il y avait l'épée !

J'avais apporté la photo, pour être sûr de ne pas me tromper d'épée, mais je n'en avais pas besoin pour savoir que c'était la bonne. Dans les reflets bleutés des lumières de la ville, elle semblait scintiller, telle la surface d'un lac sous un ciel nuageux.

J'inspirai à fond et refermai la main autour du manche. L'épée jaillit quasiment de la colonne d'acier lorsque je la tirai vers moi ; j'étais surpris qu'elle soit aussi légère. Je m'attendais à ce qu'elle pèse une tonne, mais elle n'était pas plus lourde qu'un stylo ! Ça peut sembler bizarre de dire ça, mais immédiatement, j'eus le sentiment qu'elle faisait partie de moi ; c'était comme un prolongement de mon bras, une prothèse d'un mètre cinquante de long. Avec un sourire jusqu'aux oreilles, comme un enfant qui joue aux pirates, je la fis tournoyer plusieurs fois. Elle fendit l'air en sifflant. Puis je la brandis vers les lumières de la rue en l'orientant pour que celles-ci se reflètent sur les tranchants de la lame.

Je promenai mon doigt sur le fil. Aussitôt, un mince filet de sang s'échappa de la blessure. Je n'avais rien senti. Mais la vision du sang me ramena sur terre. Je fourrai l'épée dans le sac de toile. Puis j'introduisis mon pouce dans ma bouche ; je ne voulais pas semer des traces d'ADN dans le bureau de M. Samson en repartant.

Je trottai jusqu'à la porte et me figeai. Et si les flics demandaient à inspecter le bureau de M. Samson, pour une raison ou pour une autre ? Devais-je me cacher quelque part en attendant le retour d'oncle Farrell ? Arrêté sur le seuil, j'hésitai. Je plaquai le grand sac contre ma poitrine, tout en tétant nerveusement mon pouce. Je sentais le goût du sang dans ma bouche. Ne sachant pas comment procéder pour faire redescendre le bureau, je le laissai dans cette position et sortis dans le couloir.

Je refermai la porte derrière moi, la verrouillai soigneusement et marchai droit vers l'ascenseur pour attendre oncle Farrell.

Je m'adossai au mur ; mon cœur continuait à cogner

dans ma poitrine, la sueur coulait dans mon dos et sur mon torse. Le sac en toile pesait affreusement lourd tout à coup. Je sortis mon pouce de ma bouche. La blessure ne saignait plus, mais mon pouce me picotait, comme s'il était engourdi. Je fus pris de panique ; la lame était peut-être empoisonnée, j'allais mourir là, dans ce couloir sombre.

C'est alors que j'entendis arriver l'ascenseur. Apparemment, oncle Farrell avait mis du temps à se débarrasser de la police, me dis-je en me décollant du mur. J'avais encore un peu la tête qui tournait, mais le sac ne me semblait plus aussi lourd.

La porte de l'ascenseur s'ouvrit et j'étais en train de demander : « Pourquoi as-tu été aussi long, oncle Farrell ? » quand deux grandes silhouettes brunes sortirent de la cabine. Je reculai dans le couloir, vers l'issue de secours qui donnait sur l'escalier. Deux types imposants, vêtus d'amples robes marron, comme des moines, avancèrent vers moi ; leurs grandes capuches masquaient leurs visages.

Un des deux passa devant l'autre et dit à voix basse, si basse que je l'entendis à peine :

– Nous ne voulons pas te faire de mal. Nous voulons juste l'épée.

Il tendit la main.

Il paraissait si doux et raisonnable, que je faillis la lui donner. D'ailleurs, je l'aurais fait si, au même moment, son compagnon qui se trouvait derrière lui n'avait pas émis un grognement en fonçant vers moi. Sa main droite jaillit des replis de sa robe, et cette main tenait une longue épée, fine comme une queue de billard, avec une lame noire à double tranchant.

Le premier moine fit un geste pour le retenir, mais c'était trop tard. Sans même avoir le temps de réfléchir, je plongeai la main à l'intérieur du sac et en sortis rapidement l'épée. Mon agresseur hésita, mais juste une seconde. Il était presque sur moi quand je sentis l'épée siffler au-dessus de ma tête, alors que je ne me souvenais même pas d'avoir levé le bras. Puis je vis l'épée s'abattre, directement vers le crâne du type.

Il poussa un cri et leva son sabre pour contrer mon attaque, à la dernière seconde. Le bruit des lames qui s'entrechoquent résonna comme un coup de tonnerre dans le couloir étroit. Le type recula en titubant, étourdi par le coup.

Les picotements dans mon pouce s'étaient répandus dans tout mon bras. Malgré tout, je fis tournoyer l'épée encore une fois, tandis que le premier moine, ayant renoncé à négocier, fondait sur moi.

Son compagnon recula encore, en se tenant le poignet. Je reculai moi aussi, en titubant. Le plus grand des deux moines se déplaçait plus lentement que l'autre, mais c'était une lenteur réfléchie. Je reculai jusqu'à ce que mon dos heurte la porte de l'escalier.

– Renonce à cette épée, dit la voix venue de sous la capuche brune.

Une main pâle se tendit vers moi, tandis que l'autre levait la lame noire effilée.

Avec ma main gauche, j'agrippai la poignée de la porte, l'abaissai et donnai un coup de talon. Simultanément, mon épée s'abattit en sifflant vers l'oreille gauche du moine. Il bloqua mon attaque avec son épée à la lame noire. Je saisis son poignet gauche, tirai d'un coup sec tout en faisant un pas de côté, sur la droite, et l'envoyai valdinguer dans l'escalier. Je l'entendis pousser des cris de douleur en dégringolant les marches.

Entre-temps, l'autre moine s'était ressaisi et il se jeta de nouveau sur moi, en faisant de grands mouvements avec son épée, si rapides qu'elle formait une tache floue devant mes yeux, mais mon épée bloquait chaque attaque, parait chaque coup, comme si elle agissait de son propre chef. Je ne savais pas comment je faisais pour affronter ce type, qui était visiblement un spécialiste en matière d'escrime.

Dans ma main, l'épée était aussi légère qu'une plume et autour de moi, tout semblait se ralentir, comme dans une danse onirique. Je voyais arriver les attaques de très loin.

Il fit une dernière tentative, désespérée, pour se jeter sur moi. J'écartai aisément son épée et abattis mon poing gauche sur le côté de sa tête. Il s'écroula à genoux.

– Désolé, dis-je. Je ne veux faire de mal à personne. J'essaye juste d'aider mon oncle pour qu'il ne m'envoie pas dans une famille d'accueil. Qui êtes-vous ?

Avant qu'il puisse répondre, une main m'agrippa par derrière et m'attira dans la cage d'escalier. C'était l'autre moine, le plus grand, celui qui avait parlé le premier. Il se plaqua contre moi, de tout son poids, pour me coller au mur. Sa main se referma sur mon poignet droit ; mon épée frottait contre le mur en ciment. Il leva son épée à la lame noire et appuya la pointe sur ma pomme d'Adam.

– Si tu tiens à la vie, lâche cette épée, chuchota-t-il.

– OK.

Je la lâchai. Pendant une seconde, aucun de nous deux ne bougea ; je pense que nous étions tous les deux étonnés que je l'aie lâchée. Soudain, sans même réfléchir, je lui décochai un coup de genou dans le bas-ventre, de toutes mes forces. Il s'écroula et resta immobile.

Je fis un petit saut pour l'enjamber, ramassai l'épée par terre et me retrouvai face à l'autre moine au moment où il franchissait la porte de l'escalier. En voyant son compagnon à terre, il poussa un petit cri. J'en profitai pour l'agripper par le devant de sa robe et le balancer derrière moi.

– Arrête-le ! cria le moine couché par terre.

Je piquai un sprint dans le hall. La pointe de l'épée raclait la moquette. J'appuyai sur le bouton de l'ascenseur. Si personne ne l'avait appelé depuis que mes agresseurs étaient apparus, il devait encore être là.

La porte s'ouvrit en coulissant. Oncle Farrell était à l'intérieur, avec un troisième moine en robe brune, qui lui aussi tenait une épée à la lame noire. Celle-ci appuyait sur le cou d'oncle Farrell.

CHAPITRE 7

– Alfred ! s'écria oncle Farrell d'une voix stridente.

– Lâche l'épée, m'ordonna le nouveau moine. Lâche-la, si tu ne veux pas mourir.

– Euh… Alfred, bafouilla oncle Farrell, je crois que tu ferais bien de faire ce qu'il te demande.

J'entendis la porte de l'escalier s'ouvrir dans mon dos. Jetant un coup d'œil par-dessus mon épaule, je vis les deux premiers moines avancer vers moi. Le plus grand des deux, celui à qui j'avais balancé un coup de genou, boitait derrière son camarade.

– Il n'y a aucune issue, dit le grand moine. Si tu nous donnes l'épée, tu peux encore avoir la vie sauve.

– Si vous tuez mon oncle, répondis-je en m'adressant au moine dans l'ascenseur, je vous tue tous.

Je devais paraître beaucoup plus courageux que je ne l'étais en réalité. J'étais bien incapable de tuer qui que ce soit, mais ces types ne pouvaient pas le savoir.

– On ne veut faire du mal à personne, déclare le grand moine. On veut juste l'épée.

– Donne-leur cette foutue épée, Alfred. Arrête de déconner !

A cet instant, l'autre moine qui se trouvait derrière moi, le plus petit, dut perdre patience car il bondit en poussant en cri et en brandissant son épée noire au-dessus de sa tête. «Non!» cria le grand moine au moment où son compagnon arrivait sur moi. Je contrai son coup d'épée avec un uppercut (j'ignore si c'est le terme qui convient, je n'y connais rien en escrime) de ma propre épée, plus grosse. J'entendis le crissement du métal sur le métal. On aurait dit un accident de voiture.

Son épée se brisa en mille morceaux sous le choc. Je le saisis par le poignet et l'expédiai dans l'ascenseur, tandis qu'une pluie de débris de métal noir et scintillant s'abattait sur nous.

Il alla percuter oncle Farrell et le troisième moine, qui perdirent tous deux l'équilibre. Je plongeai le bras à l'intérieur de la cabine, pris oncle Farrell par la main et le tirai à l'extérieur. Je l'entraînai ensuite vers l'escalier, mais le grand moine se dressait toujours entre nous et la sortie.

– Sur mon honneur, dit-il. Nous voulons uniquement l'épée. S'il vous plaît. Vous ne savez pas ce que vous faites.

Il tendit la main.

– Donnez-moi l'épée et il ne vous sera fait aucun mal. Vous avez ma parole.

J'avançai vers lui, en tirant oncle Farrell derrière moi et en pointant le bout de l'épée sur le ventre du moine. Je ne savais pas ce que je faisais, peut-être, mais je le faisais plutôt bien jusqu'à présent.

– Écartez-vous, dis-je. On s'en va.

– Vous n'irez pas très loin, promit-il.

Sous sa capuche, je vous jure que je voyais briller ses yeux; ils n'étaient pas rouges comme ceux d'un démon ou je ne sais quoi, mais légèrement bleutés, comme la lueur d'une veilleuse.

– Vous ne pourrez pas la conserver longtemps, ajouta-t-il. Nous savons qui vous êtes.

Derrière nous, un des moines poussa un cri et le chef leva la main. Elle était très pâle, ses doigts étaient longs et fins, presque comme des doigts de femme.

– Non, dit-il calmement, avant de s'adresser à moi. Nous nous reverrons.

Oncle Farrell et moi, on dévala l'escalier et la lourde porte claqua derrière nous, comme un coup de feu.

CHAPITRE

8

Je dévalai les marches deux par deux en tirant oncle Farrell derrière moi. Je descendis deux étages, m'arrêtai sur le palier et tendis l'oreille. Rien.

– Encore vingt-sept étages à descendre, dis-je. Tu t'en sens capable ?

– Le monte-charge… haleta oncle Farrell.

J'ouvris la porte du palier et poussai oncle Farrell dans le couloir obscur, jusqu'au monte-charge. Il tripotait nerveusement ses clés, sans cesser de me houspiller. Qu'est-ce qui m'avait pris, nom d'un chien ? Attaquer une bande de moines armés ! Il m'accusait d'avoir tout gâché, particulièrement sa vie. Moi, je pensais au sac en toile que j'avais laissé dans le couloir devant le bureau de **Samson**. Il me semblait avoir lu quelque part que la police pouvait relever des empreintes sur du tissu.

Oncle Farrell avait raison : j'avais tout gâché, sa vie et la mienne.

Il trouva enfin la bonne clé, et quand les portes du monte-charge s'ouvrirent, on s'y engouffra et on appuya sur le bouton du rez-de-chaussée. Adossés à la paroi du fond, on essayait de reprendre notre souffle.

Les portes du monte-charge s'ouvrirent sur le hall.

– M. Myers avait raison, dis-je. Ce n'est pas une épée ordinaire.

On avança dans le hall.

– Où tu as appris à manier l'épée de cette façon? demanda oncle Farrell.

Mais il n'attendit pas de réponse, et c'était une bonne chose car je n'en avais pas.

– Tu as trouvé le code? demanda-t-il.

Je hochai la tête.

– Tu es un jeune homme plein de talents cachés, hein? C'était quoi, le code?

– Deux-cinq-trois-sept-trois-trois.

– C'est quoi, ça?

– C'est mon nom.

Il me regarda avec des yeux écarquillés.

– Ça pourrait aussi être « Alepee », ajoutai-je, mais ça n'a aucun sens.

– Toi non plus. Quelqu'un nous a balancés, Alfred.

– Ou peut-être que le bureau était sur écoute.

– Oui, c'est ça. Une alarme se déclenche dans le monastère et les moines reviennent en courant des vêpres pour aller se battre.

Le hall était étrangement silencieux, exception faite des gargouillis de la fontaine.

– Et la police, où elle est? demandai-je.

– C'est ce que j'aimerais savoir, grommela-t-il. C'est vrai, quoi! Jamais là quand on a besoin d'elle.

Il m'expliqua que le troisième moine l'attendait ici dans le hall quand il était sorti de l'ascenseur. Il lui avait collé son épée sur la gorge et l'avait obligé à remonter au dernier étage.

Oncle Farrell s'arrêta à son poste pour actionner quelques boutons. Les écrans s'allumèrent en clignotant. Le couloir du dernier étage était désert. J'observai le mur derrière le bureau, là où les témoins lumineux rouges indiquaient la position des six ascenseurs. L'express était toujours arrêté au dernier étage.

– Ils ont pris l'escalier, dis-je.

– Qu'est-ce qu'on fait ? demanda oncle Farrell.

Comme si j'étais devenu le chef, maintenant que je tenais l'épée à la main.

Je réfléchis.

– Appelle la police.

– Hein ?

– Les moines ou je ne sais qui ont peut-être intercepté le signal d'alarme. Appelle la police.

– Pour leur dire quoi ?

– Dis-leur que trois types, peut-être plus, se baladent dans l'immeuble avec des épées.

Je tendis la main dans son dos et appuyai sur un bouton portant la mention « Alarme ». Une lumière rouge se mit à clignoter sur le tableau.

– Oui, c'est ça, et en attendant la police, je vais préparer un petit casse-croûte vite fait pour les moines et moi quand ils arriveront. Qu'est-ce que tu racontes, Alfred ?

– Ce n'est pas toi qu'ils veulent, dis-je en parlant des types en robe marron. Ils veulent l'épée, et elle ne sera plus là.

– Tu t'en vas ? Tu ne peux pas partir, Al.

– Bien sûr que si. Donne-moi tes clés de voiture.

– Je ne te prête pas ma voiture !

– Si tu quittes ton poste, tu vas te faire virer.

– Je serai bientôt millionnaire, Alfred ! Tu crois que ça m'inquiète de me faire virer ? On fiche le camp d'ici !

On emprunta l'escalier conduisant au parking souterrain. Oncle Farrell conduisit pendant que j'étais assis à l'arrière, avec l'épée sur les genoux. Trois voitures de police nous croisèrent dans un rugissement ; elles fonçaient vers la Samson Tower toutes sirènes hurlantes.

Une fois qu'on se retrouva en sécurité, la panique et la peur m'assaillirent. Je fus pris de sueurs froides et je dus retenir mes larmes.

– Oncle Farrell, il faut que tu m'expliques ce qui se passe réellement.

– J'en sais rien.

– D'où sortaient ces types ?

– J'en sais rien.

– Comment ils sont entrés dans l'immeuble ?

– J'en sais rien.

– Pourquoi est-ce que mon nom est le code de la cachette ?

– J'en sais rien.

Apparemment, oncle Farrell ne savait pas grand-chose. C'était encore plus affreux de me dire que j'étais le véritable cerveau de l'opération.

Il rentra directement à l'appartement et se gara en double file dans la rue. Il était presque trois heures du matin et on ne croisa personne en montant l'escalier. Oncle Farrell entra le premier pendant que je scrutais le couloir une dernière fois.

J'entrai à mon tour dans la pièce obscure et silencieuse.

– Tout va bien ? lançai-je.

J'allumai la lumière et entendis oncle Farrell pousser un petit cri. Il se trouvait à environ trois mètres de moi, près du canapé. Derrière lui se tenait Arthur Myers, le bras serré autour de sa gorge.

– Évidemment que tout va bien, monsieur Kropp, dit-il.

CHAPITRE 9

– Alfred… dit oncle Farrell d'une voix entrecoupée. Je ne peux plus respirer.

– Il a du mal à respirer, monsieur Kropp, dit M. Myers. Lâchez l'épée et reculez, je vous prie.

Je lâchai l'épée. Elle tomba sur le sol avec un bruit métallique assourdi.

– Parfait. Maintenant, reculez jusqu'à la fenêtre, je vous prie.

Je fis quelques pas de côté en direction de la fenêtre, sans les quitter des yeux.

M. Myers libéra oncle Farrell, le contourna alors que celui-ci s'écroulait dans le canapé, et marcha à grandes enjambées vers l'épée. Il la ramassa et la fit tourner entre ses mains.

– Voilà, vous avez l'épée, dis-je. Vous pouvez partir maintenant, monsieur Myers.

– Une minute ! s'exclama oncle Farrell en se massant la gorge. Je voudrais quelques explications d'abord. C'est quoi, cette fichue épée ? Et qui sont ces énergumènes habillés bizarrement qui ont essayé de nous la prendre ?

– Ils n'essayaient pas de vous la prendre, répondit M. Myers. (Il regardait l'épée avec une drôle d'expression.) Ils essayaient de vous empêcher de la prendre.

Il posa son regard sur moi et une expression ténébreuse passa sur son visage.

– Vous m'avez rendu un grand service, monsieur Kropp. (Il s'adressait à oncle Farrell cette fois, mais il continuait à me regarder.) Et je vous paierai comme vous le méritez.

– A la bonne heure. On avait conclu un marché et j'ai failli me faire tuer.

– Oh, assurément. Ils n'auraient pas hésité à vous tuer pour garder l'épée. Ils ont juré de la protéger à tout prix, figurez-vous. Ce sont des hommes impitoyables, dotés d'une volonté d'acier. De nos jours, il est mal vu de se montrer impitoyable, mais il y a dans cette attitude quelque chose d'honorable, une sorte de pureté, vous n'êtes pas de cet avis ?

M. Myers avait l'épée, mais il faisait allusion à une chose capitale, une chose qu'il voulait nous faire comprendre avant de partir.

– Ces hommes sont mes ennemis d'une certaine façon, puisque nos buts sont opposés, mais je les admire, voyez-vous. Ils ont beaucoup à nous apprendre sur l'importance de la volonté.

Il se tourna de nouveau vers moi. Il souriait. C'était le genre de sourire capable de vous faire détester les sourires.

– Voyez-vous, Alfred Kropp, la plupart des hommes manquent de volonté. Elle se dérobe au moindre défi. Elle s'écroule au premier signe de résistance. Elle n'écoute pas les impératifs de la nécessité. Vous me suivez, monsieur Kropp ?

– Pas très bien, avouai-je. Vous avez l'épée, monsieur Myers. Est-ce qu'on peut avoir notre argent ?

– Je vais vous donner quelque chose de bien plus précieux que l'argent, monsieur Kropp. Je vais vous donner une leçon de vie capitale. Je vais vous apprendre ce qui se passe quand votre volonté se heurte à une volonté plus forte.

En deux enjambées il se retrouva devant le canapé et je ne pus que demeurer impuissant quand il planta l'épée dans la poitrine de mon oncle, si profondément que la lame s'enfonça dans les coussins qui se trouvaient derrière lui. Les yeux d'oncle Farrell glissèrent dans ma direction et il murmura « Alfred », avant de mourir.

CHAPITRE 10

Myers avança vers moi. Je me figeai, m'attendant à ce qu'il enfonce l'épée dans ma poitrine, mais au lieu de cela, il posa son index sur sa bouche et fit : « Chut ! » Puis il repartit sans un mot.

Je compris aussitôt qu'il était temps de faire appel à des adultes, et comme oncle Farrell était le seul adulte dans la pièce, et qu'en plus il était mort, j'appelai la police.

Elle arriva. D'abord deux agents en uniforme, puis les inspecteurs, qui portaient des vestes froissées et des cravates nouées de travers. Un photographe vint prendre des clichés de mon oncle mort, bientôt suivi d'une dame du bureau du légiste. Puis une autre dame arriva, en se présentant comme une conseillère du bureau d'aide sociale. Je lui dis que, plus que de conseils, j'aurais surtout besoin d'un verre d'eau. Un des policiers me l'apporta.

Je leur racontai tout, depuis le soir où M. Myers avait remis l'avance à oncle Farrell pour qu'il lui procure l'épée, jusqu'au combat contre les moines en robe de bure armés d'épées. Pour finir, je leur racontai que M. Myers avait assassiné oncle Farrell et menacé de me tuer, moi aussi, si je parlais.

Personne ne semblait me croire.

Ils enfermèrent oncle Farrell dans une housse en plastique noir et l'emportèrent dans le couloir, où tous les voisins s'étaient rassemblés, comme des badauds hébétés. Un des inspecteurs me demanda de décrire M. Myers, ce que je fis. Je lui parlai des cheveux longs noués en queue-de-cheval et du costume brillant.

Un autre inspecteur reçut un appel sur son portable et il parla longtemps à voix basse. J'ignorais quelle heure il était, mais l'aube ne devait plus être loin quand la porte s'ouvrit pour laisser entrer un colosse avec une crinière de cheveux blonds, suivi de deux grands types en costumes sombres.

– Vous avez fini ? demanda l'un des deux à l'inspecteur.
– On a fini.

Ils nous laissèrent seuls et les deux types en costume sombre prirent position de chaque côté de la porte, le regard perdu dans le vide.

Le colosse aux cheveux blonds s'assit à côté de moi, près de la fenêtre. Le soleil levant qui brillait à travers les carreaux se reflétait sur les pointes de ses cheveux. Il posa la main sur mon avant-bras.

– Sais-tu qui je suis ?

Il avait une voix douce, très grave.

– Vous êtes Bernard Samson ? Vous ressemblez au type sur la photo.

– Oui, je suis Bernard Samson, Alfred.

– Comment vous connaissez mon nom ?

Il sourit.

– Tu serais surpris par tout ce que je sais.

– Vous allez m'expliquer ce qui se passe, monsieur Samson ?

– Oui, Alfred, je vais t'expliquer, dit-il, toujours avec ce même ton doux. Veux-tu quelque chose ?

– Un policier m'a donné un verre d'eau. Ça, c'est réglé.

Je voudrais bien dormir car je n'ai pas dormi depuis vingt-quatre heures. Et j'ai faim. Mais si je mange quoi que ce soit, j'ai peur de vomir. En fait, ce que je voudrais surtout, c'est des réponses.

Il sourit.

— Vas-y, pose tes questions.

— Qui sont ces types ? demandai-je en montrant d'un mouvement de tête les deux hommes postés à la porte.

— Ce sont des agents.

— Des agents de quoi ?

— D'une organisation dont tu n'as jamais entendu parler, car peu de gens en ont entendu parler. Ils appartiennent à une agence spécialement entraînée pour faire face à des urgences comme celle-ci.

— C'est une urgence ?

— Une crise, plutôt. Vois-tu, Alfred, cette chose qui a disparu a énormément d'importance.

— Vous parlez de l'épée ?

Il hocha la tête.

— Elle n'appartient pas vraiment à M. Myers, hein ? dis-je.

— Non.

— Je le savais ! J'ai essayé de l'expliquer à oncle Farrell, mais il a refusé de m'écouter.

— Eh oui.

— Qui est Arthur Myers ?

— Il est plusieurs choses.

— Vous répondez à mes questions, mais vous ne me donnez aucune réponse, monsieur Samson. Je croyais que vous étiez en Europe.

— Mon avion vient d'atterrir.

Il me tapota le bras et se leva. Il se mit à faire les cent pas dans la pièce, les mains dans le dos.

— Tu me demandes qui est Arthur Myers ? Je n'avais

75

jamais entendu ce nom avant aujourd'hui. Mais je connais bien cet homme. Il a eu de nombreux noms et de nombreux déguisements, dans de nombreux pays. Bartholomew en Angleterre. Vandenburg en Allemagne. Lutsky en Russie. Qui connaît son véritable nom? Mes amis ici présents… (d'un petit hochement de tête, il montra les deux hommes à la porte) le connaissent sous son nom de code: *Dragon*. La première fois que je l'ai rencontré, il y a fort longtemps, à Paris, il s'appelait Mogart. Alors, pour moi, il est et restera toujours Mogart.

M. Samson secoua son énorme tête et laissa échapper un ricanement amer.

– Mogart! Que puis-je te dire sur Mogart? Il est un tas de choses, et rien du tout en même temps. Mercenaire, provocateur, assassin, destructeur et meurtrier, mais je n'ai pas besoin de te dire tout ça. C'est un amoureux des ténèbres. Oui! Des ténèbres. S'il est possible de définir un homme par ce qu'il fait, tu peux le considérer comme un agent, Alfred. Un agent des ténèbres.

Son portable sonna. Je sursautai. Je ne sais pas si c'était à cause de la sonnerie ou de mon petit bond, toujours est-il qu'un des deux types postés à la porte glissa prestement la main à l'intérieur de sa veste. Il la ressortit lentement quand M. Samson se mit à parler.

– Oui… Quand?… Vous êtes certain?

Il resta muet un long moment, à écouter ce qu'on lui disait. Dans la lumière du petit matin, son visage creusé de rides profondes et sombres paraissait très vieux. Je me demandais quel âge avait Bernard Samson. Et s'il me disait la vérité. En fait, je me demandais ce qu'il était en train de me raconter.

– Très bien, dit-il enfin dans son téléphone.

Il l'éteignit et revint s'asseoir près de moi.

– J'ai peur de ne pas pouvoir m'attarder, Alfred. Les

choses s'accélèrent et le temps est notre ennemi désormais. Nous avons utilisé toutes les ressources à notre disposition, mais Mogart a eu largement le temps de passer entre les mailles du filet. Alors, dépêche-toi de me poser tes autres questions.

– Je veux juste savoir ce que cette épée a de si spécial, pourquoi trois types déguisés en moines, avec des épées noires, ont essayé de me tuer pour la récupérer, et surtout, je veux savoir pourquoi mon oncle est mort.

– Ton oncle est mort pour envoyer un message, Alfred. A moi. A toi. A ces hommes que tu as rencontrés hier soir. Il est mort pour servir d'avertissement et de promesse : d'autres mourront si nous nous opposons à Mogart. Et j'ai peur qu'il ne faille prendre ce message très au sérieux, Alfred. D'autres personnes mourront, en effet, avant que tout cela soit terminé.

– Avant que *quoi* soit terminé ? Pourquoi vous ne me dites pas les choses clairement, monsieur Samson ? Je suis crevé et je me sens vraiment mal. Je me suis senti mal dès le début de cette histoire et j'ai essayé de convaincre oncle Farrell de laisser tomber, mais il n'a pas voulu m'écouter et maintenant, je me sens vraiment très mal.

Il me tapota la main, consulta sa montre et dit :

– L'épée que tu as volée dans mon bureau, as-tu remarqué qu'elle avait quelque chose de particulier ?

Je ne répondis pas.

– Tu t'en es servi pour combattre ces hommes, Alfred. Avais-tu déjà combattu quelqu'un à l'épée ?

– Non, pas pour de vrai. Pour jouer, quand j'étais gosse.

– Pourtant, malgré un total manque d'expérience, tu as pris le dessus sur trois fines lames, n'est-ce pas ?

– Exact. Qui étaient ces hommes ? Ils ne travaillent pas pour M. Myers... ou Mogart ou quel que soit son nom, hein ?

– Non.

– Donc, ils travaillent pour vous.

– Ils ne travaillent pour personne, Alfred. Ils appartiennent à un ordre aussi ancien que secret et ils ont fait le vœu sacré de protéger l'épée jusqu'à ce que son maître vienne la réclamer. Ils auraient dû te tuer quand tu as refusé de la leur donner, mais ce ne sont pas des meurtriers, ni des voleurs.

– Non. Ça, c'est M. Mogart et moi.

– Ce sont des chevaliers, Alfred. Du moins, c'est ainsi qu'on les appellerait si cela existait encore dans cette époque de ténèbres.

– Monsieur Samson, allez-vous enfin m'expliquer ce qui se passe ? Je croyais que vous étiez pressé.

J'avais l'impression de devenir aussi minuscule qu'une mine de crayon, ce qui n'était pas très confortable pour quelqu'un de ma corpulence.

– Il y a très longtemps, Alfred… Il y a très longtemps, un homme a réussi à unifier le plus grand royaume que le monde ait jamais connu. Ce royaume n'était pas grand par ses terres ni ses armées, mais par la vision qu'il offrait à l'humanité, l'idée que la justice, l'honneur et la vérité étaient à notre portée ; non pas dans un quelconque monde futur, mais ici, dans ce monde de mortels. Ce roi nous a quittés, mais sa vision est restée. Nous sommes les gardiens de cette vision, car nous en gardons la dernière incarnation physique.

– Vous parlez de l'épée ?

– L'épée est *dans* ce monde, Alfred, mais elle n'est pas *de* ce monde. Forgée avant les fondations de la terre, par des mains qui n'étaient pas mortelles, c'est l'Épée Authentique, Alfred, l'Épée des Rois. En d'autres temps, on l'appelait Caliburn. Mais peut-être la connais-tu sous son autre nom : Excalibur.

– Vous parlez du roi Arthur, c'est ça ?

– Oui, le roi Arthur.

– Ce n'est qu'une légende, une histoire.

– Je n'ai pas le temps de te convaincre, Alfred. Tu as tenu cette épée. Entre tes mains inexpérimentées, l'Épée a vaincu trois fines lames. Et ce n'est qu'une partie de son pouvoir. L'Épée des Rois renferme le pouvoir céleste lui-même, Alfred ! Le pouvoir de créer et aussi celui de détruire. Tout le savoir-faire des fabricants d'armes de ce bas monde est impuissant face à elle, mais surtout, la *volonté* des êtres ordinaires ne peut rivaliser avec sa force.

Je repensai au grand moine qui s'était écarté pour nous laisser passer, oncle Farrell et moi, lorsque j'avais brandi l'épée en lui ordonnant de déguerpir. *La volonté des êtres ordinaires ne peut rivaliser avec sa force.*

Les yeux de M. Samson brillaient d'une lueur lointaine, comme s'il voyait des choses que je ne pouvais pas voir : de grandes batailles, des hommes en armure étincelante, à cheval, dévalant des collines dans un grondement de tonnerre.

– Tu m'as demandé qui étaient ces hommes dans la Samson Tower. Nous ne sommes plus que douze désormais. Nous sommes les descendants des chevaliers de la Table ronde du roi Arthur. L'Épée est sous notre protection depuis des siècles et, à ma connaissance, c'est la première fois que nous ne parvenons pas à la défendre face à des êtres maléfiques.

– Vous êtes un chevalier ? dis-je en secouant lentement la tête. Vous êtes en train de me dire que ces deux types et vous, vous êtes des chevaliers genre roi Arthur et tout ça ?

– Non, pas ces hommes, rectifia M. Samson en montrant d'un geste les deux hommes en costume sombre, toujours au garde-à-vous près de la porte. Leur organisation ne connaissait même pas l'existence de l'Épée avant cette nuit. Mais les circonstances exigent que nous utilisions tous les outils à notre disposition. Vois-tu, Alfred, M. Mogart possède des amis très puissants, des amis prêts à payer n'importe quel prix pour s'emparer d'une arme contre laquelle il n'existe aucune défense. Et les amis de Mogart ne sont pas des amis de l'humanité. Ce sont des despotes, des dictateurs qui donneraient tout pour posséder l'Épée. Tu commences à comprendre maintenant ? Aucune arme créée par l'homme, aucune armée, aucune alliance militaire, aucune nation ni aucune alliance de nations sur terre ne peut résister au pouvoir de l'Épée.

– M. Myers a payé mon oncle pour voler l'Épée, dans le but de la revendre ensuite ?

– Au plus offrant. Et je te laisse imaginer jusqu'où peuvent monter les enchères…

Il posa de nouveau la main sur mon bras et je fus surpris de voir des larmes briller dans ses yeux noisette.

– … et quel genre d'individus participera aux enchères, ajouta-t-il. Une armée ayant l'Épée à sa tête serait tout bonnement invincible.

CHAPITRE
11

– Cet objet possède une valeur inestimable, Alfred, dit
M. Samson. Mais Mogart peut en tirer des milliards. Des
dizaines de milliards. Et si on ne retrouve pas l'Épée
avant qu'elle finisse entre les mains d'hommes diaboliques, le monde plongera dans une ère de cruauté et de
terreur inimaginables. L'horreur de l'Allemagne nazie ou
de l'URSS de Staline est peu de chose en comparaison.
Alors, tu commenceras à prendre conscience de l'ampleur de cette perte.

Le soleil levant éclairait ses traits saillants à travers la
fenêtre.

– Nous devons récupérer l'Épée avant que cette tragédie ne se produise. Mogart peut encore décider de la garder pour son usage personnel, mais les conséquences
seraient tout aussi épouvantables.

– Vous savez où il se trouve ? demandai-je.

– Je sais où il se rend. Voilà très longtemps qu'il prépare ce jour. Au moment où je te parle, il traverse l'Atlantique pour rejoindre sa tanière à Jativa. (Voyant mon
air perplexe, il ne put retenir un petit rire.) C'est en
Espagne, Alfred.

Il me sourit encore une fois.

– Tu as mille autres questions, je le sais, mais je suis resté trop longtemps déjà. Je dois m'en aller.

– Non, ne partez pas ! suppliai-je. Ne me laissez pas seul !

Il me tapota la main et son sourire s'effaça.

– Cela semble être mon funeste destin… et le tien, Alfred.

Il pivota et se dirigea vers la porte. Je me levai d'un bond pour le suivre.

– Il y a forcément quelque chose que je peux faire, dis-je. Emmenez-moi avec vous. Je pourrais vous aider. C'est moi qui ai perdu l'Épée, il est normal que je vous aide à la retrouver.

Je m'attendais à une réponse du style : « Je pense que tu en as déjà suffisamment fait. » Mais au lieu de cela, il se pencha vers moi et murmura :

– Prie.

Alors qu'il s'éloignait dans le couloir, je lui lançai :

– Juste une dernière question, monsieur Samson ! Pourquoi il ne m'a pas tué, moi aussi ?

Il s'arrêta et se retourna avec ce même sourire empreint de tristesse.

– Pour deux raisons, je pense. Premièrement, c'est plus cruel de tuer ton oncle et de te laisser la vie sauve. Deuxièmement, il existe un code de l'honneur entre les voleurs.

Sur ce, il disparut dans l'escalier, suivi des deux agents. Il ne pouvait pas me faire plus mal qu'en me traitant de voleur. Pourtant, je ne pense pas qu'il cherchait à me blesser en disant cela. Mes sentiments étaient le dernier de ses soucis.

CHAPITRE
12

Oncle Farrell n'étant plus de ce monde, j'étais désormais un pupille de l'État. Un couple nommé Horace et Betty Tuttle se porta volontaire pour me recueillir en attendant, hypothèse peu probable, que quelqu'un m'adopte.

Les Tuttle vivaient dans une toute petite maison, au nord de Knoxville. Cinq autres orphelins s'entassaient dans cette petite maison. Pas une seule fois je ne vis Horace Tuttle partir travailler, et je savais que sa femme et lui recevaient toutes sortes de chèques de l'État et du gouvernement fédéral pour chaque enfant. C'était sans doute ainsi qu'ils gagnaient leur vie.

Horace Tuttle était un petit bonhomme tout rond, qui faisait sans cesse des remarques sur ma taille, et particulièrement sur les dimensions de ma tête. Je pense que je lui faisais peur, ou bien il m'en voulait d'être aussi grand car lui était affreusement petit. Betty, son épouse, était petite et ronde comme lui, avec la même tête en forme de cône. Ils me faisaient penser à des tortues, un peu comme leur nom, d'ailleurs[1]. Peut-être que certaines personnes finissent par ressembler à leurs noms, comme d'autres finissent par ressembler à leurs chiens.

---

1. Tortue se dit *turtle* en anglais. *(NdT)*

Je partageais une chambre avec deux des autres orphelins. Le premier soir, le plus âgé menaça de me tuer dans mon sommeil. Je me sentais si déprimé et misérable que je lui répondis que ça m'était indifférent.

En temps normal, j'avais déjà du mal à me concentrer à l'école, mais essayez un peu de vous concentrer quand votre oncle vient d'être assassiné sous vos yeux et que vous savez que la fin du monde est proche. Essayez donc d'étudier quand vous savez que la Troisième Guerre mondiale est sur le point d'éclater, par votre faute.

Je continuais à voir Amy Pouchard deux fois par semaine. Elle me demanda pour quelle raison j'avais loupé les deux dernières semaines de cours et je la lui expliquai.

– Mon oncle a été assassiné.

– Oh, mon Dieu ! s'exclama-t-elle. Par qui ?

Je réfléchis avant de répondre :

– Un agent des ténèbres.

– Ils l'ont attrapé ?

– Ils essayent.

– Ta mère est morte aussi, je crois ?

– Oui, d'un cancer.

– Tu dois être la personne la plus malchanceuse sur terre, dit-elle, et elle s'écarta de moi, légèrement, probablement sans s'en rendre compte. C'est vrai, quoi ! D'abord ta mère, maintenant ton oncle, plus ce que tu as fait à Barry et tout le reste.

– J'ai essayé de me dire que je n'y étais pour rien dans toute cette histoire, que j'étais normal et ainsi de suite. Mais j'avais de plus en plus de mal à m'en convaincre.

Étant l'unique héritier d'oncle Farrell, je récupérai tout ce qu'il possédait, mais je gardai uniquement la télé et le magnétoscope, que j'installai dans ma chambre. Ce que je ne réussis pas à récupérer, le plus important, c'est les 500 000 dollars. Je ne me souvenais pas que Mogart soit reparti avec le cartable en cuir marron, mais il n'était plus sous le lit d'oncle Farrell, là où il l'avait caché, et la police ne le retrouva pas. Sans doute parce que je ne leur en avais pas parlé. Difficile d'expliquer d'où venait cet argent, cela m'aurait sans doute valu de nouveaux ennuis. Mais j'en vins à regretter de ne plus avoir cette somme. J'aurais fichu le camp avec. Je ne sais pas où j'aurais fichu le camp, mais n'importe quel endroit me semblait préférable à la maison des Tuttle peuplée de délinquants.

Les jours suivants, je pris l'habitude de subtiliser le journal d'Horace pour l'emporter à l'école. Au lieu d'étudier, je le lisais de la première à la dernière page à la recherche de tout indice me permettant de savoir où en était la quête de M. Samson. Je me demandais à quoi pouvait bien servir un milliard de dollars dans un monde où régnaient une cruauté et une terreur inimaginables, mais les hommes comme Mogart possédaient une imagination différente de la mienne. Par exemple, si j'avais été Mogart, il ne me serait jamais venu à l'idée d'engager quelqu'un comme oncle Farrell pour voler l'arme la plus puissante au monde.

Oncle Farrell me manquait. Son petit appartement et les repas surgelés me manquaient. La manière dont il humectait ses grosses lèvres et même ses sermons sur la réussite me manquaient. Il voulait juste essayer de m'aider, il voulait me montrer que je n'étais pas obligé de finir comme lui. Je découvrais qu'il m'aimait et que j'étais, moi aussi, la seule famille qu'il lui restait.

Pour me changer les idées, j'empruntai à la bibliothèque un livre sur le roi Arthur et les chevaliers de la Table ronde. Mais je n'arrivai pas à le finir, alors je louai ce vieux film, *Excalibur*, avec un tas d'acteurs anglais dont je n'avais jamais entendu parler.

Arthur était un genre de gamin un peu loufoque. Écuyer de son frère Fey, il lui portait son épée et s'occupait de son cheval et de son armure ; c'était une sorte de valet, même pas chevalier. Nul ne pouvait croire que ce gamin serait capable d'arracher l'Épée plantée dans la Pierre, jusqu'à ce qu'Arthur y parvienne et leur dise : « Ceux qui veulent devenir chevaliers et servir un roi, suivez-moi ! »

Ensuite, il devint roi, il construisit Camelot et rassembla ses chevaliers autour de la Table ronde. Tout se passait super bien jusqu'au jour où son meilleur chevalier, Lancelot, coucha avec sa reine, Guenièvre, et où le bâtard d'Arthur, Mordred, vint s'emparer du pouvoir.

A la fin, il y a une grande bagarre sanglante. Arthur tue Mordred, qui tue plus ou moins Arthur, lui aussi. C'est assez confus car on voit Arthur être emporté au-dessus de la mer par trois femmes en robe blanche qui ressemblent à des anges. Un des chevaliers ramasse Excalibur et la jette dans un grand lac, et là, la Dame du Lac sort de l'eau pour l'attraper.

Cette dernière partie me laissait perplexe. Je me demandais comment M. Samson et ses chevaliers avaient pu récupérer l'épée si la Dame du Lac l'avait prise après le départ d'Arthur. Si jamais je revoyais M. Samson un jour, il faudrait que je lui pose la question.

Je ne sais pas si c'est ce film, que je vis environ quarante-neuf fois, qui me fit faire ces rêves. Je m'endormais toujours au moment du générique de fin et je voyais un château blanc étincelant, à flanc de montagne ; sur les remparts flottaient des drapeaux triangulaires noir et or, et de l'autre côté du mur d'enceinte était rassemblé un millier de chevaliers en armure. Ils tenaient de longues épées noires, leurs visages étaient peints de la même couleur et ils affichaient des expressions terrifiantes tandis qu'ils combattaient ceux qui avaient réussi à pénétrer dans le château, des types en robe marron, avec de longs cheveux qui flottaient au vent et des visages sévères, couverts de boue. Les individus en robe de moine suivaient un homme aux cheveux blonds et, instinctivement, je savais qu'il s'agissait de M. Samson, même si dans mes rêves, il n'était pas comme dans mon souvenir. Ils étaient environ dix contre un millier, ils n'avaient aucune chance et pourtant ils se battaient jusqu'à ce que le dernier d'entre eux s'écroule, et cet homme était le chevalier aux cheveux d'or.

Après un de ces rêves, je me réveillai avec le mot « Jativa » sur les lèvres. Je me rendis à la bibliothèque du lycée et trouvai Jativa dans un atlas. C'était bien une ville d'Espagne comme l'avait dit M. Samson, sur les pentes du Monte Bernisa.

Je faisais également un autre rêve, un rêve horrible, du genre de ceux qui vous donnent envie de vous réveiller. Je flottais au-dessus d'une immense plaine, très haut, et je voyais une immense armée, d'innombrables rangées d'hommes aux visages vides qui marchaient au pas, aussi loin que portait le regard. Un million d'hommes, ou plus. Le martèlement de leurs pas ressemblait à un grondement de tonnerre. Des avions de guerre rugissaient dans le ciel, des alignements de chars labouraient les champs et la nuit était illuminée par les déflagrations des missiles à longue portée. A la tête de cette armée, un colosse monté sur un cheval à la robe sombre tenait Excalibur ; son visage était dissimulé par l'obscurité et, tandis que les avions hurlaient au-dessus de sa tête, il leva l'Épée dans un geste de défi. Une clameur monta de l'armée qui le suivait et elle couvrit le bruit des bombes.

L'homme sauta de son cheval, brandit l'Épée, à deux mains, et la planta de toutes ses forces dans le sol. Un éclair blanc aveuglant jaillit de la terre et des avions tombèrent du ciel, en flammes, des chars se transformèrent en brasier et des divisions entières d'ennemis furent consumées par le feu ou s'enfuirent devant le torrent de lumière.

Celle-ci s'éteignit peu à peu et je me retrouvai en train de marcher dans un paysage dévasté au milieu des blocs de béton, des arbres nus et déracinés, des voitures broyées dont les feux de détresse continuaient à clignoter. Des cendres flottaient dans l'air, s'accrochaient à mes cheveux et me faisaient tousser. Je cherchais quelqu'un, je criais un nom, mais je n'entendais pas qui j'appelais. Je voulais absolument trouver cette personne car si je la retrouvais, je savais que tout irait bien. Mais à chaque fois, je me réveillais sans y être parvenu.

CHAPITRE
13

Après que Mogart eut pris l'Épée, ma vie ne fut plus qu'une routine. Je veillais tard tous les soirs pour regarder les infos à la télé ou le DVD d'*Excalibur*; le lendemain, je me traînais jusqu'à l'école après deux ou trois heures de sommeil rempli de cauchemars, je lisais le journal en classe, et ensuite je rentrais chez moi, j'allais directement dans ma chambre pour attendre la fin du monde.

Au dîner, les Tuttle ne m'épargnaient pas.

– Regarde-toi ! s'écria Horace un soir. Tu dors pas, tu manges rien, tu traînasses toute la journée, le nez collé à la télé ou la tête plongée dans le journal ! C'est quoi, ton problème, espèce de crétin à tête de citrouille ?

– Je sais pas, répondis-je. Peut-être que c'est lié à la mort de mon oncle.

– Chéri, dit Betty à son mari. Tu ne devrais peut-être pas parler de l'oncle du petit Alfred.

– Premièrement, ce gamin est tout sauf *petit*. Et deuxièmement, c'est pas moi qu'ai parlé de son oncle, c'est lui !

Et il se remit à me crier après ; son visage était déformé par la fureur.

– Ton problème, c'est que tu t'apitoies sur ton sort ! Tu crois que tu es la seule personne sur terre qui a perdu quelqu'un ? Le monde est rempli de souffrances, Alfred.

De souffrances et de ratés. Pour devenir un gagnant, il faut le vouloir !

– Comme vous ?

Betty faillit s'étouffer.

– Oh !... Oh !... Oh !...

– C'est ça, ton autre problème ! aboya Horace. Aucune gratitude ! Tu as un toit au-dessus de ta tête et de quoi nourrir ta grande carcasse ! Beaucoup de gens n'ont même pas ça !

La coupe était pleine. Je le plantai là, avec ses lèvres pincées qui remuaient en silence, et je m'enfermai dans ma chambre. Ce qui fit rappliquer mes colocataires, une brute épaisse de treize ans aux cheveux gras, Dexter, et son frère de dix ans, Lester, une petite brute lui aussi, mais moins bien classé que Dexter au palmarès de la brutalité. Ils tambourinèrent à la porte en hurlant que c'était leur chambre à eux aussi. Je montai le volume des infos et fis comme si je n'entendais pas leurs cris. Dexter brailla qu'il allait me taillader ; il allait me taillader grave. Cela me rappela ma cicatrice au pouce, longue de deux centimètres et aussi blanche que du fil dentaire. Parfois, elle me faisait mal, parfois elle me brûlait ou bien elle m'élançait et me démangeait seulement. J'avais attrapé un tic : je promenais mon index dessus pour sentir le léger renflement de la peau, surtout quand j'étais nerveux ou que j'avais l'impression de devenir fou.

Je commençai à sécher l'école. Je ne voyais pas l'intérêt de recevoir une éducation alors que le monde allait disparaître. Le matin, je quittais la maison comme si j'allais prendre le bus, puis j'empruntais une petite rue qui débouchait dans Broadway et je continuais à pied jusqu'à la Vieille Ville, le quartier historique du centre de Knoxville. Là, je traînais dans les cafétérias, dans les boutiques de livres d'occasion, ou bien j'arpentais Jackson Street dans les deux sens en observant les sans-abri ou les étudiants aux cheveux longs qui flemmardaient aux terrasses.

Et puis, un jour, en fin d'après-midi, je décidai que je ne pouvais pas rentrer affronter les Tuttle, alors je dînai de bonne heure dans un endroit qui s'appelait McCallister. Il était environ dix-sept heures et la clientèle du soir n'était pas encore arrivée ; j'avais le restaurant presque pour moi tout seul.

Presque, mais pas entièrement. A l'autre bout de la salle était assis un homme grand avec des cheveux blancs comme neige. Il mangeait très lentement en découpant son steak en tranches aussi fines que des lames de rasoir, qu'il mastiquait longuement. De temps à autre, il levait les yeux vers moi. Sa tête me disait quelque chose, mais impossible de me souvenir où je l'avais déjà vu. Ses doigts, refermés autour de son verre de vin, étaient longs et fins. Il avait de grandes mains, comme un joueur de baseball ou un pianiste.

Il se leva et je vis alors qu'il était vraiment très grand. Il sortit un mouchoir blanc de sa poche de poitrine au moment où il éternuait bruyamment. Puis il sortit du restaurant sans regarder dans ma direction et je me demandai pourquoi la vision d'un vieux bonhomme en train de dîner me rendait complètement parano.

De plus, je commençais à culpabiliser car il était six heures passées et les Tuttle étaient sans doute assis à table, et Horace devait être en train de beugler : « Où est ce satané Kropp ? Où est passé ce crétin à tête de citrouille ? » Alors, je les appelai d'une cabine.

Betty décrocha.

— Oh, Alfred, où que t'étais passé ? Où que tu es, là ? On était morts d'inquiétude ! On allait appeler la police, mais Horace a dit qu'on devait appeler la police seulement en cas d'urgence et il trouve que ça peut pas être considéré comme une urgence, vu que tu as presque seize ans et que tu es assez vieux pour te débrouiller tout seul, mais moi je lui ai dit que t'étais encore un enfant malgré ta taille plus grande que la normale, en tout cas on était morts d'inquiétude.

– Faut pas vous inquiéter, Betty. Je vais bien.

– Où que tu es ?

– Je ne vais pas rentrer tout de suite. Je voulais juste vous dire que tout allait bien.

– Oh, Alfred, gémit-elle. Alfred, je t'en supplie, rentre à la maison.

Elle pleurait.

– Je n'ai plus de maison, répondis-je et je raccrochai.

Je voulais appeler quelqu'un d'autre, mais il me fallut un long moment pour rassembler le courage nécessaire. J'obtins son numéro par les renseignements et je faillis raccrocher quand un type qui devait être son père répondit. Mais je ne le fis pas.

– Euh… Amy est là ?

Après une attente qui sembla durer des années, j'entendis enfin sa voix nasillarde.

– C'est qui ?

– Moi. Alfred. Alfred Kropp.

– Qui ça ?

– Le gars que tu aides en maths.

– Oh ! Celui qui a son oncle qu'est mort.

– Oui, c'est ça. Celui qui a son oncle qu'est mort. Écoute… je voulais juste te dire…

– Je savais que c'était pas quelqu'un que je connais, dit-elle. Parce que tu as appelé ce numéro. Les gens que je connais, ils m'appellent sur mon portable.

– Oui, d'accord. Écoute… Je t'appelle parce que… je crois que je ne viendrai pas pour la leçon demain. Ni les autres jours. Je crois que je ne reviendrai plus jamais.

Il y eut un silence au bout du fil. Pour le briser, je répétai :

– Je disais que je ne reviendrais plus jamais.

– Oui, j'ai entendu. J'imagine que tu dois être super-bouleversé. Je sais ce que c'est. Quand j'avais douze ans, mon grand frère a écrasé mon chien. J'ai pas pu sortir de mon lit pendant *une semaine* !

Pourquoi avais-je cru qu'elle s'intéresserait à mon sort ? Comment pouvais-je croire que quiconque s'y intéressait ? Même mon propre père s'en fichait. J'étais un boulet que tout le monde devait endurer, comme Barry et son entorse au poignet.

Je dis au revoir à Amy Pouchard et marchai dans les rues. Il commençait à faire nuit et il y avait un tas de gens dehors, des couples surtout, qui se promenaient bras dessus, bras dessous. Je les observais. Soudain, quelque chose me fit tourner la tête et je le vis : le grand type aux cheveux blancs, à quelques dizaines de mètres derrière moi. Arrêté devant un kiosque à journaux, il faisait semblant de lire. Je continuai jusqu'au croisement de Western et de Central, tournai à gauche, parcourus la moitié d'un pâté de maisons jusqu'au *Vieux Café d'Antan*.

J'entrai et commandai un grand café avec supplément de crème et de sucre, puis j'allai m'asseoir devant le long comptoir derrière la vitrine et je regardai passer les couples dans la rue.

Alors que j'avais bu la moitié de mon grand café, je le vis de nouveau, assis à l'extrémité du bar, près des toilettes. Je pris mon gobelet et allai m'asseoir à côté de lui.

On but notre café en silence. Son nez était tout rouge et n'arrêtait pas de couler ; il avait un rhume. Il sortit son mouchoir blanc. Celui-ci était orné d'un homme à cheval. Un chevalier brandissant un étendard rouge. Ça fit tilt.

– Comment va M. Samson ? lui demandai-je.

– Il est mort.

Je repensai à mon rêve.

– C'est arrivé quand ?

– Avant-hier.

– C'est M. Mogart… qui l'a tué ?

– Ne prononce pas ce nom.

Il replia son mouchoir en un carré parfait et le glissa dans sa poche de poitrine.

– Qui êtes-vous ? demandai-je.

– Appelle-moi Bennacio.

– Moi, c'est Alfred Kropp.

– Je sais qui tu es.

– On s'est déjà vus, dis-je. A la Samson Tower. Je ne vous ai pas reconnu immédiatement, sans votre robe. Mais j'ai reconnu vos mains. Et votre voix.

Il hocha la tête.

– L'homme que tu connais sous le nom de Bernard Samson a été tué avant-hier soir à Jativa, sur les pentes du Monte Bernisa, en Espagne.

Il porta son gobelet à ses lèvres. Il avait ôté le couvercle et je remarquai qu'il buvait son café noir.

– On m'a chargé de te retrouver, dans le cas où il périrait.

J'avais beau réfléchir, tout cela n'avait aucun sens pour moi, mais depuis que ma mère était morte et que j'étais parti vivre avec oncle Farrell, plus rien ou presque n'avait de sens.

– Pourquoi ?

– Pour t'informer de son sort.

– C'est important… que je le sache ?

Bennacio haussa les épaules, comme s'il était incapable de juger de l'importance de tenir Alfred Kropp au courant.

– Qu'est-ce qui s'est passé en Espagne ?

94

Bennacio ne cessait de jeter des coups d'œil au dehors.

– Il a péri. Quatre membres de notre Ordre ont péri avec lui. Moi seul ai réussi à m'enfuir pour te transmettre cette triste nouvelle, Kropp. Son dernier souhait était que tu sois informé.

Il continua à boire son café à petites gorgées. Il avait un nez pointu et des yeux très sombres, profondément enfoncés, sous d'épais sourcils poivre et sel. Ses cheveux blancs étaient coiffés en arrière sur son front large.

– Deux autres membres de l'Ordre sont tombés à Toronto, déclara Bennacio. Samson les avait envoyés là-bas pour arrêter l'ennemi avant qu'il puisse quitter l'Amérique du Nord, ils ont été les premiers à périr. Un autre est tombé à Londres. Puis deux autres à Pau, avant que nous n'arrivions à la rescousse.

Je fis un rapide calcul. M. Samson m'avait dit qu'il restait douze chevaliers.

– Ça veut dire que vous n'êtes plus que deux.

Bennacio secoua la tête.

– Windimar a péri lui aussi, près de Bayonne, la veille du jour où nous avons retrouvé l'ennemi à Jativa. Je suis le dernier survivant de mon Ordre.

Il garda le silence pendant un instant. On termina notre café. Finalement, je dis :

– Je suis navré, monsieur Bennacio.

– Appelle-moi Bennacio.

Je pense qu'il se fichait pas mal de savoir que j'étais navré.

Je demandai :

– Mais il y a un tas d'autres personnes impliquées dans cette histoire, non ? M. Samson a fait appel à cette agence secrète, des sortes d'espions, je crois, ou des mercenaires, je ne sais pas comment il faut les appeler…

– Tu parles de l'OPIPE.

– Ah bon ?

Il hocha la tête.

– OPIPE.

Il fit la grimace en disant cela, comme si ce mot lui laissait un mauvais goût dans la bouche.

– C'est quoi, l'OPIPE ?

– Tu viens de me dire que Samson t'en avait parlé.

– C'est comme un tas de choses qu'il m'a dites, il m'en a parlé sans vraiment m'en parler. Et je ne suis pas ce qu'on peut appeler un esprit vif... Alors, c'est quoi exactement, l'OPIPE ?

Il jeta des regards autour de lui dans la cafétéria.

– Il ne faut pas parler de ça ici, Kropp.

Il se leva. Je ne sais pas pourquoi, mais je l'imitai. Je le suivis jusqu'à la sortie, puis dans la nuit. L'air de cette fin de printemps était doux. Il sortit son mouchoir blanc encore une fois et se moucha.

– C'est un rêve insensé, dit-il avec un petit rire.

– Quoi donc ?

Il ne me fournit pas une réponse directe, un peu à la manière de M. Samson. C'était peut-être un truc typique des chevaliers.

– Nul ne peut arrêter Mogart, tant qu'il possède l'Épée. Et pourtant, tant que je serai vivant, je dois essayer de l'arrêter.

Il se retourna et me regarda en face pour la première fois. Ses yeux presque noirs étaient tristes.

– L'heure a sonné, murmura-t-il. Notre sort funeste plane sur nous.

Sur ce, il s'éloigna et je le regardai traverser la rue. Puis je vis deux types baraqués émerger de l'entrée d'une boutique d'antiquités et lui emboîter le pas. L'un et l'autre portaient de longs manteaux gris beaucoup trop épais pour la saison.

Bennacio ne sembla pas remarquer leur présence ; il continua d'avancer la tête baissée, comme plongé dans ses pensées. Une petite voix dans ma tête me disait : « Rentre à la maison, Alfred. » Mais je n'avais plus de maison. M. Samson était mort et tous les autres chevaliers également, à l'exception de ce Bennacio, et c'était ma faute. J'aurais pu – j'aurais dû – dire non à oncle Farrell, j'aurais dû refuser de l'aider à voler l'Épée. Je savais que c'était une mauvaise idée et si j'avais tenu bon, tout le monde serait encore en vie aujourd'hui et j'aurais un toit. J'avais détesté ce petit appartement, les meubles usés et cette odeur de poisson pourri. Chaque jour, j'avais regretté que ma mère soit morte et que mon oncle ne soit pas quelqu'un comme Donald Trump au lieu d'être simplement Farrell Kropp, mais maintenant, tout cela ressemblait au paradis. J'aurais donné n'importe quoi pour revenir en arrière.

Bennacio marchait dans Central Avenue, vers le nord, et les hommes marchaient derrière lui en gardant leurs distances.

Pour une raison que je n'ai jamais comprise, je les suivis.

Lorsque je tournai au coin de la rue, les deux hommes avaient coincé Bennacio contre le mur et ils le frappaient tour à tour ; l'un des deux le tenait pendant que l'autre lui enfonçait son énorme poing dans le ventre. Ils étaient trop occupés à le passer à tabac pour faire attention à moi.

L'un des deux s'adressa à son pote, avec un fort accent étranger :

– Achève-le.

L'autre sortit alors un objet long et noir des replis de son manteau gris.

– Hé ! criai-je.

Ils se tournèrent vers moi. Pendant une seconde, nul ne bougea, puis le type qui tenait le long poignard le planta dans le flanc de Bennacio, l'autre le lâcha, et pendant que le vieux chevalier glissait lentement à terre, ils s'enfuirent en suivant la voie ferrée.

Je me précipitai vers Bennacio. Il avait les yeux ouverts et il respirait. Il serrait son mouchoir blanc à deux mains. Je palpai son flanc ; quand je retirai ma main, elle était rouge de sang.

– Laisse-moi, murmura-t-il.

Je le relevai, l'appuyai sur mon épaule et le ramenai vers Central Avenue en le traînant plus ou moins.

– Vous êtes blessé. Je vous emmène à l'hôpital.

– Non, pas l'hôpital... Pas l'hôpital, dit-il d'une voix entrecoupée.

J'avisai un taxi arrêté au coin de la rue. Je poussai Bennacio sur la banquette arrière.

– C'est pour aller où ? demanda le chauffeur.

– Où on va ? demandai-je à mon tour à Bennacio.

– Au Marriott...

– Conduisez-nous à l'hôtel Marriott, dis-je au chauffeur.

Bennacio se laissa aller contre moi. Je lui arrachai son mouchoir des mains pour l'appuyer contre sa blessure au côté qui saignait méchamment.

– Oh, la vache, murmurai-je. Vous pissez le sang.

– Hé ! fit le chauffeur de taxi en nous regardant dans son rétroviseur. Il va pas bien ton pote, fiston ?

– Pas l'hôpital, pas l'hôpital... répétait Bennacio dans un souffle.

Son visage était livide et ses yeux révulsés. Sa tête reposait sur mon épaule. Je devinais qu'il était en train d'agoniser.

CHAPITRE
14

Je réussis à extirper Bennacio du taxi et à le traîner jusque dans le hall de l'hôtel en l'appuyant contre moi. L'employé de la réception me regarda d'un drôle d'air.

– C'est mon oncle, expliquai-je. Il a un peu trop bu.

Bennacio m'indiqua son numéro de chambre et je parvins à le faire monter dans l'ascenseur, jusqu'au cinquième étage. Je l'allongeai sur son lit.

Il avait les yeux fermés et respirait par à-coups. J'écartai les pans de sa veste, déboutonnai sa chemise blanche et découvris la blessure : une plaie située juste sous les côtes, à gauche. J'allai chercher des serviettes dans la salle de bains et en appliquai une sur la profonde entaille. Je regardai le sang imbiber le tissu éponge. Je jetai la serviette par terre et la remplaçai par une autre. Il n'arrêtait pas de saigner.

– Je ne sais pas ce que je fais, avouai-je. Si on n'appelle pas un médecin, vous allez vous vider de votre sang.

Il ouvrit les yeux et me regarda.

– La lame était empoisonnée, dit-il. Rien ne peut arrêter l'hémorragie.

Il redressa légèrement la tête et regarda ma main, tout en appuyant la serviette contre sa blessure.

Sans doute remarqua-t-il ma cicatrice au pouce car il murmura :

– Tu as été blessé par l'Épée ?

– Oui.

– Va dans la salle de bains, dit-il d'une voix entrecoupée. Mon rasoir à main... Apporte-le-moi...

Je le trouvai dans une petite trousse en cuir noir, à côté du lavabo. C'était un rasoir muni d'une longue lame rétractable qui glissait à l'intérieur du manche. Et si Bennacio mentait ? Qu'est-ce qui me prouvait que ce n'était pas un sbire de Mogart venu pour me tuer ? Mais même s'il mentait, même si c'était un méchant, comment pourrais-je le laisser agoniser à petit feu ?

Je lui apportai son rasoir. Il parvint à s'asseoir, en gémissant sous l'effort, puis il saisit mon poignet et le tint fermement.

– Hé ! Qu'est-ce que vous faites ?

Il prit son rasoir, appuya le tranchant de la lame le long de ma cicatrice et m'entailla légèrement la peau, juste assez pour faire couler le sang.

– Ah, la vache ! criai-je en essayant de me libérer.

Avec sa main libre, il ôta la serviette, approcha mon pouce de son flanc et l'introduisit dans la plaie.

– Qu'est-ce que vous faites ?

– L'Épée a aussi le pouvoir de guérir.

Après quelques minutes, il lâcha enfin mon poignet. Je ramassai la serviette et l'appliquai de nouveau contre sa blessure, mais déjà le saignement s'était ralenti.

Bennacio ferma les yeux. Sa respiration devint plus régulière, et l'espace d'un instant, je crus qu'il s'était endormi.

– Qui étaient ces hommes ? demandai-je en pressant dans mon poing mon pouce qui m'élançait.

– Des serviteurs de l'ennemi... Ils me suivaient depuis mon retour en Amérique.

Ce qui signifiait qu'on l'avait attaqué à cause de moi. Pourquoi M. Samson me l'avait-il envoyé ? Comme si le simple fait de raconter à Alfred Kropp ce qui s'était passé pouvait les aider à récupérer l'Épée.

Assis à côté de Bennacio sur le lit, j'avais les larmes aux yeux, mais je ne voulais pas pleurer devant lui. Ces derniers temps, tout le monde mourait autour de moi. Tout ça parce que j'avais pris une chose que je n'aurais pas dû prendre. J'étais devenu une sorte d'Ange de la Mort, lourdaud, maladroit, avec une grosse tête.

– Vous voulez quelque chose, Bennacio ? (Il ne répondit pas.) Je ne sais pas quoi faire. J'ai la trouille. Pourquoi M. Samson vous a-t-il envoyé ici ? Qu'est-ce qui va se passer maintenant que tous les chevaliers sont morts ? Je vais mourir moi aussi, hein ? On va tous mourir ! Vous disiez que notre sort funeste planait sur nous. J'ai soif. Vous voulez un verre d'eau ?

Il ne répondit toujours pas. Cette fois, il s'était endormi pour de bon.

CHAPITRE 15

Je le regardai dormir un long moment, jusqu'à ce que je sente venir le sommeil, moi aussi. Il y avait un canapé dans le petit salon, sur lequel je m'allongeai un instant, mais je n'étais pas tranquille car je ne voyais plus Bennacio.

Je retournai alors dans la chambre et je m'assis sur le lit. Je dus finir par m'endormir car je me réveillai à l'aube, recroquevillé au pied du lit comme un gros chien fidèle.

Bennacio dormait encore. J'appelai la réception pour commander un petit déjeuner : un bagel nature pour lui (je ne savais pas comment il les aimait) et un bagel complet pour moi, plus du café et du jus d'orange.

J'allai ouvrir la porte lorsque le garçon d'étage apporta le plateau. Quand je revins dans la chambre, Bennacio était réveillé. Je l'aidai à se redresser en position assise pour qu'il puisse manger. Il choisit le bagel complet, celui que je voulais, mais je ne pouvais rien dire, c'était lui le blessé.

– Qu'est-ce qui s'est passé à Jativa ? demandai-je.

– Samson pensait que notre seule chance était d'attaquer l'ennemi en force. J'ai protesté, mais c'était lui le chef de notre Ordre, alors j'ai fini par céder. Nous avions suivi Mogart jusqu'à sa tanière, un vieux château qui domine la ville, reconstruit et fortifié en vue de ce jour. Samson avait fait publier une fausse information dans un quotidien anglais, selon laquelle il se trouvait à Londres pour participer à une conférence avec des chefs d'entreprise étrangers. Il espérait que cela inciterait Mogart à baisser sa garde.

– Mais je suppose que ça n'a pas marché.

– Ils ont attendu qu'on pénètre dans la cour intérieure du château, et là, ils nous ont attaqués. Ils étaient au moins une cinquantaine. Bellot a péri le premier, puis ç'a été au tour de Cambon. Malgré cela, nous aurions pu vaincre. Nous avions pris le dessus sur l'avant-garde et nous étions maîtres des lieux lorsque le destin s'est retourné contre nous. Mogart est apparu avec l'Épée.

Il inspira profondément avant de continuer.

– Alors que nous tombions les uns après les autres, les anges eux-mêmes se lamentaient et se frappaient la poitrine. L'Épée n'était pas destinée à cet usage ; elle n'avait pas été forgée pour répandre le sang de ses protecteurs. Nous avons battu en retraite, le cœur rempli d'effroi, mais un autre contingent d'adversaires s'était rassemblé dans notre dos, nous barrant la route.

– Il a tué… tout le monde.

– Ç'a été un véritable massacre, Kropp. Je suis tombé près du portail, blessé, mais pas mortellement. C'est ainsi que je suis devenu le dernier témoin de l'ultime trahison de Mogart : le meurtre de notre chef, l'homme que tu appelles Bernard Samson. Ce que lui a fait Mogart, je ne te le dirai pas… mais c'était horrible, Kropp. Horrible ! Malgré tout, Samson a trouvé la force, avant de mourir, de me charger de t'apporter ce message : il a péri et l'Épée n'est toujours pas à l'abri. Autrement dit, les chevaliers de l'Ordre de l'Épée Sacrée n'existent plus.

Je reposai le restant de mon bagel. Je n'avais plus faim

brusquement. Je revoyais mon rêve : les hommes témé-raires succombant devant l'adversité dans un château gris, et le colosse aux cheveux d'or qui tombait.

– Pendant des heures, je suis resté couché dans la boue ensanglantée de la tanière de Mogart, à moitié mort, reprit Bennacio. Enfin, la nuit est tombée et j'ai jugé que je pouvais m'éclipser. Évidemment, ils m'ont repéré. Et ils m'ont pourchassé jusqu'ici, en Amérique. Je croyais avoir réussi à semer mes poursuivants. Visiblement, je me trompais.

Il reposa sa tasse et l'assiette contenant le bagel encore intact sur la table de chevet.

– Tant que je ne serai pas mort, ils n'abandonneront pas. Car je suis le dernier chevalier, l'unique espoir de récupérer l'Épée. Les autres, ces étrangers que Samson a ralliés à notre cause… l'OPIPE, ils ne peuvent rivaliser avec Mogart. Seul un chevalier de l'Ordre a une chance de reprendre l'Épée. Et Mogart le sait.

Il roula jusqu'au bord du lit en se tenant le flanc et en grimaçant de douleur.

– Qu'est-ce que vous faites ?

– Je m'en vais.

– Vous ne pouvez pas faire ça, Bennacio. Vous avez perdu beaucoup de sang. Vous devez vous reposer quelques…

– Écoute-moi, Kropp ! dit-il d'un ton sec. Ils vont me traquer sans relâche. Peut-être sont-ils dans cet hôtel, au moment où je te parle. Maintenant que j'ai exaucé le dernier souhait de Samson, je dois retourner en Europe et retrouver la trace de Mogart avant que le désastre survienne, avant que lui ou quelqu'un d'autre puisse utiliser l'Épée à des fins diaboliques.

Il se leva en prenant appui sur le lit, chancela quelque secondes, puis retomba. Je le retins et l'aidai à se rallonger, tandis qu'il suffoquait.

— Je suis le dernier chevalier, haleta-t-il. Je suis lié par mon serment sacré, je dois retrouver ce qui n'aurait jamais dû se perdre.

Je ne sais pas si ces paroles – *ce qui n'aurait jamais dû se perdre* – m'étaient destinées, mais je fis comme si.

— Que puis-je faire ? demandai-je.

Bennacio me regarda en haussant un de ses épais sourcils et une fois de plus, j'eus l'impression d'avoir la taille d'une mine de crayon.

— S'il vous plaît, Bennacio, laissez-moi faire quelque chose. Laissez-moi vous aider. Je ne m'en étais pas encore rendu compte jusqu'à maintenant, mais je suis en fuite. Jamais je ne retournerai chez les Tuttle. Ça veut dire que je n'ai nulle part où aller. Tout ça… c'est ma faute. Enfin, c'est aussi la faute de mon oncle, mais si je lui avais dit non, tout ça ne serait pas arrivé. Il n'aurait rien pu faire sans moi. Mais maintenant, il est mort et je suis le seul qui puisse agir, pour empêcher Mogart d'utiliser l'Épée. Je ne sais pas ce que je peux faire, mais vous êtes mal en point, alors peut-être que vous pourriez vous servir de moi. Je vous en prie, je vous en prie, servez-vous de moi, Bennacio.

Il sourit presque. Presque. Il se tint le flanc en grimaçant et il demanda :

— Tu sais conduire, Kropp ?

CHAPITRE
16

– Un peu que je sais conduire ! je lui répondis. Mais je venais juste de commencer et je n'avais pas beaucoup d'expérience. Cela ne semblait pas le déranger. Je l'aidai à s'habiller et il s'appuya contre moi pour marcher jusqu'au parking de l'hôtel. Là, il me désigna une Mercedes gris métallisé garée près de la sortie.

– C'est votre voiture ?

– Oui.

– Belle bagnole.

Je l'aidai à s'asseoir sur le siège du passager. Quand je me fus installé au volant, il me tendit les clés.

– C'est vraiment une très jolie voiture, Bennacio. Vous êtes sûr que je peux la conduire ?

– Ne m'as-tu pas dit, dans la chambre, que tu savais conduire ?

– Si, si, mais j'ai mon permis de conduite accompagnée depuis six mois seulement et je manque d'expérience au volant.

Il répondit par un petit mouvement vague de la main, un geste qui me parut très européen.

– Nous devons utiliser les instruments mis à notre disposition, Kropp.

– Oh oui, bien sûr.

Le moteur vrombit et un frisson me parcourut de la tête aux pieds. Je lui demandai où nous allions, en pensant que j'allais le déposer simplement à l'aéroport, vite fait, mais il me répondit : « Vers le nord », c'est-à-dire la direction opposée à l'aéroport de Knoxville. Je ne savais donc pas où nous allions ; par contre, je savais que j'étais bon pour l'accompagner. Sans cesse, je jetais des coups d'œil dans le rétroviseur, mais je ne remarquais rien de louche, uniquement des voitures et des semi-remorques. De toute façon, comment reconnaître une voiture louche ? Comme je n'avais pas la réponse, toutes les voitures commençaient à me paraître louches. Ce n'est déjà pas simple pour un conducteur débutant de rouler sur une voie rapide quand il y a de la circulation, si en plus vous êtes poursuivi par des méchants au look quasi médiéval...

Nous avions quitté la ville depuis environ une heure quand Bennacio demanda :

– Pourquoi as-tu volé l'Épée ?

– C'est mon oncle qui a eu cette idée... Enfin, elle lui a été soufflée par M. Myers... M. Mogart, je veux dire.

– Et pourquoi ton oncle a-t-il volé l'Épée ?

– Mogart lui a donné cinq cent mille dollars.

– Donc, vous avez fait ça pour de l'argent.

Il avait prononcé le mot « argent » comme s'il s'agissait d'une chose écœurante.

– Non. Pas pour de l'argent, pas vraiment. Je ne suis pas quelqu'un de cupide, si c'est ce que vous pensez.

– Alors, pourquoi ?

– Écoutez, Bennacio, je ne savais pas qui était réellement M. Samson, ni ce qu'était réellement l'Épée. Comment je pouvais le savoir, hein ? J'ai fait ça pour aider oncle Farrell, c'est tout. D'autant qu'il menaçait de me renvoyer dans une famille d'accueil si je refusais. Je lui ai dit qu'on ne devrait pas, je lui ai expliqué que j'avais un mauvais pressentiment, mais c'était mon oncle. Et je ne suis qu'un enfant. Remarquez, je me suis quand même retrouvé dans une famille d'accueil pour finir.

Je me cherchais des excuses. Dès que vous atteignez dix ans, onze ans tout au plus, la phrase « Je ne suis qu'un enfant » n'est plus très convaincante quand il s'agit de votre capacité à faire la différence entre le bien et le mal.

On resta silencieux pendant un moment. Bennacio regardait fixement la route devant lui.

– Où est-ce que je vous emmène, Bennacio ?

Il ne répondit pas. Je tournai la tête vers lui. Il continuait à regarder la route.

– Comment allez-vous faire pour retrouver Mogart et l'Épée, une fois que vous serez en Europe ?

Toujours pas de réponse. J'inspirai à fond et relâchai lentement ma respiration. Puis je fis une nouvelle tentative.

– M. Samson m'a dit que vous descendiez tous des premiers chevaliers de la Table ronde. Vous, c'était lequel ?

Il ne répondit pas immédiatement. Peut-être n'avait-il pas le droit de le dire.

– Bedivere, lâcha-t-il finalement.

– Hé, c'est pas celui qui a trouvé le Graal ?

– Non. C'est Galahad qui a trouvé le Graal.

– J'ai vu le film, *Excalibur*. Vous l'avez vu, vous aussi ?
Pas de réponse.

– Moi, je l'ai vu une cinquantaine de fois. Mais il y a des passages qui m'ont laissé perplexe. Comme à la fin, quand Perceval prend l'Épée et la lance dans ce grand lac et que la Dame s'en empare.

– Arthur n'a pas donné l'Épée à Perceval. L'Épée a été remise à Bedivere.

– Dans le film, c’est Perceval.

Il me regarda en haussant un sourcil. Je me raclai la gorge.

– Alors… l’Épée vous appartient ?

– L’Épée n’appartient à aucun homme. (Il soupira.) Arthur est tombé dans les champs de Salisbury Plain, mortellement blessé, au cours de l’ultime bataille contre les armées de Mordred. Avant de lâcher son dernier souffle, Arthur a confié l’Épée à mon aïeul, Bedivere, pour que celui-ci la rapporte dans les eaux d’où elle venait, pour éviter que ne survienne la tragédie qui vient de s’abattre sur nous.

– Dans le film, c’était Perceval, et il l’a bien jetée dans l’eau. Alors, si c’est vrai, comment elle s’est retrouvée entre les mains de Samson ?

– C’est un film, Kropp.

– Arthur est vraiment mort ?

– Tous les hommes meurent.

– M. Samson disaient que vous deviez garder l’Épée jusqu’à ce que son maître vienne la réclamer. Qui est le maître, si Arthur est mort ?

– Le maître est celui qui la réclame, répondit Bennacio.

– Et c’est qui ?

– Le maître de l’Épée.

– Vous savez qui c’est ?

– Je n’ai pas besoin de le savoir.

– Pourquoi ?

– L’Épée, elle, le sait. C’est l’Épée qui a choisi Arthur.

– Comment une épée peut-elle choisir quelqu’un ?

Il ne répondit pas.

– Qu’est-ce qui vous dit que l’Épée n’a pas choisi Mogart ? demandai-je.

Il renversa la tête en arrière et ferma les yeux, sans doute pour me faire comprendre qu’il était encore en colère contre moi ou qu'il n'avait pas envie de parler ou bien que sa blessure lui faisait toujours mal.

Je quittai la voie rapide sur le coup de midi pour faire le plein d'essence et acheter quelque chose à manger. Depuis ce matin, je n'avais mangé qu'un demi bagel, et Bennacio n'avait même pas touché à son petit déjeuner.

Après avoir payé l'essence, j'achetai deux *corn dogs*, un sachet de chips et deux sodas. De retour dans la voiture, je tendis un des corn dogs à Bennacio.

– Qu'est-ce donc ?

– Un corn dog.

– Un corn dog ?

– Une saucisse de Francfort enveloppée dans du pain à la farine de maïs.

– Pourquoi y a-t-il une pique en bois ?

– C'est une sorte de manche.

Il regardait le corn dog d'un œil méfiant. Je redémarrai pour aller me garer à l'extrémité du bâtiment, près de l'appareil pour gonfler les pneus.

– Qu'est-ce que tu fabriques, Kropp ?

– Il faut que j'examine votre blessure. Relevez votre chemise, Bennacio.

– Ma blessure va très bien. Nous devons poursuivre notre route.

Je le regardai fixement, sans rien dire. Il soupira, déposa sur ses genoux le corn dog dans son emballage jaune et souleva le pan de sa chemise. J'écartai le pansement et constatai que la plaie s'était déjà refermée. Je ne suis pas médecin, mais elle semblait presque cicatrisée.

– Allons-y, Kropp, dit-il d'un ton sec en abaissant sa chemise.

Je repris la voie rapide. Bennacio ne mangea pas son corn dog ; il le laissa posé sur ses genoux pendant encore une trentaine de kilomètres. Il regardait la route.

– Votre corn dog va refroidir, dis-je.

Comme il ne réagissait pas, je tendis la main, pris le corn dog sur ses genoux, ôtai l'emballage et le mangeai. Je songeai alors que je n'avais pas vu Bennacio manger quoi que ce soit depuis la veille au soir, au restaurant.

– Peut-être que j'aurais dû vous demander ce que vous vouliez, dis-je. Mais je me suis dit : qui n'aime pas les corn dogs ?

– Je n'ai pas faim.

– Il faut manger, Bennacio. Dites-moi ce qui vous ferait plaisir, je m'arrêterai.

– Non. Continue à rouler.

– Où on va, exactement ?

– Au Canada.

Je me tournai vers lui.

– Au Canada ?

– A Halifax, en Nouvelle-Écosse. J'ai des amis là-bas.

– La vache ! J'ignorais que je devais vous conduire jusqu'au Canada ! Ça n'aurait pas été plus simple de prendre l'avion pour l'Espagne, directement ?

– Les aéroports seront surveillés.

– Pas ceux de Halifax ? Vous croyez qu'ils n'y penseront pas ?

Je me demandais où se trouvait exactement Halifax en Nouvelle-Écosse. Et où se trouvait la Nouvelle-Écosse. Mais je ne lui posai pas la question. Il me parlait d'une drôle de façon, comme s'il n'avait pas envie de me parler, comme s'il répondait uniquement par politesse.

– C'est qui ces amis à Halifax ? C'est les gens de… Comment vous appelez ça, déjà, l'OPIPE ?

– L'OPIPE n'est pas mon amie.

– C'est quoi, alors ? Qu'est-ce que ça veut dire d'abord ?

Il ne répondit pas et mon esprit essaya de trouver la

112

solution tout seul : Organisation des Personnes Intéressées par la Psychiatrie Évolutive. Ça ne voulait rien dire.

– Les chevaliers n'étaient pas les seuls à connaître l'existence de l'Épée, dit Bennacio. Nous étions ses protecteurs, Kropp, mais l'Épée a de nombreux amis.

– Oh ! Tant mieux. C'est bien d'avoir des amis. Moi, j'ai laissé mon meilleur ami à Salina, là où j'ai grandi. Il s'appelle Nick. Alors, qu'est-ce qui va se passer quand on arrivera à Halifax ? Vous allez traverser l'Atlantique en bateau ?

Il ne répondit pas.

– Quoi ? fis-je. C'est trop lent ? Je parie que vos potes et vous, vous devez avoir des jets supersoniques à votre disposition.

Toujours pas de réponse.

Alors que nous roulions en silence depuis un bon moment (Bennacio préférait ça, visiblement), il se mit à pleuvoir. Bennacio sirotait son soda en faisant reposer sa paille sur son menton. Il ne tétait pas, il faisait monter délicatement le liquide jusqu'à sa bouche. Pendant plusieurs kilomètres, on n'entendit aucun autre bruit que le crépitement de la pluie et celui que faisait Bennacio en sirotant sa boisson. Ça commençait à me taper sur le système.

– Je me demandais… De qui M. Samson était-il le descendant ?

Bennacio soupira.

– Lancelot, dit-il d'un ton las.

Tant pis si je lui cassais les pieds, décidai-je. J'en avais marre de la supériorité qu'il tirait de l'Ancien Monde et de sa façon de me parler comme si j'étais un bébé ou un attardé. Et je commençais à piquer du nez. Certes, c'était une super-bagnole, mais je n'étais pas habitué à conduire sur de longues distances. Je n'étais pas habitué à conduire, point.

– Lancelot, c'est le type qui a piqué Guenièvre au roi Arthur, dis-je, comme si Bennacio ignorait ce petit détail. A mon avis, rien de tout cela ne serait arrivé s'il avait su se contrôler. Vous êtes marié, Bennacio ?

– Non. Beaucoup d'entre nous se marient en secret ou pas du tout ; voilà pourquoi notre nombre n'a cessé de diminuer au fil des ans.

– Comment ça se fait ?

– N'oublie pas, Kropp, que nous avons fait le serment de protéger l'Épée. Aimer une autre personne, être lié par le sang à quelqu'un, c'est ouvrir la porte au chantage, ou pire, à la trahison. Tu parlais de Lancelot. Samson lui-même ne s'est jamais marié, car il ne supportait pas l'idée de mettre un autre être humain en danger.

– Il y autre chose qui me tracasse, dis-je. Comment est-ce que Mogart a découvert l'existence de l'Épée ?

– Tous les chevaliers de l'Ordre Sacré la connaissent.

Je me tournai vers lui. Il regardait fixement les gouttes de pluie qui s'écrasaient sur le pare-brise, l'air impassible.

– Mogart est un chevalier ?

– Il l'était.

– Qu'est-ce qui s'est passé ?

– Samson l'a chassé. (Il soupira.) Mogart a très mal pris ce bannissement, comme on peut l'imaginer.

– Mais pourquoi Samson l'a-t-il chassé ?

Bennacio hésita avant de répondre.

– C'est une histoire entre eux. (Il me regarda brièvement, avant de tourner la tête.) Ce n'était qu'une question de temps avant qu'un homme comme Mogart apparaisse parmi nous. Pendant des siècles, nous avons eu de la chance, mais les anciennes lignées se sont diluées au fil des ans. Notre sang s'est mélangé à celui d'autres hommes de moindre valeur, notre bravoure a été ternie par toutes les convoitises de ce monde. Les voix des anges

se sont tues et dans le silence la corruption s'est engouf-
frée.

— Quels anges ?

— Certains membres de mon Ordre, Kropp, croyaient
que l'Épée était celle de l'Archange Gabriel, donnée à
Arthur pour qu'il unifie l'humanité.

CHAPITRE

17

Je m'arrêtai à la périphérie d'une petite ville de la Shenandoah Valley baptisée Edinburg afin de faire pipi et de trouver autre chose à manger pour Bennacio qu'un corn dog. La pluie avait cédé la place à une brume grisâtre et la température avait baissé d'au moins dix degrés. J'avais quitté Knoxville avec pour seules affaires celles que j'avais sur le dos, sans blouson ni parapluie, alors que ces deux choses seraient sans doute utiles, surtout en Nouvelle-Écosse, une région que j'imaginais pluvieuse, balayée par les vents et désertique.

Je me demandais si les Tuttle me cherchaient ou s'ils ne s'étaient même pas donné cette peine. Je pensais également au lycée et à Amy Pouchard, et j'avais l'impression que toute cette histoire – les Tuttle, Amy, l'école – était arrivée à quelqu'un d'autre, comme si ces souvenirs, au lieu d'être les miens, avaient été volés à un autre enfant. C'était comme si j'avais laissé derrière moi, à Knoxville, davantage que les rares choses que je possédais. D'une certaine façon, j'avais laissé le *moi* qui faisait ce que j'étais.

On entra dans un McDonald et Bennacio commanda un Big Mac et un Coca. Il réclama des couverts en plastique et je me demandai comment il comptait s'y prendre pour manger un Big Mac avec une fourchette. Quant à moi, je commandai un grand Coca pour me tenir éveillé sur la route et un sandwich au poisson pané. J'attendis dans la voiture, avec la nourriture, pendant que Bennacio utilisait la cabine téléphonique installée devant le restaurant. Il parla pendant environ cinq minutes. Sa blessure entravait légèrement sa démarche et il se déplaçait lentement, comme si chaque pas lui coûtait.

Il remonta en voiture, claqua sa portière et dit :

– Vite, verrouille les portes, Kropp.

J'allais lui demander pourquoi, quand les portières arrière s'ouvrirent pour laisser entrer deux colosses qui s'installèrent sur la banquette.

– Trop tard, commenta Bennacio.

Je sentis un objet pointu appuyer dans mon cou. Et dans mon dos, une voix murmura :

– Démarre.

Je quittai l'emplacement de parking en marche arrière, en me servant du rétroviseur, dans lequel j'apercevais une tête carrée, de profil, et une grosse main qui appuyait une lame noire dans mon cou. Je sentais des picotements sur tout le corps. L'autre type était assis au fond du siège, décontracté.

– Tourne à droite.

Je sortis du parking et tournai à droite, dans la direction opposée à la bretelle d'accès.

– Où je vais ? demandai-je.

– A ton avis ? ricana le type derrière moi.

J'en déduisis qu'il voulait dire que je roulais vers ma tombe ou vers l'enfer, probablement l'enfer vu tous les gens qui étaient morts à cause de moi.

Bennacio intervint :

– Réfléchissez bien à ce que vous faites. Je n'ai aucune envie de vous tuer.

– La ferme, dit le type assis derrière lui.

– Il n'est pas trop tard, dit Bennacio. Si vous vous repentez maintenant, le Ciel peut encore vous accueillir.

Celui qui appuyait le poignard contre mon cou pouffa.

– J'ignore ce que Mogart vous a offert, mais est-ce assez pour sacrifier votre âme immortelle ? demanda Bennacio avec le plus grand calme.

On aurait dit qu'il parlait de la pluie et du beau temps.

Le type qui se trouvait derrière moi s'adressa à son compagnon. Ça ressemblait à du français. Son compagnon émit un grognement et s'exclama :

– *Repos*[1] !

– Pensez à vos femmes, à vos enfants, dit Bennacio. Voulez-vous faire d'eux des veuves et des orphelins ? Même si vous n'attachez aucune valeur à vos propres vies, pensez à eux au moins.

– Si tu continues à jacter, on tue le gros, répondit le type derrière moi.

Je jetai un coup d'œil dans le rétroviseur et remarquai que sa main tremblait. Les paroles de Bennacio faisaient de l'effet. Je repensai à ce que m'avait dit Mogart au sujet des hommes et de leur absence de volonté. Je me disais aussi qu'on n'avait pas le droit de traiter quelqu'un de gros uniquement parce qu'il avait une tête et un corps démesurés.

On roula pendant plusieurs kilomètres, jusqu'à ce qu'on passe devant un panneau annonçant : « Parc national George-Washington ». On m'ordonna alors de prendre une route d'accès « réservée aux gardes forestiers » qui allait en se rétrécissant pour se transformer en un sentier qui serpentait dans les bois.

– C'est bon, arrête-toi là, dit le type qui appuyait le poignard dans mon cou.

---

1. En français dans le texte. *(NdT)*

– Je vais vous tuer tous les deux, déclara Bennacio, toujours de cette étrange voix calme. Je commencerai par toi, avec le poignard. Je retournerai ta main vers ta gorge et je me servirai de ton arme pour te couper la tête. (D'un petit mouvement du menton, il désigna le type assis derrière lui.) Toi, je t'étriperai comme un porc dans un abattoir et je répandrai tes entrailles fumantes sur le sol pour que les charognes se régalent.

Le type en question glissa quelques mots à celui qui était derrière moi. Je ne compris pas ce qu'il lui dit, mais ça semblait assez urgent.

– *Fou*[1] *!* cracha le type au poignard.

– A votre place, j'écouterais Bennacio, intervins-je. C'est un chevalier et ces gars-là ne racontent pas de bobards.

– Descendez, ordonna le type au poignard.

– *Ave Maria, gratia plena…*

Bennacio se mit à prier. Le type qui se trouvait derrière lui descendit de voiture, ouvrit la portière de Bennacio et le tira au-dehors.

– Descends, répéta le type derrière moi.

J'obéis. Ils nous entraînèrent au milieu des arbres. *Dominus tecum. Benedicta tu in mulieribus…* Le sol était jonché d'aiguilles de pin et de feuilles mortes ; la brume qui flottait dans l'air étouffait tous les bruits, on n'entendait même pas un oiseau chanter. Je me tournai vers Bennacio : il était à genoux, ses bras pendaient le long de son corps. *Et benedictus fructus ventris tui, Iesus.* Il avait les yeux mi-clos. L'homme qui se tenait devant lui était massif, large d'épaules, avec des cheveux noirs coupés en brosse et une mâchoire saillante. Le mien était plus léger et plus petit, mais je lui rendais au moins cinq kilos. Il

1. En français dans le texte. *(NdT)*

120

avait des cheveux blonds hirsutes et une vilaine cicatrice qui courait sous son œil gauche et sa joue, jusqu'au menton.

J'eus tout loisir d'observer le poignard également. Il mesurait une cinquantaine de centimètres de long, la lame à double tranchant était noire et une tête de dragon sculptée ornait le pommeau. On aurait dit un modèle réduit des épées qu'avaient utilisées Bennacio et les autres chevaliers dans la Samson Tower. Tous ces types devaient avoir les mêmes fournisseurs.

Sancta Maria, Mater Dei, ora pro nobis peccatoribus, nunc, et in hora mortis nostræ.

– Je veux prier, moi aussi, déclarai-je.

Je ne savais pas pourquoi j'avais dit cela, mais Bennacio priait et j'avais l'impression que c'était le genre de type qui savait toujours ce qu'il fallait faire dans les moments délicats. Je m'agenouillai, baissai la tête et commençai à réciter le « Je vous salue, Marie », mais pas en latin. Arrivé à « priez pour nous, pauvres pécheurs », je m'arrêtai en entendant un hurlement et un craquement sec, comme une branche qui se brise. Et voilà, pensai-je, Bennacio a eu son compte.

Puis je tournai la tête vers la droite et je vis une tache floue (c'était Bennacio) se jeter sur le type qui se trouvait devant moi. Celui-ci leva son poignard.

Mais il se déplaçait au ralenti. Contrairement au chevalier.

Ce dernier lui agrippa le poignet et j'entendis un nouveau craquement, moins fort que le premier. Avec son autre main, Bennacio saisit le type par sa tignasse, tout en poussant le poignard vers sa gorge. Ne voulant pas voir la suite, je me relevai tant bien que mal et titubai parmi les arbres et les broussailles, en passant devant l'autre type qui se contorsionnait sur le sol. J'entendis un bruit sourd dans mon dos et je compris, sans avoir besoin de me retourner, que Bennacio avait tenu la première partie de la promesse faite dans la voiture. J'entendis ensuite les supplications de l'autre homme, tandis que le chevalier marchait vers lui, et je compris que Bennacio s'apprêtait à accomplir la deuxième partie de sa promesse.

J'allai derrière un arbre pour vomir. J'étais encore plié en deux quand j'entendis Bennacio m'appeler à voix basse.

– Kropp ! Alfred ! Viens !

Ne regarde pas, ne regarde pas. Garde la tête levée et les yeux fixés sur Bennacio, me dis-je en retournant à la voiture. Le chevalier était déjà assis à la place du passager. Il avait ouvert le Big Mac et il mangeait le pavé de viande, qu'il tenait dans sa paume, sur une serviette en papier en guise d'assiette, et il découpait la viande avec le côté de sa fourchette en plastique. *Ne regarde pas, ne regarde pas*, me répétais-je, mais j'étais obligé de regarder, car je ne voulais pas trébucher sur des morceaux de cadavre en regagnant la voiture. Alors, je baissai la tête et je vis que Bennacio avait effectivement tenu sa promesse.

CHAPITRE
18

Je roulai vers la nationale. Bennacio me demanda de pénétrer sur le parking du McDonald. Je crus tout d'abord qu'il voulait se laver un peu, mais il n'y avait aucune trace de sang sur ses vêtements, pas une tache. Il me fit faire le tour du bâtiment, puis reprendre la route, et tourner à gauche sur l'aire de stationnement de la station-service située presque en face du McDonald.

– Arrête-toi là, Kropp.

Je me garai à côté d'une voiture qui se trouvait derrière la station-service. Bennacio se tamponna les lèvres avec une serviette en papier et descendit de voiture. Je restai assis au volant et l'observai par la portière ouverte. Il sortit de sa poche un trousseau de clés et appuya sur un petit boîtier pour déverrouiller les portières de la voiture voisine. Je le rejoignis.

– Hé ! C'est une Ferrari Enzo ! m'exclamai-je.

Bennacio ne répondit pas. Il fouillait l'intérieur de la voiture. Il inspecta la console centrale, les pare-soleil, le dessous des sièges et des tapis de sol. Il ouvrit la boîte à gants, d'où il sortit un téléphone portable noir aux formes élancées.

– C'est drôle, dis-je. Un jour, quelqu'un m'a promis que j'aurais une voiture comme ça.

J'avais envie de pleurer tout à coup.

– Va garer l'autre, Kropp, ordonna-t-il avec un petit mouvement de tête en direction de la Mercedes. Là-bas.

Il montra le coin le plus reculé du parking. J'allai garer la Mercedes et revins à pied vers la Ferrari. Bennacio était en train d'inspecter le coffre. Il me lança les clés.

– Hein ? On prend cette voiture ? demandai-je.

– Dépêche-toi, Kropp. Ils savent où nous sommes maintenant et où on va. Les autres vont rappliquer.

Je m'installai au volant de la Ferrari.

– Vous autres, les chevaliers, on peut dire que vous aimez voyager avec classe.

– Démarre, Kropp.

Je revins sur l'autoroute. La Ferrari monta à 120 km/h comme si je roulais tranquillement en ville. Bennacio me dit d'accélérer. A 140, il me demanda d'aller encore plus vite. Arrivé à 160, je lui déclarai que je n'irais pas plus vite car si j'accélérais encore, j'allais vomir mes tripes. Après cela, il ne dit plus rien.

J'aurais bien aimé abaisser la capote. J'avais toujours rêvé de conduire une décapotable, à fond la caisse sur une route déserte, comme dans une publicité.

Au bout d'une heure, le portable noir sonna. Bennacio l'ouvrit d'un geste du poignet, écouta pendant une seconde, puis dit :

– Trop tard. Ils sont morts.

Il referma le portable et le balança par la vitre.

Il se renversa dans son siège, ferma les yeux et annonça :

– Je vais me reposer. Réveille-moi quand tu seras fatigué, je conduirai.

– Je ne comprends pas, dis-je.

J'étais très agacé. Le sang giclait de tous les côtés, comme dans un film d'horreur. Voilà que je me retrouvais projeté dans un film interdit aux moins de dix-huit ans.

– En fait, il y a plein de trucs que je ne comprends pas, Bennacio. Par exemple, pourquoi est-ce qu'on roule vers la Nouvelle-Écosse à bord d'une voiture volée, pourquoi est-ce que des gens essayent de nous tuer ; qu'est-ce que l'OPIPE et quel est son rôle dans tout ça ; comment est-ce que Mogart, ou n'importe qui, pourrait se servir d'une épée, aussi puissante soit-elle, pour dominer le monde ; et pourquoi est-ce que tout cela m'arrive à moi, d'abord. Mais ce que je ne pige *vraiment* pas, c'est pourquoi vous avez massacré ces deux types.

– Ils nous auraient massacrés.

– En quoi est-ce que vous êtes différents d'eux ?

– Ce sont des serviteurs de l'ennemi…

– Et alors ?

– Des esclaves du Dragon. Tu aurais préféré qu'ils restent en vie, pour nous pourchasser jusqu'à notre mort ?

– Je ne comprends pas, c'est tout. Décapiter des gens et les éventrer comme ça…

– Tu n'aurais aucune pitié pour eux si tu les connaissais aussi bien que moi.

– Je ne connais personne qui mérite de mourir de cette façon.

– Tu as peur. Je comprends.

Il avait toujours les yeux fermés et il me parlait d'un ton doux, comme le ferait un père. Enfin, j'imagine car je n'ai jamais connu mon père.

– Tu peux t'arrêter et trouver l'arrêt de car le plus proche si tu veux, Kropp. Je te donnerai de l'argent pour acheter un billet. Je suis en état de conduire jusqu'au bout maintenant.

Je réfléchis. Je réfléchis intensément. Son offre était alléchante, mais où pourrais-je aller, en vérité ? Je ne voulais plus vivre chez les Tuttle, et si je retournais à Knoxville, je n'aurais pas le choix. Soudain, je repensai à cette petite ville de Floride, au bord de la mer, où ma mère m'emmenait tous les étés. Peut-être que je pourrais aller là-bas, me trouver un petit boulot et vivre sur la plage en attendant la fin du monde. Il y avait un tas d'endroits pires que ça pour attendre la fin du monde.

Et franchement, à quoi ça rimait tout ça ? Moi, Alfred Kropp, roulant à 160 km/h dans une Ferrari Enzo en compagnie d'un chevalier des temps modernes ? Je me prenais pour qui ?

– C'est à cause de ce que Mogart a fait à M. Samson, hein ? demandai-je finalement. C'est pour ça que vous avez mutilé ces deux types.

– Samson était mon capitaine, Kropp. Il y a certaines dettes qui exigent d'être remboursées au centuple.

CHAPITRE 19

On était à une quarantaine de kilomètres au nord de Harrisburg, en Pennsylvanie, quand Bennacio me demanda de prendre la prochaine sortie. On roulait depuis plus de seize heures et peut-être avait-il remarqué que je bâillais et me frottais les yeux. On n'avait effectué aucun arrêt depuis Edinburg, sauf pour faire le plein et aller aux toilettes.

Après avoir pris la sortie, je voulus m'engager sur le parking d'un motel, mais Bennacio me dit de continuer. Alors, je roulai vers l'ouest en suivant la nationale 501 qui longeait le parc national de Swatara. De grands arbres bordaient les deux côtés de la route et il n'y avait pas le moindre lampadaire ; c'était comme si on avançait dans un tunnel. Je me disais que Bennacio avait peut-être l'intention de s'arrêter quelque part dans les bois et de dormir dans la voiture. On passa devant un panneau qui indiquait : « Suedberg 3 km ».

Environ deux kilomètres après le panneau, Bennacio me fit tourner dans un chemin de terre qui gravissait une colline en serpentant, avant de s'enfoncer au cœur d'une forêt touffue. De l'autre côté, un pont enjambait une petite rivière, et au-delà de ce pont, la route rétrécissait encore, pour prendre fin devant une maison construite dans les bois. Elle me rappelait les anciens contes pour enfants, genre la maison de la sorcière dans *Hansel et Gretel*.

Peut-être était-ce une sorte de planque pour les chevaliers, un endroit qui leur servait de refuge quand ils venaient dans les parages pour batifoler en participant à une aventure ?

J'arrêtai la voiture et Bennacio me dit :

– Kropp, tu m'attends là un instant.

Il descendit, et avant qu'il ne referme la portière, je lui lançai :

– Pourquoi ?

– Je ne sais pas quel accueil te sera réservé.

Il monta les marches. La porte de la maison s'ouvrit et une silhouette se découpa en ombre chinoise dans la lumière venue de l'intérieur. Comme elle portait une robe, j'en déduisis qu'il s'agissait d'une femme. Elle étreignit Bennacio et se dressa sur la pointe des pieds pour l'embrasser sur les joues. Elle baissa la tête lorsqu'il lui parla à l'oreille. Puis elle se redressa et me regarda.

Elle dut dire quelque chose à Bennacio, car celui-ci agita la main dans ma direction, et tous les deux disparurent à l'intérieur.

Je descendis de voiture et verrouillai les portières. C'était un endroit isolé et on ne savait jamais ce qui pouvait se cacher dans les bois. J'étais encore sous le choc de notre rencontre avec les hommes de main de Mogart, là-bas à Edinburg, et chaque recoin obscur semblait dissimuler un long poignard noir. Je découvrais, de manière brutale, que le monde est toujours plus dangereux qu'on ne le pense.

Ils avaient refermé la porte derrière eux et j'hésitai un instant avant d'entrer. Étais-je censé frapper ? Peut-être que le petit geste de Bennacio ne voulait pas dire :

« Viens, Kropp. » Peut-être qu'il voulait dire, au contraire : « Reste dans la voiture si tu tiens à la vie ! » Mais je sentais une odeur de pain frais, tout juste sorti du four, et mon estomac décida à ma place. Je n'avais rien mangé depuis le corn dog.

Je poussai la porte après avoir frappé quelques petits coups rapides, une sorte de compromis entre frapper et ne pas frapper, puis j'entrai.

La première pièce était déserte, mais j'entendais des voix provenant du fond du couloir ; c'était de là également que semblait venir la délicieuse odeur de pain frais. Je pénétrai dans le salon. Un petit feu brûlait dans la cheminée et dans un coin, sur un trépied en bois, une bougie se consumait. Elle éclairait la photo d'un garçon qui semblait avoir à peu près mon âge, avec de longs cheveux blonds et de grands yeux bleus pétillants ; vêtu d'une tunique couleur pourpre, avec un bandeau en argent sur le front, il regardait l'objectif d'un air sévère. Une rose blanche était posée devant la photo. On aurait dit une sorte d'autel et j'étais sûr, sans savoir pourquoi, que j'avais devant les yeux la photo d'un des chevaliers de M. Samson.

– Kropp.

Bennacio se tenait à l'entrée de la pièce. Je montrai la photo.

– C'est un chevalier ?

Il hocha la tête.

– Windimar.

– C'est sa maison, ici ?

– C'est la maison de sa mère. Nous allons y passer la nuit.

– Je croyais qu'on était pressés.

– C'est exact, mais même les chevaliers doivent manger et se reposer. Et j'ai besoin de conseils. Miriam est une devineresse, Kropp.

– Ah oui ? Ouah ! Ça veut dire quoi ?

– Elle possède des dons de voyance.

– Vous voulez dire qu'elle devine l'avenir ?

Il ne répondit pas. Je le suivis dans le couloir, jusqu'à la cuisine où une grande table occupait presque tout l'espace. C'était une table en bois massif, solide, à peine dégrossie, avec des pieds épais et un plateau d'au moins dix centimètres d'épaisseur. Dessus étaient posés des plats fumants : un ragoût dans un bol en terre cuite, des pommes de terre et d'autres légumes dans des casseroles, des fruits dans un grand compotier en bois et cinq miches de pain tout frais alignées sur une planche à découper en forme de poisson.

La mère de Windimar s'affairait autour de la table ; elle installait les assiettes et de grosses chopes en grès qui me rappelaient les films de pirates. Je restai debout car Bennacio était debout et je me sentais mal à l'aise, pataud ; j'avais l'impression de prendre trop de place. La faim me faisait tourner la tête et j'étais nerveux, sans savoir pourquoi. Peut-être parce que personne ne parlait et que cette femme mettait le couvert en affichant un air sévère. Elle portait une grande robe noire qui lui tombait jusqu'aux pieds et ses cheveux gris étaient relevés en un chignon si serré qu'on avait mal pour elle. Ses yeux étaient du même bleu clair et éclatant que ceux de son fils, son nez parfaitement droit, ses lèvres un peu trop charnues pour une personne de son âge, et les seules rides que j'apercevais plissaient les commissures de ses yeux légèrement gonflés, sans doute à force de pleurer.

Elle installa deux couverts, de chaque côté de la table. Bennacio s'assit à une extrémité, et je pris place à l'autre bout, soulagé. Il marmonna quelques paroles qui ressemblaient à du latin, penché au-dessus de son assiette, et on commença à manger, pendant que la femme, debout devant l'évier, faisait la vaisselle.

Ce fut un des meilleurs repas de ma vie. Le ragoût, à base de bœuf, était très épais et épicé, le pain si moelleux qu'il fondait quasiment sur ma langue, et même la boisson avait un délicieux goût sucré, comme du miel, tiède comme du cidre chaud, mais ce n'était pas de la pomme… Je ne savais pas ce que c'était, mais c'était rudement bon.

Miriam déposa les casseroles sur l'égouttoir et vint s'asseoir à côté de Bennacio. Ils parlèrent à voix basse dans une langue que je ne comprenais pas. Ça ne ressemblait pas vraiment à du français, ni à de l'espagnol et ce n'était certainement pas de l'allemand. Peut-être était-ce du latin, ou un autre langage qu'on parlait à l'époque du roi Arthur, comme du celtique.

J'en étais à ma troisième portion de ragoût et à ma deuxième miche de pain quand leur conversation s'enflamma. Je devinai qu'ils se disputaient et que le sujet de cette dispute c'était moi, car la femme ne cessait de jeter des regards noirs dans ma direction et, à un moment, elle me montra du doigt. J'étais très mal à l'aise de les entendre parler de moi, alors que j'étais assis là, devant eux, et Bennacio le comprit sans doute car il se remit à parler dans ma langue.

– N'oublie pas une chose, dit-il à Miriam. Sans lui, je ne serais pas ici.

Elle répondit avec un fort accent :

– Et toi, seigneur Bennacio, tu oublies que sans lui, mon fils serait ici.

La dispute concernait donc le vol de l'Épée, qui avait entraîné la mort de plusieurs chevaliers, dont son fils. Je laissai tomber ma cuillère dans mon bol. J'avais l'appétit coupé.

– Windimar n'est pas mort à cause de ce qu'a fait Kropp ; il a péri en respectant le serment fait au Ciel, Miriam.

– Sans *lui*, il n'aurait pas été obligé de respecter son serment !

Une fois de plus, elle pointa le doigt sur moi.

— Peut-être. Mais au moins, notre génération a pu affronter cette épreuve. Quelle soit d'origine divine ou diabolique, qui peut le dire ? Nous devons puiser du réconfort, Miriam, dans le fait que le Ciel a utilisé des instruments plus étranges.

— Ce garçon est un instrument de destruction ! rétorqua-t-elle. Au moment critique, il t'abandonnera, Bennacio. Il se tiendra à l'écart pendant que tu succomberas.

— Non, c'est faux ! m'exclamai-je. (Je ne pouvais plus me taire.) J'ai fait une connerie, c'est vrai, une grosse même. Mais depuis, j'essaye de me racheter. Vous ne le savez peut-être pas, mais Mogart a tué mon oncle. Alors peut-être que je suis en partie responsable de ce désastre, de la disparition de l'Épée et du fait que tous les chevaliers sont… de ce qui est arrivé aux chevaliers. Tout ça est vrai, et la seule façon de me racheter, c'est en aidant Bennacio.

— Non, dit-elle. J'ai vu l'avenir. Tu l'abandonneras et le dernier des chevaliers périra.

Elle plissa les yeux et, curieusement, c'était comme si la pièce rapetissait, elle aussi. Miriam me dévisageait à l'autre bout d'un long tunnel qui s'assombrissait, en pointant son doigt crochu sur moi.

— Et toi aussi, tu périras, Alfred Kropp, seul dans le noir, là où il n'y a ni aube ni crépuscule. Le Ténébreux te transpercera le cœur et, quand il l'ordonnera, tu mourras.

CHAPITRE
20

Après le dîner, Bennacio et moi, on s'installa dans le salon. Il était déjà une heure et demie, et Bennacio voulait qu'on reparte à l'aube, mais ni lui ni moi n'avions sommeil. J'étais assis à côté de l'autel dédié à Windimar, et ses grands yeux bleus m'observaient d'un air accusateur.

Bennacio n'était pas d'humeur causante. Les coudes appuyés sur les bras du fauteuil, les doigts entrelacés, il contemplait le feu de cheminée.

Les paroles de Miriam continuaient à résonner dans ma tête, et le silence de Bennacio n'arrangeait pas mon humeur sinistre. Je demandai :

– Comment on devient chevalier ? Je sais que vous devez descendre d'un des membres de la Table ronde, mais vous ne naissez pas en sachant déjà manier l'épée et ainsi de suite. Alors, comment vous faites, vous allez dans une école de chevaliers ?

Cette plaisanterie ne le fit même pas sourire.

– Nous sommes formés par nos pères. Dans certains cas, nous faisons notre apprentissage chez un autre chevalier, quand notre père ne peut s'en charger.

– Et le père de Windimar ?

A en juger par la photo encadrée posée à côté de moi,

celui-ci était assez jeune pour que son père soit encore de ce monde.

— Il est mort avant d'avoir pu achever la formation de son fils.

— C'est vous qui vous en êtes occupé, hein ?

Bennacio ne répondit pas. Miriam entra dans la pièce avec un grand verre à cognac pour le chevalier. Elle me demanda si je voulais quelque chose et je sentis qu'elle devait faire un terrible effort pour se montrer affable avec moi. Je déclinai son offre.

Elle dit quelque chose dans cette drôle de langue et Bennacio secoua la tête, mais elle revint à la charge avec insistance, et il finit par hausser les épaules et secouer la tête en lui adressant un petit geste de la main, comme pour dire : *Fais ce que tu veux, je suis trop fatigué pour discuter.* Miriam quitta la pièce.

— Comment est mort son père ? demandai-je.

Je m'attendais à entendre une histoire de joute qui avait mal tourné.

— Sa tondeuse à gazon s'est renversée sur lui.

— Hein ? Vous me faites marcher.

— Les chevaliers ne sont pas à l'abri d'une mort grotesque, Kropp.

Miriam revint dans le salon, avec une grande mallette noire qui ressemblait à un étui d'instrument de musique. Peut-être voulait-elle que Bennacio joue une mélodie funèbre avec un hautbois ou un truc dans le genre. Elle le déposa à ses pieds et se remit à jacasser dans cette langue bizarre, jusqu'à ce qu'il dise, en anglais :

— Très bien, Miriam.

— Il aurait tenu à te le donner.

Il fallait qu'elle insiste, c'était plus fort qu'elle.

— Et je le prendrai, dit Bennacio, en souvenir de lui. Je prierai pour ne pas avoir à l'utiliser.

– Tu t'en serviras, seigneur Bennacio, avant que le soleil se couche sur la journée de demain.

Sur ce, elle nous laissa seuls à nouveau. Je me raclai la gorge et demandai :

– Ses visions se réalisent toujours ?

Qui a envie de mourir seul dans l'obscurité, là où il n'y a ni aube ni crépuscule, le cœur transpercé par le Ténébreux ?

– Je n'ai jamais mis en doute son don, répondit Bennacio. Mais tu dois bien comprendre une chose, Kropp : elle est accablée de chagrin, et le chagrin obscurcit toujours notre vision des choses, même chez ceux qui ont un don. Miriam a toujours su que Windimar connaîtrait une mort sanglante, depuis le jour de sa naissance. Imagine un peu.

– Il y a de quoi perdre la boule. Je me souviens quand ma mère m'a appris qu'elle allait mourir d'un cancer…

Je fus incapable de continuer. Bennacio hocha la tête comme s'il comprenait mon émotion et il me tapota le bras.

Quand il eut fini son cognac, il annonça qu'il était temps d'aller se coucher, car il avait l'intention de rouler d'une traite jusqu'au Canada. Il y eut encore une longue discussion, ou une dispute, avec Miriam au sujet du couchage sans doute. Je ne sais pas trop qui l'emporta, mais ce fut sans doute Bennacio à en juger par l'air furibond et le pas rageur de Miriam lorsqu'elle s'éloigna dans le couloir pour me conduire à ma chambre.

C'était celle de Windimar. Il n'y avait pas de salle de bains, mais un vieux lavabo avec une cuvette encastrée dans une étagère évidée et un broc d'eau chaude posé à côté. Je me débarbouillai, me brossai les dents, puis je balayai la chambre du regard.

Un rocking-chair était disposé près de la cheminée, face au lit, au-dessus duquel était accroché un crucifix en argent et en or. Sur le même mur pendait une tapisserie qui semblait très ancienne, mais elle ne pouvait l'être tant que ça, car on y voyait M. Samson perché sur un grand cheval blanc, paré de son armure et entouré de onze hommes, tous de pourpre vêtus et tenant des boucliers sur lesquels étaient peints un cheval et un cavalier. Du moins, on aurait dit M. Samson : même tête large, mêmes cheveux blonds flottant au vent. Je repérai, parmi les autres chevaliers, un homme de grande taille qui aurait pu être Bennacio, et un autre dont les yeux étaient deux fentes d'un bleu éclatant : Windimar sans doute. Il me regardait fixement. C'était un bel homme, un peu le style Brad Pitt, à l'exception des yeux. La jalousie n'était jamais une bonne chose, pour personne, et je n'étais pas du genre envieux, mais ce type apprenait à manier l'épée et à monter à cheval, il jurait sur son honneur sacré de mourir pour une noble cause pendant que moi, j'étais assis au chevet de ma mère à l'hôpital, que je la regardais mourir et que je me faisais tabasser sur le terrain de foot.

J'ouvris la penderie. A l'intérieur se trouvait une armure complète, brillante comme un miroir, avec une lance de deux mètres de long appuyée contre la cloison juste à côté. Je ne pus retenir un petit cri ; je me disais que j'étais la victime d'un complot médiéval.

J'observai longuement cette armure. Elle était si brillante que je voyais des petits éclats de moi-même se refléter dans le métal ; il y avait vingt-cinq Kropp au moins, déformés comme dans des miroirs de fête foraine. Cheveux châtains en bataille, yeux marron, nez, menton, oreilles et dents de taille moyenne. Or si ces chevaliers représentés sur la tapisserie avaient un trait en commun, c'était qu'ils ne ressemblaient pas à Monsieur Tout le Monde. Ils n'étaient pas tous aussi beaux que Windimar ni aussi nobles que Samson, ils ne dégageaient pas la même aura que Bennacio, mais ils avaient tous la même mâchoire volontaire et une certaine lueur dans le regard. Je me demandais si, en enfilant cette armure qui se trouvait dans la penderie, j'aurais leur allure, de la même manière que le ringard du lycée avait l'air d'un macho dans son uniforme d'officier de réserve. J'éprouvais l'envie complètement folle de me glisser dans cette armure. Mais je me dis que ce serait un manque de respect absolu : mettre l'armure d'un chevalier qui était mort à cause de moi. Je refermai la porte de la penderie.

J'éteignis la lumière et me couchai tout habillé. Ça me gênait, ce Christ perché au-dessus de moi, qui me regardait avec l'air de dire : Qu'est-ce que tu fous ici ? et je mis longtemps à m'endormir. Les gémissements de Miriam, un peu plus loin dans le couloir, n'arrangeaient pas les choses. Une idée folle me traversa l'esprit : aller la voir pour lui dire que j'étais désolé ; ce que j'avais déjà fait, plus ou moins, dans la cuisine. Mais Miriam n'avait pas envie d'écouter mes excuses, elle voulait son fils. Nul doute que si j'allais la voir, elle prendrait l'objet le plus lourd à portée de main pour me fracasser le crâne.

Elle pleura longtemps. J'avais pleuré, moi aussi, quand ma mère était morte, mais pas comme Miriam pleurait à cause de Windimar. C'est en écoutant ses lamentations que je pris conscience que les conséquences de mon geste dépassaient oncle Farrell, M. Samson et les chevaliers Bennacio et Windimar. En réalité, je détruisais des gens que je connaissais même pas, comme Miriam ; les ondes de choc de ma bêtise se répandaient en cercles grandissants, tel un rocher gros comme le Montana qui tombe dans l'océan ou cet énorme astéroïde qui avait frappé la terre il y a des millions d'années, provoquant la disparition des dinosaures.

Finalement, je m'endormis et je rêvai que j'escaladai une pente rocailleuse, pas vraiment une montagne, plutôt un amoncellement de rochers brisés et de minuscules éclats de quartz étincelants, à moins que ce ne soient ces cristaux qui poussent à l'intérieur des grottes et qui brillent comme de grosses dents humides au clair de lune. Je n'arrêtais pas de déraper et de glisser en essayant d'atteindre le sommet. Mes paumes et mes genoux étaient entaillés, je saignais. Chaque fois que je progressais de deux ou trois pas, je reculais d'un pas, mais il me semblait important de continuer. Enfin, j'agrippai un gros rocher près du sommet et me hissai dessus.

Je me reposai quelques instants en contemplant les éclats scintillants qui jonchaient la pente en contrebas, fier d'être arrivé jusque-là.

Finalement, je me remis debout, me retournai et parcourus le restant du chemin en bondissant. Le sommet était parfaitement plat, couvert de hautes herbes qui caressaient mes jambes douloureuses, tandis que je marchais vers un if.

Sous cet arbre était assise une dame en robe blanche ; elle avait de longs cheveux bruns et un visage presque aussi pâle que sa robe.

Je ne sais pas pourquoi, mais il me semblait l'avoir déjà vue. Quand je m'approchai, elle leva la tête et me sourit.

Elle me regarda avec ses yeux sombres et tristes, comme si elle me connaissait et était déçue par une chose que j'avais faite ou pas faite. Puis elle me posa une question et je me réveillai.

– Tu rêvais, dit une voix.

Je me redressai dans le lit et découvris Bennacio assis dans le rocking-chair, près de la cheminée.

Je me passai la main sur mon visage et la retirai mouillée. J'avais pleuré.

– Il y avait… une dame. (Je me raclai la gorge.) Habillée tout en blanc, avec des cheveux bruns.

– T'a-t-elle parlé ?

– Oui.

– Qu'a-t-elle dit ?

– Elle m'a posé une question.

Je n'avais pas envie d'en parler. Bennacio affichait un air perplexe, comme s'il connaissait mon rêve.

– Quelle était cette question ? demanda-t-il.

– Elle m'a demandé… où était le maître de l'Épée.

– Et qu'as-tu répondu ?

– Je n'avais pas la réponse.

– Hmmm.

Il souriait maintenant. Ce n'était pas un grand sourire, mais un petit rictus discret, comme s'il savait quelle aurait dû être ma réponse, comme si je la connaissais moi aussi, mais la seule chose qui me retenait, c'était ma réticence à aller au bout de mes raisonnements.

– Qui était cette femme, Bennacio ?

– Ce n'est pas à moi de le dire.

– Pourquoi ?

– Elle est apparue dans ton rêve, Alfred.

Je me souvins alors qu'il m'avait parlé des anges comme s'ils existaient réellement et je me demandai si la Dame en Blanc en était un. Mais pourquoi un ange viendrait-il me parler ?

– Je n'ai jamais tellement cru aux anges, aux saints et même en Dieu, avouai-je.

– Peu importe, répondit le chevalier. Heureusement pour nous, les anges n'ont pas besoin de notre consentement pour exister.

Tout chez Bennacio me rappelait ma propre insignifiance. Mais je ne pensais pas qu'il cherchait à me rabaisser. Il était passé à un niveau supérieur bien avant de faire ma connaissance. Ce n'était pas sa faute si j'en étais encore à trimer au fond de la mine.

– Je n'ai jamais vraiment réfléchi à ce genre de choses, dis-je. Un de mes gros problèmes, je crois, c'est que je ne prends pas le temps de réfléchir. Si j'avais réfléchi, l'Épée serait encore sous le bureau de M. Samson et oncle Farrell serait encore en vie. Tous les autres aussi et Miriam serait peut-être en train de tisser une tapisserie au lieu de pleurer. C'est elle qui a fait celle-ci ? Elle a dû mettre un temps fou. Qu'est-ce qui est arrivé à Windimar, Bennacio ?

– Je te l'ai dit. Il a péri près de Bayonne.

– Non, qu'est-ce qui lui est *vraiment* arrivé ?

– Tu tiens réellement à le savoir ?

Il m'observa pendant au moins une minute et je me demandai pourquoi il était venu dans la chambre pendant que je dormais. C'était comme s'il savait que j'allais me réveiller et comme s'il voulait être là à cet instant.

– Soit, reprit-il. Il se rendait à Barcelone en train, notre point de rendez-vous pour mener l'assaut contre Mogart à Jativa, lorsqu'il fut attaqué par sept esclaves du Dragon. Il aurait pu s'enfuir, mais il a choisi de se battre. C'était le plus jeune membre de notre Ordre. Impétueux, idéaliste et… vaniteux. Il refusait de croire que notre cause puisse échouer. Sa fierté a entraîné sa perte, Alfred. Car bien qu'il se soit battu valeureusement et brillamment, réussissant à terrasser cinq adversaires avant de succomber, les deux derniers l'ont mutilé alors qu'il respirait encore.

Sa voix n'était plus qu'un murmure. Il ne me regardait plus ; il fixait un point au-dessus de ma tête.

– On l'a retrouvé sans yeux, Alfred. Ils l'ont tué, puis ils lui ont arraché les yeux.

Ses propres yeux, gris, revinrent se poser sur moi. Son regard était dur.

– L'ennemi rassemble des individus de ce genre depuis deux ans maintenant, depuis que Samson l'a chassé de notre Ordre. Tu n'as pas encore beaucoup vécu, mais sans doute as-tu entendu parler de ces hommes. Le monde en regorge, hélas. Des hommes sans conscience, dont le cœur est corrompu par la cupidité et le goût du pouvoir, dont l'esprit perverti n'a plus rien d'humain. Ils ont oublié ce qu'était l'amour, la pitié, les remords, l'honneur, la dignité et la grâce. Ce sont des êtres déchus, des ombres d'êtres humains, leur humanité n'est plus qu'un lointain souvenir. Mogart leur a promis des richesses qui dépassent l'imagination humaine et, mus par la cupidité, ils ont atteint un degré de barbarie qui dépasse l'imagination divine. Souviens-toi de cela avant de me juger pour ce que j'ai fait à Edinburg. Souviens-toi de Jativa. Souviens-toi des yeux de Windimar, et peut-être que tu pourras me juger ensuite.

CHAPITRE 21

Le lendemain matin, au lever du jour, j'entrai d'un pas mal assuré dans la cuisine où Miriam avait disposé des muffins à la myrtille et ces petits pains au beurre qui fondaient dans ma bouche comme de la barbe à papa. Je ne me serais pas attardé normalement, car Bennacio n'était pas là et Miriam se comportait comme si j'étais une bulle invisible qui flottait dans sa cuisine, mais ces petits pains étaient trop alléchants et les muffins aussi gros que mon poing. Finalement, n'y tenant plus, je demandai :

– Où est Bennacio ?

Il n'avait pas arrêté de me répéter qu'il fallait partir tôt.

J'avais parlé un peu trop fort parce que j'étais nerveux en présence de cette femme et que, comme beaucoup de gens, je parlais trop fort quand je m'adressais aux personnes qui ne maîtrisaient pas très bien ma langue maternelle. Elle tourna brusquement la tête vers la petite fenêtre au-dessus de l'évier ; j'en déduisis que Bennacio était sorti ; mais il n'était pas sorti faire sa petite promenade du matin, il était parti sans moi ! Je courus à la porte de devant et fus soulagé de voir que la Ferrari était toujours garée dehors.

Un épais brouillard s'était installé durant la nuit et les premiers rayons du soleil projetaient des reflets rouges et fantomatiques dans les nappes d'humidité qui flottaient autour des troncs d'arbres sombres qui entouraient la maison de Miriam. Soudain, je perçus un bruit sourd au milieu des bois sur ma droite et tournai la tête au moment où il s'amplifiait. Je crois que je savais à quoi m'attendre avant même de voir cette chose surgir des bois et je dus résister à l'envie pressante de courir me réfugier dans la maison.

Bennacio jaillit en un éclair, juché sur un énorme cheval blanc, penché sur son cou massif, agrippant à deux mains son licou car il n'y avait ni rênes ni mors.

Ils s'arrêtèrent à ma hauteur. Les naseaux noirs de l'animal s'évasaient à chaque respiration et sa queue battait ses flancs, tandis que Bennacio me toisait avec un sourire.

– On va au Canada à cheval ? demandai-je.

– Ce serait formidable, non ? répondit-il en riant. L'avenir s'assombrit et nous devons nous hâter, mais je n'ai pu résister au plaisir d'une dernière chevauchée.

Il me tendit la main pour que je le rejoigne.

– J'ai peur des chevaux, avouai-je.

– Pas moi, heureusement.

Il me saisit par l'avant-bras et me hissa sur le dos du cheval, aussi aisément que s'il jetait un manteau sur ses épaules. Puis il se pencha en avant pour murmurer des paroles à l'oreille du cheval, et c'était parti.

Quelques heures plus tôt, je fonçai à 150 km/h sur l'autoroute, mais c'était comme si j'avançais au ralenti en comparaison de cette chevauchée dans la campagne. Les arbres défilaient en sifflant à mes oreilles, j'avais les bras noués autour du torse de Bennacio et le visage plaqué dans son dos, les yeux fermés. Je sentais que je glissais sur la croupe de l'animal, tantôt à droite tantôt à gauche, et je serrais les dents de toutes mes forces car j'avais peur de me couper la langue en deux.

Je ne saurais dire combien de temps on chevaucha ainsi avant que je sente la pression se relâcher dans ma poitrine et qu'une sorte d'ivresse me fasse entrouvrir les yeux et desserrer l'étau de mes bras autour de Bennacio. Un quart d'heure peut-être, mais cela m'avait paru durer une heure ou deux. Je me laissai aller légèrement en arrière et ouvris les yeux en grand ; l'air du printemps me giflait le visage, mais ça ressemblait à une caresse, les arbres dessinaient des taches floues, marron ou d'un vert éclatant, et le martèlement des sabots de l'étalon était comme un grondement de tonnerre étouffé dans mes oreilles. Soudain, j'éclatai de rire comme un enfant sur un manège, tandis que Bennacio continuait d'éperonner notre monture. Bennacio, le dernier chevalier de la Table ronde, monté sur un étalon blanc, volant au secours de ce foutu monde, avec Alfred Kropp qui s'accrochait désespérément derrière lui, braillant et pleurant tout à la fois, heureux simplement de participer à cette chevauchée.

CHAPITRE 22

Après notre retour à la maison, j'attendis à côté de la Ferrari pendant que Miriam disait adieu à Bennacio sur le perron. Avec les cheveux défaits, elle paraissait plus jeune. Elle prit les mains du chevalier dans les siennes et lui glissa quelques mots d'un ton pressant. J'ignorais ce qu'elle lui disait, mais Bennacio semblait contrarié. Il n'arrêtait pas de secouer la tête, *Non, non, non*, et je devinais, même si je ne les avais pas beaucoup côtoyés, qu'ils entretenaient des rapports complexes. Finalement, Miriam se hissa sur la pointe des pieds pour l'embrasser sur les deux joues, puis elle lui prit la tête entre ses mains et le regarda longuement au fond des yeux, sans rien dire.

Bennacio descendit les marches en tendant la main vers moi.

– Les clés, Kropp. Je vais conduire. Il faut qu'on atteigne la frontière à Saint Stephen avant la nuit.

Je lui remis les clés et m'installai à la place du passager. Bennacio lança sur le siège arrière l'étui noir que lui avait remis Miriam, avant de se glisser au volant. En vérité, je mourais d'envie de conduire encore la Ferrari, mais je n'osais pas protester.

– Vous ne croyez pas que cette voiture a été déclarée

volée et qu'on va se faire arrêter ? demandai-je lorsqu'on arriva sur l'autoroute.

– Je n'y avais pas pensé.

– Peut-être que vous devriez.

– On verra bien.

J'avais perdu le fil des jours, mais nous devions être samedi. L'autoroute était quasiment déserte, à l'exception de quelques camions que Bennacio dépassait en douceur comme s'ils étaient immobiles.

On était quelque part entre Hazelton et Scranton, en Pennsylvanie.

– C'était le cheval de Windimar ? demandai-je.

Il ne répondit pas, sans doute parce que c'était une question stupide. Si vous répondez à une question stupide, vous ouvrez la porte à toutes les autres. Je pris la résolution d'évaluer la qualité de mes questions à l'avenir, avant de les poser.

– Vous voyagez beaucoup dans votre métier, vous autres les chevaliers ?

– Parfois.

– C'est un truc que je me demandais… Je sais que votre boulot principal, c'est de protéger l'Épée, mais c'est tout ce que vous faites dans la vie ? Vous vivez des aventures ?

– Certainement pas au sens où tu l'entends. Mais nous sommes des chevaliers malgré tout, nous avons fait le serment de protéger les faibles et de défendre les innocents.

– Donc, ça veut dire oui, hein ?

– Est-ce vraiment important, Kropp ? Pour moi, être chargé de la protection de la Sainte Épée m'a toujours paru suffisant.

– Vous êtes en train de me dire que votre boulot, ça consiste surtout à rester assis et à attendre.

Il ne répondit pas. Alors, j'enchaînai :

– Ça ressemble à ma propre vie. Sauf que moi, je ne

protégeais rien de sacré. Je restai assis à bouffer des chips, à boire du Coca et à écouter de la musique. Tiens, je suis sûr que cette bagnole a un super *sound system*. On l'essaye ? Quel genre de musique vous aimez ? Les chants grégoriens ou un truc dans ce goût-là, je parie. Sinatra peut-être. Mais Sinatra n'était pas un saint. En parlant de ça, je vous ai pris pour un moine dans la Samson Tower, le soir où j'ai piqué l'Épée. Ma mère adorait Sinatra. Je parle trop ? Je crois que mon cerveau est en surcharge, à force d'essayer de tout assimiler. Ça en fait, des trucs à enregistrer. Les épées sacrées, les chevaliers des temps modernes et le monde qui est au bord de la destruction totale. Finalement, je trouve que je me débrouille plutôt bien. Je ne voyage pas beaucoup, moi non plus. Depuis que ma mère est morte. Avant, tous les étés, elle m'emmenait à la plage en Floride. On n'avait pas fait dix kilomètres en voiture qu'il fallait que je mange quelque chose. Au fait, qu'est-ce qu'il y a dans cet étui à l'arrière ?

– Un cadeau.

– Oh ! J'espérais que Miriam nous avait préparé quelques sandwichs pour la route. Bref, j'avais toujours envie de *pecan logs* ou bien de ces sachets de cacahuètes grillées qu'ils vendaient au bord de la route.

– Qu'est-ce donc qu'un pecan log ?

– Vous savez bien, ces espèces de pépites enrobées de noix de pécan. Quand on allait en Floride, ma mère s'arrêtait toujours dans ces boutiques installées au bord de la route, les Stuckey. Ils vendaient des pecan logs et des tortues aussi, pas des vraies tortues, c'était comme ça qu'on appelait les barres de chocolat avec des noix de pécan. Je ne sais pas vraiment avec quoi étaient faites ces pépites enrobées de noix de pécan, on aurait dit une sucrerie, ou peut-être que c'était un truc pour fourrer les gâteaux congelés. Ça avait un goût de vanille. Quand vous les mélangiez avec les noix de pécan grillées, c'était super-bon.

– Ça peut se manger avec cette saucisse de Francfort dans du pain ?

– Un corn dog.

– Oui, c'est ça.

Durant cette conversation, ses yeux n'avaient cessé de voltiger entre la route, le rétroviseur et moi.

Soudain, il enfonça l'accélérateur et l'arrière de mon crâne heurta le siège. Quelques secondes plus tard, alors que nous atteignions les 190 km/h, il enclencha le régulateur de vitesse et me dit :

– Prends le volant, Alfred.

– Hein ?

– Conduis quelques instants.

Il lâcha le volant et je dus l'agripper avec ma main gauche, pendant que Bennacio se retournait pour tripoter les fermoirs de la mallette noire.

– Bennacio… !

Il se rassit.

– Garde la main sur le volant. Si on fait une sortie de route à cette vitesse, on n'y survivra pas.

Il avait sorti de l'étui deux grands morceaux de bois incurvés, qu'il entreprit d'assembler. Il avait du mal car, mis bout à bout, ils mesuraient environ un mètre cinquante. En jetant un coup d'œil dans le rétroviseur, je vis le soleil se refléter sur une masse de métal noir et de chromes qui occupait les deux voies et se rapprochait à toute vitesse.

– C'est quoi, ces trucs derrière nous, Bennacio ?

– Des Suzuki Hayabusa.

– Elles gagnent du terrain.

– Pas étonnant. Ce sont les motos les plus rapides du monde.

Il sortit de l'étui une longue corde munie d'un petit crochet à chaque extrémité. Il en fixa un dans l'œillet métallique qui se trouvait à un des bouts du bâton incurvé, le retourna et exerça une pression sur l'autre bout afin de pouvoir y accrocher la corde. Les muscles de son cou saillaient sous l'effort.

– Qu'est-ce que vous faites ?

Il répondit de cette même voix calme :

– Je bande mon arc, Kropp.

Sur ce, il baissa sa vitre et le vent s'engouffra à l'intérieur de la voiture, transformant sa chevelure en une tornade blanche.

Je regardai de nouveau dans le rétroviseur et constatai que les motards – les *esclaves du Dragon*, comme les avait appelés Bennacio – s'étaient séparés. J'en dénombrai six, mais j'étais obligé de compter très vite pour ne pas foncer dans le décor.

– Reste dans ta voie, Alfred ! cria Bennacio. Conduis avec la main droite et tiens-moi avec la gauche !

Il se pencha de nouveau vers la banquette arrière pour sortir de l'étui un carquois rempli de flèches.

– Je crois pas que j'y arriverai !

– Tu n'as pas le choix !

Il balança le carquois par-dessus son épaule et sortit par la vitre ouverte, en rampant à reculons, jusqu'à ce qu'il ne reste plus à l'intérieur que ses longues jambes et la moitié de ses fesses. J'empoignai son pantalon avec ma main gauche.

J'entendais maintenant les hurlements rauques des moteurs des motos. Cinq d'entre elles dépassèrent la voiture tel un essaim d'abeilles enragées, tandis que la sixième demeurait en retrait.

Les motards étaient entièrement vêtus de noir. Même les visières de leurs casques étaient noires. Au moment où elles passaient dans un grondement assourdissant, Bennacio commença à décocher ses flèches. J'entendis la première siffler dans l'air – *Pfft !* – et je vis le motard de tête tournoyer sur sa machine. Bennacio avait planté la flèche dans son cou, juste sous le casque. Un joli tir, si l'on pense qu'il tirait contre le vent, à bord d'une Ferrari lancée à 190 km/h. Deux des motos ne purent éviter de percuter leur chef au moment où il chutait. Leurs deux motos firent un saut de carpe, projetant dans les airs les esclaves du dragon, dont les corps étaient déjà désarticulés comme des pantins avant qu'ils ne retombent sur le bitume.

Il n'en restait plus que deux, plus celui qui se trouvait derrière nous, et soudain, j'entendis des détonations qui venaient de notre gauche. Les armes avec lesquelles ils nous canardaient étaient de gros calibres, mais je ne les voyais pas car Bennacio me masquait la vue, et de toute façon, je devais regarder la route.

Un projectile nous atteignit au niveau du pare-chocs gauche et j'en déduisis qu'ils visaient les pneus ou bien le réservoir, ou peut-être les deux. La violence de l'impact nous déporta sur la droite et je faillis perdre le contrôle de la Ferrari, mais je parvins à la redresser. On chevauchait maintenant la ligne médiane.

Cela me donna une idée. Je tournai légèrement le volant vers la gauche, tandis que Bennacio continuait à décocher ses flèches, l'une après l'autre – *Shhh-pfft-shhh-pfft-shhh…* – il armait, tirait, puis rechargeait (je ne sais pas quel terme emploient les archers), tout ça en un clin d'œil. Quant à moi, je continuais à dériver peu à peu vers la voie de gauche. Les motards devaient maintenant choisir entre revenir se placer derrière nous ou nous dépasser avant que je les coince contre la glissière de sécurité.

Du coin de l'œil, je vis une des Suzuki faire un bond en

l'air de trois mètres, dans une terrible explosion. Bennacio avait sans doute atteint un pneu. Crevez un pneu à 190 km/h, avec une flèche, et voilà ce qui se produit.

Il restait un motard sur notre gauche. Il accéléra jusqu'à ce qu'il se retrouve à la hauteur du pare-chocs avant et je pus constater qu'ils nous tiraient dessus avec des fusils à canon scié. Tandis que Bennacio se contorsionnait pour se retourner, je me demandai pourquoi on utilisait des flèches face à six dingues armés de fusils et chevauchant des Suzuki Hayabusa.

En regardant dans le rétroviseur, je vis approcher le dernier motard. La crosse d'un fusil à canon scié était appuyée sur son genou ; le canon noir dressé scintillait dans les premiers rayons de soleil.

Le type qui nous collait au train parvint à conserver le contrôle de sa machine tout en se déportant sur la droite pour tirer. Je vis jaillir un éclair orangé et le pare-brise de la Ferrari fut pulvérisé, nous recouvrant d'éclats de verre. Je crois que je poussai un hurlement, mais tous les bruits étaient étouffés par le rugissement du vent qui s'engouffrait à travers le pare-brise détruit.

Je me retrouvai tout à coup dans une sorte de soufflerie, étroite et surpuissante ; les larmes qui coulaient de mes yeux entraient directement dans mes oreilles.

Le motard qui se trouvait sur notre gauche réduisit les gaz et se déporta vers nous. Avant que j'aie le temps de réagir, il sauta de son engin pour atterrir sur le capot de la Ferrari. Sa moto abandonnée dérapa sur la gauche et alla percuter le rail de sécurité. Sa combinaison noire claquait bruyamment sur son corps. Il tenait toujours le fusil dans sa main droite.

Je sentis la cuisse de Bennacio se raidir sous mon poing, tandis qu'il se penchait vers le capot pour décocher une flèche avant que le motard me fasse sauter la tête.

Trop tard. Je vis jaillir un deuxième éclair orangé, puis le pare-brise arrière explosa.

Je donnai un grand coup de volant à droite. Pris par surprise, le motard fut éjecté du capot et son hurlement cessa net lorsqu'il heurta le bitume.

Bennacio se laissa retomber sur le siège du conducteur. Il n'avait plus rien dans les mains. Sans doute avait-il jeté son arc. Son carquois devait être vide, à moins que ce duel entre des flèches et des fusils à canon scié ne soit plus un défi à sa hauteur. Je glissai à ma place et tentai de reprendre mon souffle, en vain, tout en me demandant si j'avais mouillé mon pantalon. Il y avait des éclats de verre partout, sur mes genoux, sur ma chemise, dans mes cheveux. Je me tournai sur le côté gauche pour regarder derrière nous.

– Où est passé le dernier ? criai-je à l'oreille de Bennacio.

– Baisse-toi, Kropp !

Je continuai à le regarder bêtement, sans réagir, jusqu'à ce que sa main jaillisse pour m'obliger à baisser la tête. La vitre derrière moi explosa, déversant une pluie de verre sur mon dos et mes jambes. Je me redressai, sans réfléchir, me retournai et découvris le canon du fusil à trente centimètres de mon visage.

Je le saisis à deux mains et hurlai à travers la vitre pulvérisée, en m'adressant au type sur la moto :

– Lâche !

Comme s'il allait m'obéir… Évidemment, il ne lâcha pas.

Je tirai de toutes mes forces avant qu'il puisse de nouveau appuyer sur la détente et il n'eut d'autre choix que de perdre le contrôle de son engin ou de lâcher son arme. Il la lâcha et s'éloigna en direction de la bande d'arrêt d'urgence.

– Colle-toi contre ton siège, Kropp, dit Bennacio.

Il parlait d'une voix forte, mais calme, comme si on continuait à parler des corn dogs.

Il prit le fusil posé sur mes genoux et le pointa sur le motard à travers ma vitre. Je poussai un cri et me collai au siège au moment où le coup de feu explosait, pratiquement sous mon nez.

Le projectile termina sa course dans le réservoir de la Suzuki. Je sentis la chaleur de la boule de feu sur mon visage, et le souffle de l'explosion ébranla la Ferrari, avec une telle force que Bennacio dut lâcher le fusil sur mes genoux et agripper le volant à deux mains pour éviter de partir dans le décor.

– Je crois que je vais vomir ! criai-je face au rugissement du vent.

Il ne dit rien. Il souriait et je ne pense pas que c'était parce que j'allais vomir.

CHAPITRE
23

Bennacio finit par ralentir pour revenir à un petit 120 km/h plus confortable, mais le vent continuait à me cingler le visage. Je me recroquevillai alors au fond de mon siège et plaquai ma main sur mes yeux, en me demandant quand allaient arriver les renforts.

Je ne saurais dire combien de temps je restai assis dans cette position, à trembler sous l'assaut des bourrasques glacées, avec les genoux qui s'entrechoquaient, véritablement, et les dents qui claquaient, mais ça me parut très long. Soudain, j'entendis le rythme du moteur baisser progressivement et le souffle du vent diminua. J'ôtai ma main de devant mes yeux et vis Bennacio s'engager sur la bande d'arrêt d'urgence. Un semi-remorque arrivait à toute allure dans notre dos, en faisant mugir son klaxon, et Bennacio adressa un petit geste amical au chauffeur lorsque celui-ci nous dépassa dans un grondement.

– Qu'est-ce qui se passe ? demandai-je.

– On n'a plus d'essence, répondit-il, tandis que la voiture s'arrêtait en douceur.

– Vous plaisantez, hein ?

– Non. Viens, Kropp, il faut marcher maintenant.

– Marcher ?

– On n'a pas le choix.

– Vous n'arrêtez pas de dire ça. Comment ça se fait qu'on n'a jamais le choix ?

– Parfois, c'est plus facile.

On descendit de voiture et on resta là quelques instants, à la regarder. Elle ne paraissait plus aussi cool. Je tendis la main par la vitre brisée pour récupérer le fusil.

– Non, laisse-le, Kropp.

Je soupirai et le laissai retomber sur le siège.

– Permettez-moi de vous poser une question, Bennacio. C'est quoi ce truc avec les épées, les poignards, les arcs et les flèches, tout ce fatras médiéval ? Les chevaliers n'ont pas le droit d'avoir des armes à feu ou quoi ?

– Rien ne nous l'interdit.

– Alors, pourquoi vous n'en utilisez pas ?

– C'est avant tout une question de fierté. Tu peux penser le contraire, mais les armes à feu sont beaucoup plus barbares que les épées. Il n'y a aucune élégance dans les armes à feu, Alfred.

Il sourit et ajouta :

– Et puis, c'est plus amusant comme ça.

On se mit en marche. On n'était pas allés très loin, cinq cents mètres peut-être, quand je m'arrêtai. Bennacio, plongé dans ses pensées, tête baissée, continua à marcher pendant plusieurs mètres avant de remarquer que je n'étais plus à ses côtés. Il s'arrêta, se retourna et me regarda tandis que je m'asseyais par terre, les bras noués autour des genoux.

C'était une belle journée, avec juste quelques filaments nuageux et une légère brise venant du sud. Je levai mon visage vers le soleil. Bennacio revint sur ses pas et s'assit à côté de moi.

– Je vais être franc avec vous, Bennacio. Je suis pas mal secoué. Je sais que ce genre de choses, ça doit vous paraître normal, vu que vous êtes un chevalier, mais ce qui vient de se passer, ça m'a fait un peu flipper. Non, pas un peu. *Beaucoup*. Quand vous allez au ciné et que vous regardez toutes ces poursuites en bagnoles et les fusillades, vous vous dites : « Hé, je pourrais en faire autant ! » Vous êtes assis dans la salle, tranquille, et vous aimeriez bien être à la place du type qui zigouille les méchants. Mais dans la vraie vie, c'est pas comme ça, même si toute cette histoire commence à ressembler plus à un film qu'à la réalité. Et c'est bizarre car je finis par regretter ma vraie vie, même si elle était nulle. Franchement, je ne suis pas sûr de pouvoir continuer.

– Je vois, dit-il avec un soupir. (Il y avait de la tristesse dans son regard.) Malheureusement, on ne peut pas s'attarder ici, Alfred. La police ne va pas tarder à arriver… et peut-être même pire.

– Encore des ADT ?

– ADT ?

– Des Agents des Ténèbres.

Il sourit.

– Oui. Des ADT. Exactement.

– Je ne veux surtout pas vous retenir, Bennacio. Vous avez un travail important à accomplir : sauver le monde et ainsi de suite. C'est égoïste de ma part de vous suivre. Surtout que je ne suis même pas sûr d'avoir envie de vous suivre.

– Tu ne t'accordes pas assez de crédit, Alfred. Sans toi, je n'aurais pas survécu, ce matin.

De toute évidence, il disait cela pour me faire plaisir, mais j'avais le sentiment qu'il le pensait.

– Broadway, dit-il brusquement.

– Quoi ?

Il souriait.

– Tu m'as demandé quel genre de musique j'aimais. J'adore les comédies musicales.

Je ne sais pas pourquoi, mais je fus pris d'un fou rire.

– J'aime particulièrement Lerner et Loewe. *Camelot*. Tu connais ? (Il se mit à chantonner.) « En résumé, il n'y a pas / d'endroit plus sympa / pour vivre heureux et pour toujours qu'ici / à Camelot ! » C'est sans surprise, je sais.

Ça faisait du bien de rire.

– Il faut trouver une bagnole, Bennacio, dis-je une fois que j'eus repris mon souffle. On ne peut pas marcher jusqu'à Halifax.

Bennacio se leva.

– Non, on ne peut pas. Allez, debout, Kropp, et garde les mains le long du corps.

Il scrutait la route. Je me levai et l'imitai. J'entendis la sirène avant de voir la voiture et le gyrophare.

– Super, commentai-je. Les flics.

La voiture de patrouille s'arrêta sur la bande d'arrêt d'urgence, coupa sa sirène, mais pas les lumières rouge et bleue qui continuaient à tournoyer. L'agent de police descendit de son véhicule, la main sur la crosse de son pistolet.

– A genoux, les mains sur la tête ! nous cria-t-il. Immédiatement !

– Fais ce qu'il dit, me glissa Bennacio.

On s'agenouilla sur le bitume et je croisai mes doigts derrière ma tête. Le policier avança vers nous ; ses chaussures raclaient le sol.

– Vous savez ce qui s'est passé là-bas ?

– Nous sommes tombés en panne d'essence, expliqua Bennacio.

– Pas seulement, on dirait, répondit le policier.

Il s'arrêta à une cinquantaine de centimètres de Bennacio ; il avait dégainé son arme et il la pointait sur le front haut du chevalier.

– J'ai une arme, déclara celui-ci, très calmement, comme s'il parlait du temps. Dans mon dos.

160

– Pas un geste ! brailla le policier et il humecta ses lèvres avec sa langue.

Il ne semblait pas beaucoup plus âgé que moi, dix-neuf ou vingt ans peut-être, et il avait l'air un peu idiot avec son grand chapeau marron, comme un gamin qui se déguise en adulte. Il s'accroupit, le canon de son arme n'était plus qu'à quinze centimètres du nez de Bennacio, et il glissa sa main dans le dos du chevalier pour prendre l'arme... qui ne s'y trouvait pas.

Au même moment, la main droite de Bennacio jaillit, son index et son majeur raidis s'enfoncèrent dans le cou du gamin. Celui-ci s'écroula immédiatement et demeura immobile.

– Vous l'avez tué ! Nom de Dieu, Bennacio !

– Il n'est pas mort. Allez, viens, Alfred.

Il s'était déjà relevé et il marchait à grands pas vers la voiture de patrouille.

– On prend sa voiture ?

– Oui.

– Parce qu'on n'a pas le choix ?

– Exactement.

– Je veux rentrer à la maison, Bennacio.

Arrivé devant la portière, il se retourna.

– C'est quoi, la maison, Alfred ?

Il ne cherchait pas à être méchant en disant cela. Simplement, il ne voyait pas ce que j'entendais par « maison ». D'ailleurs, de quoi est-ce que je parlais ? Des Tuttle ? De Knoxville ? Il n'en savait rien et moi non plus. Je n'avais plus de vraie maison.

Je montai dans la voiture.

CHAPITRE
24

Bennacio coupa les gyrophares, donna un grand coup d'accélérateur et la Crown Victoria se retrouva très vite sur l'autoroute 105. Les voitures s'écartaient devant nous car il était évident qu'une mission urgente nous appelait. J'étais assis à la place du passager, à coté du fusil du policier, et je me disais que si jamais nous étions attaqués de nouveau, tout reposerait sur moi car nous n'avions plus de flèches, et un fusil, ça manquait de classe aux yeux de Bennacio.

Nous roulions dans la Wyoming Valley et je voyais se dresser sur ma droite les montagnes Poconos. C'était la première fois que je faisais une virée en voiture, si on ne tenait pas compte des voyages en Floride avec ma mère, mais on ne pouvait pas en tenir compte car c'était un truc familial. Remarquez, on ne pouvait pas non plus compter ce qu'on était en train de faire comme une virée car les virées en voiture avaient toutes un point commun : on était censés s'amuser.

Bennacio alluma la radio de bord pour écouter les appels de la police. On ne parlait pas d'une voiture de patrouille volée… pas encore, du moins. Mais on savait, l'un et l'autre, que ça n'allait pas tarder.

– Et maintenant ? demandai-je.

– On doit trouver un autre moyen de locomotion.

– Attendez, laissez-moi deviner… Des étalons blancs ?

– Je pensais plutôt à un félin très rapide.

Il ralluma les gyrophares. La voiture qui roulait devant nous bifurqua immédiatement dans la file de droite et Bennacio la suivit, en collant presque à son pare-chocs.

– Une Jaguar, dis-je. Un « félin très rapide », j'ai pigé. Très drôle. Le *carjacking* fait partie du code de la chevalerie ?

Il ne répondit pas. Il tendit la main vers le bouton qui actionnait la sirène.

– Je peux ? demandai-je.

– Si ça t'amuse.

J'appuyai sur le bouton. La sirène mugit et Bennacio fit des appels de phare au conducteur de la Jaguar. Celle-ci glissa vers la bande d'arrêt d'urgence. Bennacio s'arrêta à une dizaine de mètres derrière. Il décrocha le fusil de son support et me le colla dans les bras.

– Je croyais que c'était une arme barbare.

– Exact, mais tu n'es pas chevalier.

– Je ne tuerai personne, Bennacio.

– Je pense que ce ne sera pas nécessaire.

Il glissa la main dans sa poche intérieure, d'où il sortit un long étui fin en cuir. Un carnet de chèques. Sur le dessus, en lettres d'or et en relief, on pouvait lire : « Samson Industries ». Il l'ouvrit et signa un chèque en blanc.

– Pour répondre à ta question : non, on ne vole pas, ni les voitures ni le reste, mais parfois, il y a des gens qui refusent de vendre. Viens, Kropp.

Il était descendu et se dirigeait déjà vers la Jaguar, avant que j'aie le temps de dire quoi que ce soit. Je sortis avec peine de la voiture de patrouille et le suivis en tenant le fusil dans mes bras. Un gros type en pardessus brun était coincé derrière le volant de sa petite voiture de sport. A en juger par son expression, il était évident que Bennacio et moi ne correspondions pas à ce qu'il pensait voir en se faisant arrêter par la police de la route.

– Qu'est-ce qui se passe ? demanda-t-il.

– N'ayez pas peur, dit Bennacio.

Il me fit signe d'approcher et il m'arracha le fusil des mains pour le pointer sur le nez du gros type.

– Y a de quoi, pourtant ! s'exclama celui-ci en levant les mains, instinctivement.

– Descendez de voiture, je vous prie.

– Oui, oui, tout de suite. Pas de problème. Ne tirez pas.

Il eut du mal à s'extirper de son siège ; nul doute que sa nervosité n'arrangeait pas sa coordination motrice.

– Voilà pour le désagrément occasionné, dit Bennacio en lui tendant le chèque. Je compte sur votre sens de l'honneur pour y inscrire une somme raisonnable. Viens, Kropp.

Il me lança le fusil. Je le rattrapai et le pointai, sans grande conviction, sur le bonhomme incrédule qui ne savait plus ce qu'il devait regarder maintenant : Bennacio qui s'installait au volant de la Jaguar, moi qui braquais le fusil sur lui ou le chèque en blanc dans sa main tremblante. Je le contournai pour m'asseoir à la place du passager et lui glissai, pour être serviable :

– On a laissé les clés sur le contact. (Je montrai la voiture de police.) Mais ce ne serait pas une bonne idée de nous suivre.

Je grimpai à bord et Bennacio colla le pied au plancher avant que j'aie le temps de boucler ma ceinture.

– Vous êtes incroyablement confiant, Bennacio, dis-je après quelques kilomètres de route, quand il devint évident que le type ne nous suivrait pas avec la voiture de police. Qu'est-ce qui vous dit qu'il ne va pas se faire un chèque d'un million de dollars ?

– La plupart des gens sont honnêtes, Kropp. Et quand on leur laisse le choix, ils font le bon. Si nous n'en étions pas convaincus, à quoi cela servirait-il d'être chevaliers ?

Sur ce, il se pencha vers moi, prit le fusil qui se trouvait sur mes genoux et le balança par la vitre.

CHAPITRE 25

On traversa le reste de la Pennsylvanie, puis l'État de New York et le Massachusetts. La 95 nous conduisit sur les côtes de la Nouvelle-Angleterre, puis nous entrâmes dans le New Hampshire, après quoi on franchit la frontière du Maine, tout cela en nous arrêtant uniquement pour faire le plein (la Jaguar était vorace) et pour faire pipi, et une autre fois dans un McDonald pour acheter un sandwich au homard. J'ignorais que McDonald faisait des sandwichs au homard. Je ne cessais de jeter des coups d'œil derrière moi, m'attendant à voir surgir une dizaine de voitures de police qui fonçaient droit sur nous, ou bien de nouveaux ADT, peut-être sur des Harley cette fois, ayant sacrifié la vitesse au profit du muscle.

A une trentaine de kilomètres de la frontière canadienne, alors que l'on roulait sur la 115, je remarquai que nous étions quasiment seuls sur la voie qui allait vers le nord, alors que celle qui descendait vers le sud était embouteillée.

– Il se passe quelque chose, commentai-je. On dirait que tout le monde fuit le Canada.

Difficile de concevoir, cependant, que l'Apocalypse avait débuté au Canada.

– La frontière doit être fermée.

– Qu'est-ce qu'on va faire ?

– On n'a pas le choix. Il faut la franchir.

Je nous imaginais pulvérisant les barrages à toute allure, pourchassés par la police montée. Au moment même où cette vision me traversait l'esprit, les premières lumières rouge et bleue surgirent de l'obscurité derrière nous. Très vite, elles furent rejointes par d'autres et j'entendis les sirènes à l'intérieur de la Jaguar. Bennacio réagit en accélérant. L'aiguille du compteur frôlait les 190 km/h. On passa en trombe devant un panneau clignotant qui indiquait : « Frontière fermée ».

– Ça sent le roussi, dis-je. Il faut abandonner la Jag et trouver un endroit pour franchir la frontière à pied.

Ce n'était pas une suggestion très brillante, étant donné que nous étions poursuivis par la moitié des voitures de police du Maine.

Bennacio ne répondit pas. Il continua à rouler pied au plancher jusqu'à ce qu'il aperçoive le bataillon de gardes nationaux postés à la frontière avec leurs fusils d'assaut. Les soldats de la première ligne avaient déjà mis un genou à terre pour nous viser.

Bennacio freina à fond et on dérapa sur une trentaine de mètres avant de s'arrêter.

– Descends, Alfred. Et surtout, mets bien tes mains en évidence.

Je descendis de la Jaguar, les mains en l'air, au moment où quelqu'un criait dans un mégaphone : « DESCENDEZ DE VOITURE ! LES MAINS BIEN EN ÉVIDENCE ! »

Derrière nous, les voitures de police arrivèrent avec leurs lumières aveuglantes. Elles s'arrêtèrent et une dizaine d'hommes en uniforme marron prirent position derrière les portières ouvertes. Je me demandais comment Bennacio allait s'en sortir, cette fois.

– COUCHEZ-VOUS A PLAT VENTRE AVEC LES MAINS SUR LA TÊTE, DOIGTS CROISÉS !

Bennacio m'adressa un signe de tête et on s'allongea sur le bitume, côte à côte. Ces derniers mètres de sol américain étaient glacés. Quelqu'un s'approcha et s'arrêta au-dessus de nous ; je voyais mon reflet dans le vernis de sa chaussure noire.

– Bonsoir. C'est là que je suis censé vous demander quel est le motif de votre séjour au Canada, dit l'homme à la chaussure noire brillante.

– Vous trouverez une carte dans ma poche de veste, dit Bennacio. Avant de commettre un acte irréfléchi, je vous suggère de contacter la personne dont le nom figure sur cette carte.

Je ne vis pas si M. Chaussures Cirées prit la carte ou pas, mais il repartit et resta absent un long moment.

– Que se passe-t-il, Bennacio ? murmurai-je.

– Je réclame un service.

– J'ai froid.

Bennacio ne dit rien.

Quelqu'un me saisit par le col et me remit debout. Un type en coupe-vent bleu, le gars aux chaussures cirées, rendit la carte à Bennacio en disant :

– C'est votre jour de chance.

– Ce n'est pas de la chance. C'est la nécessité.

On remonta dans la Jaguar. Le type au coupe-vent bleu et aux chaussures joliment cirées adressa un geste à un des douaniers. Celui-ci entra le code qui commandait l'ouverture des grilles. Le type au coupe-vent bleu recula et nous fit signe de passer.

– Bonne chance ! lança-t-il, tandis qu'on entrait au Canada dans un rugissement.

– La nécessité, murmura Bennacio.

CHAPITRE
26

C'était la première fois que j'allais au Canada, mais je n'en vis pas grand-chose car il faisait nuit et Bennacio prit soin d'emprunter des routes secondaires. Il filait dans l'obscurité comme si les chiens de l'enfer étaient lancés à nos trousses. Je savais que Halifax se trouvait sur la côte, et que sans doute un avion l'attendait là-bas, mais à quoi bon si tous les vols étaient interdits ? J'essayai de dormir, mais essayez donc de fermer l'œil dans une Jaguar qui roule à 190 km/h dans un décor qui vous est totalement inconnu.

Sur le coup de trois heures du matin, on franchit un grand pont et Bennacio m'annonça que nous étions en Nouvelle-Écosse. On aurait pu tout aussi bien se trouver sur la face cachée de la lune. On continua à rouler en silence jusqu'à ce qu'une faible lueur orange apparaisse à l'horizon. Tout d'abord, je crus que c'était le soleil levant, puis je me souvins qu'il était trois heures du matin.

– Je crains qu'on n'arrive trop tard, dit Bennacio.

Il ralentit à l'approche d'un gigantesque feu, et je découvris qu'on se trouvait à l'entrée d'un aérodrome privé. Une sorte d'épave brûlait sur la piste.

Bennacio s'engagea sur un chemin qui conduisait directement à la piste. Trois hommes se tenaient tout au bout, à côté d'une Chevrolet Suburban marron, vêtus de longues robes de bure comme celle que portait Bennacio la première fois que je l'avais vu.

– Je croyais que vous étiez le dernier chevalier, fis-je remarquer.

– C'est exact. Et je crois t'avoir dit, Alfred, que l'Épée avait de nombreux amis.

Il s'arrêta et on descendit de voiture. Il tombait un petit crachin glacé. J'entendais le bruit de l'océan et je sentais le goût du sel sur ma langue. Bennacio laissa les phares allumés et on se rassembla devant la voiture. La lumière dansait parmi les gouttelettes de pluie et l'air semblait scintiller.

Un des hommes s'avança vers Bennacio. Ils s'embrassèrent sur la joue, puis l'homme l'étreignit chaleureusement, avant de se tourner vers moi.

– Cabiri, je te présente Kropp, dit Bennacio.

– C'est un Ami ? demanda Cabiri en m'observant.

– Un Ami et un Adepte de l'Épée.

– Sans blague ? Alors, c'est mon ami ! s'exclama Cabiri.

Il m'embrassa sur les deux joues et m'étreignit de la même manière.

Il se retourna vers Bennacio.

– Nous avons eu des petits ennuis, comme vous pouvez le constater, dit-il avec un mouvement de tête en direction de l'épave en feu. Apparemment, ils sont venus à pied et ils nous ont pris par surprise. Nous redoutions une attaque aérienne. Ils se sont servis de ça...

Il désigna un des hommes qui se tenaient derrière lui. Celui-ci transportait ce qui ressemblait à un bazooka géant, mais je devinai qu'il s'agissait d'un lance-roquette.

– Et Derieux ? demanda Bennacio.

– Il se trouvait dans l'avion, seigneur Bennacio.

Ce dernier ferma les yeux. Je vis que les deux autres

types en robe brune me dévisageaient, et je détournai le regard.

– *Diabli !* murmura Bennacio. Ils ont réussi à s'enfuir ?

Cabiri eut un sourire sans joie. D'un petit mouvement de tête, il désigna l'avion en flammes.

– Venez, je vais vous montrer.

On le suivit sur le tarmac et on passa devant la carcasse tordue et calcinée de l'avion sur laquelle grésillait la pluie et d'où s'élevaient des nuages de fumée, pour atteindre l'autre côté de la piste. Là, trois hommes en robe noire couchés sur le dos regardaient fixement la pluie qui tombait. Bennacio souleva les capuches qui masquaient leurs visages et examina longuement chacun d'eux. Il fit un geste vers celui du milieu, le plus costaud des trois, un homme avec un gros nez écrasé et deux fentes noires à la place des yeux.

– C'est Kaczmarczyk, dit-il. Les deux autres, je ne les reconnais pas.

Cabiri tourna la tête et cracha.

– Des pêcheurs du coin, je suppose. Recrutés par Kaczmarczyk.

– Peut-être.

Bennacio tourna le dos aux trois corps pour contempler l'avion en flammes. La lumière du feu dansait dans ses yeux gris.

– On ne peut pas rester ici, Bennacio, dit Cabiri. En ne voyant pas revenir Kaczmarczyk, les autres vont débarquer. Beaucoup d'autres. Trop nombreux pour nous quatre, je le crains.

En fait, nous étions cinq au bord de la poste, mais je supposais que Cabiri ne me comptait pas.

– Venez, ajouta-t-il. J'habite près d'ici. Vous pourrez vous reposer et nous déciderons de la suite.

– Notre pilote, Derieux, est mort, dit Bennacio. Même

173

si nous trouvons un autre avion, nous n'avons personne pour le piloter.

Cabiri posa sa grosse main sur l'épaule du chevalier.

– Venez, seigneur Bennacio, dit-il à voix basse. (Son ton était jovial, mais ses yeux étaient remplis de larmes.) Un repas chaud, un bon lit, et demain les choses nous apparaîtront sous un meilleur jour.

Il jeta un coup d'œil aux deux autres.

– Et il y a quelqu'un qui aimerait beaucoup vous voir.

CHAPITRE
27

On abandonna les corps sur place. Bennacio recouvrit les visages des hommes qu'il ne connaissait pas, mais il laissa celui de Kaczmarczyk exposé à la pluie. Je ne savais pas trop pourquoi ; sans doute cherchait-il à accomplir un geste symbolique.

On monta tous à bord de la Suburban, en abandonnant donc la Jaguar sur la piste. Personne n'y trouva rien à redire.

Bennacio, moi, et le type au bazooka, Jules, étions assis à l'arrière ; Cabiri et l'autre type en robe de moine, Milo, étaient assis à l'avant. Jules dégageait une drôle d'odeur, on aurait dit de la réglisse, et il avait un très grand nez, recourbé au bout. Milo, lui, avait de longs cheveux blonds attachés en queue-de-cheval et des yeux d'un bleu perçant, comme ceux de Windimar. Cette dernière constatation me rappela cruellement que je n'étais pas Windimar, mais Alfred Kropp, et que je n'avais aucune raison de me trouver avec des guerriers armés d'un bazooka.

On roula en silence pendant quelques minutes, puis Cabiri dit :

– Les « autres » ont pris d'assaut le repaire de Mogart à Jativa, hier. Évidemment, ils n'ont rien trouvé.

– Où est Mogart ? demanda Bennacio.

Cabiri secoua la tête.

– Je ne sais pas. Nous n'avons eu vent d'aucune rumeur, seigneur Bennacio.

Son attitude envers Bennacio était pleine de tendresse et de respect, comme si c'était un grand honneur de se trouver en sa présence. Si Cabiri avait su que j'étais responsable de tout ce désordre, il aurait sans doute ordonné à Jules de me liquider avec son bazooka.

– Et maintenant, dit Bennacio, on n'a plus aucun moyen de traverser l'Atlantique.

– Ils ont fermé la frontière et vous avez pourtant réussi à passer. Ne désespérez pas, seigneur Bennacio. Je sais que vous haïssez ces gens, mais je ne vois pas d'autre solution. Nous devons utiliser les outils qui sont à notre disposition.

Le chevalier poussa un soupir.

– Je vais y réfléchir.

J'aurais bien voulu savoir qui étaient ces « gens » que Bennacio haïssait.

– C'est qui, les « autres » ? demandai-je. L'OPIPE ?

– L'OPIPE, répéta Cabiri avec un reniflement de mépris, et il fit mine de cracher.

– C'est quoi, l'OPIPE, d'abord ? demandai-je. Ce que j'ai trouvé de mieux, c'est : Office de Protection contre les Individus Puissants et Exécrables.

– Ah ah ! s'exclama Cabiri. Vous avez déniché un petit malin, seigneur Bennacio.

Après cela, plus personne ne parla pendant le trajet, qui dura environ une demi-heure. On se retrouva dans un hameau où des petites maisons en bois bordaient des rues étroites et sinueuses. C'était peut-être Halifax, mais ce n'était pas sûr. J'ignorais si Halifax était une grande ville et à quelle distance elle se trouvait de l'aérodrome.

On entra dans une maison peinte en bleu avec des

volets blancs. Un feu crépitait dans la cheminée et des lampes à pétrole étaient posées sur les tables. Je me demandai pourquoi ces gens n'avaient pas l'électricité. Peut-être que ces serviteurs de l'Épée disposaient d'un budget serré. Mais Bennacio avait remis un chèque en blanc au type de la Jaguar. Alors, peut-être que les chevaliers avaient droit aux notes de frais, mais pas les Amis. A moins qu'il ne s'agisse d'un choix de vie, comme ces gens qui veulent vivre à la manière du XIXe siècle, qu'on voit parfois à la télé.

– Ici, on est à l'abri, seigneur Bennacio, déclara Cabiri. Pendant quelques heures au moins. Jules, trouve quelque chose à manger pour le seigneur Bennacio. (Il ne chercha pas à savoir si j'avais faim.) Milo, va la prévenir que le seigneur Bennacio est arrivé. (Il se retourna vers le chevalier et sourit.) Elle était très inquiète.

Bennacio ne répondit pas. Il se laissa tomber dans le fauteuil le plus proche du feu et appuya sur ses paupières avec le bout de ses doigts. Ne sachant pas quoi faire, je m'assis sur un tabouret à côté de Bennacio en regrettant de ne pas avoir une paire de chaussettes sèches ; la plante des pieds commençait à me démanger. Je me demandais s'il serait malpoli de me déchausser.

Cabiri se débarrassa de sa robe de moine. Dessous, il portait une chemise en flanelle et un jean Wrangler. Il avait des cheveux courts tout frisés, comme un caniche.

Jules revint avec un plateau sur lequel des tranches de saumon fumé côtoyaient de gros morceaux de fromage, des grosses grappes de raisin et des petits monticules de grains noirs à l'aspect gras disposés sur des crackers. Je devinai que c'était du caviar. Je n'y avais jamais goûté et je n'avais pas envie de tenter l'expérience avec l'estomac vide, alors je pris du saumon et du fromage. Le raisin était excellent, la peau des grains était ferme et quand je mordais dedans, le jus jaillissait dans ma bouche. Jules s'absenta de nouveau et revint avec une bouteille de vin et des verres. N'étant pas amateur de vin, je me rabattis sur le raisin. Peut-être qu'ils auraient de quoi se payer l'électricité, pensai-je, s'ils ne claquaient pas tout leur fric en caviar et vin français. Cabiri était un solide gaillard, comme moi, doté d'un appétit assorti, et à nous deux, on eut vite fait de vider le plateau.

– Vous devez les appeler, dit Cabiri en s'adressant à Bennacio.

– Cette idée m'exaspère.

A cet instant, une fille entra dans la pièce. Cabiri se leva, Jules fit de même et je les imitai, si bien que toutes les miettes qui se trouvaient sur mes genoux tombèrent sur le tapis. Elle était grande, presque un mètre quatre-vingts, pieds nus, et elle portait une robe verte sans manches qui traînait par terre. Ses cheveux auburn tirés en arrière dégageaient son visage, et sa peau pâle luisait dans la lumière du feu. C'était la plus belle fille que j'aie jamais vue.

Elle se dirigea droit vers Bennacio, qui se leva à son tour. Elle lui prit la main, la baisa et l'appuya contre sa joue.

– Seigneur, murmura-t-elle.

Avec sa main libre, il lui caressa la joue et dit :

– Tu ne devrais pas être ici, Natalia.

– Vous non plus.

Il se tenait de trois quarts par rapport au feu et son visage se trouvait dans la pénombre, c'est pourquoi je ne vis pas son expression quand il répondit : « Je n'ai pas le choix », mais il paraissait triste, comme quand il avait déclaré : « Notre sort funeste pèse sur nous », là-bas à Knoxville.

Il se tourna vers moi et déclara :

– Voici Alfred Kropp.

– Je sais qui est Kropp, répondit Natalia, sans me regarder.

Elle avait un timbre très clair ; on aurait dit une cloche qui sonnait au loin, et même quand elle parlait à voix basse, on l'entendait d'un bout à l'autre de la pièce.

– Il m'a sauvé la vie, ajouta Bennacio.

Je ne sais pas pourquoi il avait dit cela. Peut-être pour qu'elle éprouve de la sympathie à mon égard. Je voyais bien que ce ne serait pas facile.

– Pour que vous puissiez la sacrifier, lâcha-t-elle.

– Non, pour que je puisse tenir ma promesse.

Je regardai Cabiri, qui étudiait les reflets de la lumière dans son verre de vin, puis Milo, qui se tenait devant la porte tel un soldat qui monte la garde. Je ne savais pas où était passé Jules. Bennacio et Natalia parlaient comme s'ils étaient seuls dans la pièce, et je me sentais très mal à l'aise.

– Votre promesse ! s'exclama-t-elle. Non, pas *votre* promesse, seigneur. La promesse d'un autre, la promesse d'un mythe, faite il y a mille ans à quelqu'un dont les os sont devenus de la poussière depuis longtemps. Vous avez plus confiance dans le monde des morts que dans les serments des vivants.

– Je crois à la pureté de mon Ordre.

– Votre Ordre si précieux n'existe plus. Les chevaliers ont quitté ce monde.

– Tous sauf un.

– Bientôt, vous périrez vous aussi et je me retrouverai seule.

– C'est pour ça que tu es venue ? demanda Bennacio. Pour me tourmenter de cette façon ? Je ne peux renoncer à mon serment, pour aucun être humain, quel qu'il soit. Je ne peux sacrifier le monde au nom d'une seule personne.

– Le monde ne mérite pas d'être sauvé, ne serait-ce que pour le bien d'une seule personne, répondit Natalia.

Bennacio lui caressa la joue.

– Je t'aime plus que tout et je préférerais mourir que de te voir souffrir. Mais tu ne comprends pas ce que tu me demandes, Natalia. Je ne peux pas tourner le dos au ciel. Je ne me damnerai pas, même par amour.

– C'est vous qui ne comprenez pas, répliqua-t-elle.

Puis ses épaules s'affaissèrent et toute sa colère l'abandonna. Elle se laissa aller contre Bennacio ; il la prit dans ses bras et la tint ainsi pendant qu'elle sanglotait dans le creux de son épaule. Il murmura son nom dans ses cheveux, tout en me regardant. Nos yeux se croisèrent et je détournai la tête. Je ne pouvais pas affronter ce regard.

CHAPITRE 28

– Le temps presse, dit Cabiri. Vous devez prendre une décision, Bennacio. Nous avons perdu notre avion et notre pilote. Vous n'avez pas hésité à faire appel aux « autres » pour traverser la frontière. Vous *devez* les appeler immédiatement.

Avant que Bennacio puisse répondre, Milo dit :

– Il y a quelqu'un...

La fenêtre qui se trouvait dans son dos explosa et des éclats de verre traversèrent la pièce. Quelque chose atterrit dans l'entrée et roula vers nous, puis cogna contre la jambe de Cabiri avant de s'immobiliser.

C'était la tête de Jules.

– Éteignez les lumières ! s'écria Cabiri.

Milo et lui s'empressèrent de faire le tour de la pièce pour souffler les lampes à pétrole. Bennacio poussa Natalia vers moi, prit un seau d'eau qui se trouvait à côté de la cheminée et aspergea les bûches. Il y eut des grésillements furieux et une volute de fumée blanche.

– Au bout du couloir, Alfred ! me lança-t-il. La dernière porte sur la gauche. Vite !

Prenant Natalia par le poignet, je l'entraînai dans le couloir en palpant le mur avec ma main droite pour me guider dans le noir. Elle ne me facilitait pas la tâche en essayant de se libérer. Elle était grande et relativement forte pour une personne aussi fluette. Derrière nous, j'entendais les échos d'un terrible combat, des bruits de verre pulvérisé, des cris, des pas lourds et les craquements secs des meubles qui se brisent.

Arrivé enfin au bout du couloir, je trouvai la porte, poussai Natalia à l'intérieur de la pièce et claquai la porte derrière nous. Et maintenant, qu'étions-nous censés faire ? Nous cacher dans le placard ? Sous le lit ? Un vrombissement se faisait entendre juste au-dessus de nos têtes, le *tchouk-tchouk-tchouk* régulier des pales d'un hélicoptère, auquel se joignirent les *tacatacata* d'une mitraillette et des hurlements.

Je lâchai le poignet de Natalia.

– On devrait peut-être...

Elle ne me laissa pas finir ma phrase. Un genou jailli de nulle part me donna un coup dans le bas-ventre et je m'écroulai aussitôt, roulé en boule par terre. Quand vous recevez un coup comme ça, il n'y a rien d'autre à faire que de se recroqueviller et d'attendre que la douleur passe.

– Ça, c'est pour avoir volé l'Épée et avoir condamné Bennacio à mort ! cracha-t-elle.

A travers mes larmes, je vis la porte s'ouvrir et la silhouette de Natalia se dessiner dans l'obscurité moins dense du couloir. Elle tenait un poignard effilé dans sa main droite. Puis elle disparut et je me retrouvai seul, avec ma douleur.

En agrippant le bord du lit, je parvins à me relever. J'étais là, en train de chanceler, tiraillé par la douleur qui suivait le tempo des battements de mon cœur, lorsque le faisceau d'une grosse lampe électrique traversa la pièce. Je me jetai sur l'intrus sans réfléchir. Les épaules baissées, je le percutai en pleine poitrine et le réexpédiai dans le couloir. Sous le choc, il laissa échapper sa torche. Je lui martelai le ventre avec mes deux poings, jusqu'à ce qu'il saisisse mon poignet droit et me torde la main dans le dos ; il me retourna et me plaqua au sol en appuyant son genou dans le creux de mes reins, tout en tirant sur mon poignet, à tel point que le bout de mes doigts touchaient mon cou. J'avais l'impression qu'il me déboîtait la clavicule. Puis je sentis un contact froid derrière mon oreille.

Et brusquement, tout devint calme. Le type qui m'immobilisait au sol respirait bruyamment, mais c'était la seule chose que j'entendais, avec le lent *tchouk-tchouk-tchouk* de l'hélicoptère au-dessus de la maison.

Soudain, j'entendis Bennacio s'écrier :

– Non ! Il est avec nous !

Le type me lâcha, se releva et ramassa sa lampe. Avec son pied, il me fit rouler sur le dos et braqua la lumière dans mes yeux.

– Qui es-tu ? demanda-t-il.

– Alfred Kropp !

– Alfred Kropp ! Désolé pour cette erreur, petit, mais c'est toi qui m'as sauté dessus.

Une main surgit de l'obscurité et me remit debout. Je sentais l'eau de toilette de ce type et je l'entendais mastiquer un chewing-gum. Bennacio nous rejoignit, avec une lampe à pétrole.

Le type qui tenait la torche électrique me serra la main vigoureusement, deux fois. Il était vêtu d'un pantalon en toile beige et d'un polo, sous un coupe-vent bleu. Il ne devait pas avoir plus de vingt-cinq ou trente ans. Ses cheveux qui lui tombaient sur les épaules étaient lissés en arrière avec une sorte de gel.

– Mike Arnold, dit-il. Comment va ? (Il se tourna vers Bennacio.) C'était moins une, hein, Benny ? Vous me remercierez plus tard. Pour l'instant, faut se tirer d'ici. Y a d'autres méchants qui vont rappliquer.

Il nous précéda dans le couloir, jusqu'à la pièce principale. Cabiri se tenait près de la cheminée ; deux corps en robe noire gisaient à ses pieds. Un troisième homme était étendu sur le sol de la cuisine, face contre terre, avec une petite mare de sang sous la tête. Natalia le toisait, le souffle court ; le poignard brillait dans sa main.

– Milo ? demanda Bennacio en s'adressant à Cabiri.

Celui-ci secoua lentement la tête et montra le canapé. Je ne voulais pas regarder, mais je le fis quand même et je regrettai de l'avoir fait.

– On est tous là ? demanda Mike Arnold. Pas d'absent ? Formidable. Impec ! Laissez tout comme ça, on enverra quelqu'un pour nettoyer ce bordel.

– Comment nous avez-vous retrouvés ? demanda Bennacio.

– On parlera de ça plus tard. Prenez vos affaires et allons-y !

Mike se dirigea vers la porte d'un pas énergique et l'ouvrit en grand. Un gros hélicoptère noir était posé juste devant la maison ; les pales projetaient un air froid à l'intérieur.

Cabiri s'approcha de Bennacio et lui dit à voix basse, comme s'il ne voulait pas que Mike l'entende :

– Venez, seigneur Bennacio. Le choix a été fait à notre place. Faisons confiance au destin.

– Ouais, faut toujours faire confiance aux caprices du destin, dit Mike Arnold tout en mastiquant son chewing-gum.

Je me demandais qui pouvait bien être ce type.

CHAPITRE
29

On s'entassa dans l'hélicoptère, un de ces gros engins militaires qui peuvent accueillir sept passagers, plus des mitrailleurs sur les côtés. Je m'assis avec Bennacio et Natalia à l'arrière. J'eus à peine le temps de poser les fesses sur le siège qu'on décolla en virant brutalement sur la gauche, tout en prenant de l'altitude, et mon estomac remonta dans ma gorge. Je sentis un goût de fromage aigre dans ma bouche. Natalia était toujours pieds nus et je me disais qu'elle devait mourir de froid dans l'air glacé qui s'engouffrait à l'intérieur de l'appareil ouvert. Cabiri et Mike Arnold étaient assis face à nous et Mike me souriait de toutes ses dents blanches, qu'on ne pouvait pas ne pas remarquer étant donné qu'il mâchait sans cesse du chewing-gum.

Il se pencha en avant et me cria au visage :

– Alors comme ça, c'est toi Alfred Kropp ? Ah, on peut dire que t'en as fait une belle ! Voler l'Épée ! Tu es la Pandore[1] de notre siècle. Tu as étudié la mythologie grecque à l'école ? La boîte de Pandore ? Tu dois te dire : « Bon Dieu, qu'est-ce qui m'a pris ? »

---

1. Dans la mythologie grecque, Pandore est la première femme de l'humanité. Trop curieuse, elle ouvre une jarre d'où s'échappent tous les maux du genre humain. *(NdT)*

Il éclata de rire en faisant des *smack-smack-smack* avec sa bouche. Il mâchait son chewing-gum comme s'il était en colère contre lui.

Il se tourna vers Natalia.

– On se connaît pas, je crois. Mike Arnold, enchanté.

Natalia se contenta de le dévisager. Mais Mike ne se laissa pas décourager ; il lui fit un clin d'œil, avant de reporter son attention sur Bennacio.

– Vous vouliez savoir comment je vous avais retrouvés. Facile. On savait quand et où vous aviez franchi la frontière. Et puis, il y a deux ou trois heures, on a appris ce que vous aviez fait à Kaczmarczyk. Pas besoin d'être un génie pour comprendre que vous alliez sûrement vous planquer avec Cabiri.

– Vous êtes arrivés… à point nommé, dit Bennacio.

– Comme la cavalerie, hein ?

– Où nous emmenez-vous ?

– On vous offre une petite balade, Benny. Il y a du nouveau, figurez-vous.

– Du nouveau ?

Il jeta un coup d'œil dans ma direction et lâcha :

– C'est confidentiel.

– Mogart vous a contactés, dit Bennacio.

Ce n'était pas une question.

– C'est confidentiel, Benny. Con-fi-den-tiel.

Il me jeta un sourire idiot.

– Vous lui avez fait une offre pour acheter l'Épée et il l'a acceptée.

– Je commence à croire qu'on a un problème de communication ! brailla Mike pour couvrir le rugissement du moteur. Nous avons tout pouvoir dans cette affaire et je ne suis pas autorisé à vous en dire plus !

Cabiri tourna la tête sur le côté et fit semblant de cracher. Je l'avais déjà vu faire ce geste de mépris, et alors que j'observais Mike Arnold, je compris que j'avais en face de moi un agent de l'OPIPE.

On volait depuis une vingtaine de minutes quand l'hélicoptère décrivit une large boucle avant d'entamer sa descente. Mike consulta sa montre, sortit une arme de la poche de son coupe-vent et la tint nonchalamment sur ses genoux. Il remarqua que je la regardais avec intérêt.

– Un Glock, 9 mm ! Tu veux le tenir ? me demanda-t-il.

Je fis non de la tête. Il sourit, sans cesser de mastiquer son chewing-gum. De toute évidence, Mike Arnold ne partageait pas l'avis de Bennacio, pour qui les armes à feu étaient des outils barbares. Au contraire, j'avais le sentiment que Mike Arnold aimait les armes à feu, énormément.

Le soleil matinal pointait tout juste sous la couverture nuageuse qui s'étendait dans le ciel quand on atterrit. Il faisait assez froid pour qu'il neige et le vent s'était levé. On venait de se poser sur un autre aérodrome. A une centaine de mètres de là, un avion-cargo stationnait sur la piste ; son énorme porte arrière s'ouvrait sur un gouffre noir semblable à une bouche gigantesque.

Je descendis de l'hélicoptère à la suite de Mike et de Cabiri, mais Bennacio demeura à bord avec Natalia. On aurait dit qu'ils se disputaient à nouveau ; les yeux de la jeune femme étaient brillants de larmes. Bennacio voulut se lever, mais elle le retint par le bras et je compris qu'elle le suppliait de rester. Il secoua la tête et l'embrassa sur la joue avant de nous rejoindre dans la tornade soulevée par les pales de l'hélicoptère.

– Tout est réglé ? demanda Mike. Super !

Il traversa la piste en direction de l'avion-cargo, mais personne ne le suivit. Bennacio se tourna vers Cabiri.

– Je viens avec vous ! lui lança ce dernier.

– Non. Tu dois rester avec Natalia. Tant que je suis vivant, elle est en danger. Veille sur elle, Cabiri !

187

Il se tourna ensuite vers moi.

– Je te fais mes adieux, Kropp. Bien qu'il ne soit pas chevalier, Cabiri est un Ami de l'Épée et il t'aidera à rentrer chez toi, si c'est ce que tu souhaites.

Des ombres intenses soulignaient sa bouche et ses yeux profondément enfoncés. Soudain, il paraissait très vieux et très fatigué.

– Mon chemin est sombre et Dieu seul sait où il s'arrête. Prie pour moi, Alfred. Adieu.

Sa main pinça mon épaule, puis il fit demi-tour et s'éloigna à grands pas en direction de Mike qui l'attendait près de la soute de l'avion-cargo. Je le suivis du regard, et tout à coup, je m'élançai à sa poursuite en criant :

– Bennacio ! Bennacio ! Attendez ! Attendez-moi !

Je m'arrêtai au pied de la passerelle, à bout de souffle. J'étais grand et lourd, et je n'étais pas habitué à courir. De plus, je venais de recevoir un coup dans les parties.

– Emmenez-moi avec vous, dis-je.

– Tu ne sais pas ce que tu me demandes.

– Je pourrais vous aider. Je pourrais… (Je ne savais absolument pas ce que je pourrais bien faire.) Je serais votre écuyer, votre laquais, je ne sais pas comment on dit. Je vous en supplie, ne me laissez pas ici, Bennacio. Il faut que je… Vous devez me donner une chance de me racheter, après ce que j'ai fait.

Le chevalier jeta un regard à Mike, qui me souriait comme une sorte de Bouddha prétentieux. Puis Bennacio demanda :

– Et qu'as-tu fait, Alfred ?

– Je… j'ai pris l'Épée, bafouillai-je.

Il était redevenu le père sévère et moi, j'étais le petit enfant qui s'est fait prendre avec les doigts dans le pot de confiture.

– A cause de moi, oncle Farrell a été tué, repris-je. Et

était le nôtre. De petits éclairs de lumière vive jaillissaient de l'hélicoptère chasseur, tandis que l'autre montait, descendait, virait à droite et à gauche, pour essayer d'éviter les projectiles. On continua à gagner de l'altitude, jusqu'à ce que les hélicoptères aient la taille de mon pouce tout en bas. Puis je vis une boule de feu et un grand nuage de fumée noire. Je me demandais où étaient passés les deux autres bébés dragons et si notre avion était blindé. Je me disais que s'il ne l'était pas, il aurait dû l'être.

Je me tournai vers Bennacio : il avait toujours les yeux fermés. Je regardai de nouveau à travers le hublot et cette fois, à environ mille pieds en dessous de nous, je vis ce qui ressemblait à des avions de chasse, des F-16 peut-être ou leur équivalent canadien. Ils pourchassaient deux des hélicoptères. Je ne voyais pas le troisième, alors peut-être que celui qui avait explosé en vol ne transportait pas Cabiri et Natalia. Je l'espérais. Je me tournai vers Bennacio encore une fois pour lui faire part de ce que j'avais vu, mais il s'était endormi.

CHAPITRE
30

Bennacio et moi étions seuls dans la soute de l'avion. Il avait toujours les yeux fermés. Il devait savoir une chose que j'ignorais, pensais-je. A sa place, je serais mort d'inquiétude. Cabiri et Natalia étaient-ils vivants ? Avaient-ils survécu ? J'observai ses doigts fins croisés sur ses genoux. Il ne portait pas d'alliance, mais ça ne voulait pas dire qu'il n'était pas marié. Quand même, Natalia semblait beaucoup trop jeune pour lui. J'avais l'impression que ces types de l'Ancien Monde prenaient souvent de jeunes épouses, mais comme la plupart de mes impressions, celle-ci ne reposait sur aucune expérience concrète. Bennacio était un chevalier, très attaché à la tradition ; peut-être s'agissait-il d'un mariage arrangé. Pourtant, Natalia l'aimait, ça se voyait. Sinon, elle ne m'aurait pas balancé un coup de genou dans les parties.

J'appuyai l'arrière de ma tête contre la paroi dure de l'avion. Bercé par le ronronnement des moteurs et les ronflements de Bennacio à côté de moi, je ne tardai pas à m'endormir moi aussi.

Je rêvai que je me trouvais sur un plateau au sommet de ce même monticule de scories, sous l'if ; ma tête reposait sur les genoux de la Dame en Blanc. Elle me caressait le front et une douce brise faisait voleter les pointes de ses cheveux bruns. Elle chantait une chanson dont je ne comprenais pas les paroles, peut-être était-ce dans une langue inconnue. Je l'interrompis pour lui demander où j'étais.

– *Tu ne le sais pas ? répondit-elle. N'es-tu pas déjà venu ici ?*

– Une fois, mais je ne savais pas non plus où j'étais.

– *Où es-tu, à ton avis, Alfred ?*

– Au ciel ?

Elle sourit comme si j'avais dit une chose amusante.

– *Et moi, qui suis-je ?*

– Un ange ?

– *Je suis celle qui attend. Et ici, c'est l'endroit où on attend.*

– Qu'est-ce que vous attendez ?

– *Tu sais ce que j'attends.*

J'aurais pu deviner que c'était la Dame du Lac, celle des récits d'Arthur (sauf qu'il n'y avait pas de lac dans ce rêve), et qu'elle attendait des humains qu'ils cessent de faire les imbéciles avec Excalibur et qu'ils rendent l'Épée.

La tête posée sur ses genoux, je regardais l'if au-dessus de moi. Les feuilles étaient agitées par un vent qu'on ne sentait pas et je notai un détail étrange : les feuilles étaient multicolores, rouges, noires et blanches. Puis je remarquai que les branches étaient en fait nues, et que ce n'étaient pas des feuilles qui bougeaient, mais les ailes de milliers de papillons qui s'agitaient en vain, car ils étaient cloués sur les branches par de longues aiguilles argentées. Il y avait de quoi flipper. Alors, je voulus tirer sur une de ces épingles pour libérer le papillon, mais la Dame abaissa lentement ma main.

– *Ce n'est pas le moment.*

– Le moment de quoi ?

Son regard était triste, perdu dans le vague, et ses yeux

aussi sombres que ses cheveux brillaient comme si elle allait pleurer.

– *Quand le maître viendra, il les libérera.*

– Le maître, répétai-je. Qui est-ce ?

– *Celui qui se souvient.*

– Qui se souvient de quoi ?

– *De ce qui a été oublié.*

J'observai les papillons qui battaient des ailes inutilement au-dessus de ma tête, et je songeai que c'était justement ça mon problème : je voulais tout oublier. Je voulais oublier, mais je n'y arrivais pas.

– Qu'est-ce qui a été oublié ? demandai-je.

Elle se pencha vers moi et posa ses lèvres fraîches sur mon front. Je captai des effluves de jasmin.

– *Quand le moment viendra, tu te souviendras.*

Je me réveillai et me massai la nuque. Ces avions-cargos militaires n'étaient pas conçus pour le confort des passagers. Bennacio était réveillé lui aussi ; il regardait par le hublot.

– Tu étais encore en train de rêver d'elle, n'est-ce pas ? me demanda-t-il.

– C'est elle, la Dame du Lac ?

– Je ne sais pas. Elle est importante, ne serait-ce qu'à tes yeux.

– C'était un de ces rêves dont on voudrait ne jamais se réveiller. Vous ne croyez pas que c'est une sorte de fantôme, celui de ma mère ? Elle est morte, vous savez.

– Je ne peux pas répondre à cette question, Kropp.

– Sauf que ma mère n'a jamais été belle, même quand elle était jeune. Et je pense pas que c'était le paradis. On n'imagine pas le paradis au sommet d'une montagne de scories. Au fait, où on est ?

– A environ une heure de notre destination, je crois. Tu as dormi longtemps.

– C'est quoi, notre destination ?

– La France.

– Je suis jamais allé en France. J'ai pas de visa ni de passeport, rien.

– Ce n'est pas grave.

– Mogart est en France ?

Bennacio secoua la tête.

– Je ne sais pas. Apparemment, Mogart a proposé de vendre l'Épée à l'OPIPE. L'OPIPE possède une cachette sûre en France ; c'est là que nous attendrons les dernières instructions de Mogart pour la remise de l'argent.

– Bennacio, ça ne me regarde pas, mais à qui appartient cet avion ? Et qui est ce type, Mike ?

– Je suis sûr que tu as deviné, Kropp.

Il glissa la main dans sa poche de poitrine et me tendit la même carte de visite qu'il avait montrée au garde-frontière. Dessus figurait le nom de Mike Arnold. Et au-dessus, il y avait un acronyme, en caractères gras : OPIPE. Et dessous, un numéro vert.

– Bennacio, allez-vous enfin me dire ce qu'est l'OPIPE ?

Il me sourit.

– A ton avis ?

– M. Samson disait que c'était une sorte de groupe d'espions ultrasecret. Mais vous ne leur faites pas confiance, hein ?

– Je ne fais pas confiance aux « autres » pour résister à la tentation de posséder l'arme ultime.

– Alors, c'est quoi le deal ? Mogart a proposé l'Épée à l'OPIPE ?

– Peut-être.

– Vous prenez ça avec beaucoup de calme, Bennacio.

– Je suis un homme de foi, Alfred.

– Qu'est-ce que ça veut dire ?

– Il y a un sens à chaque chose.

– Possible, dis-je. Mais j'avoue que ça m'échappe.

– Beaucoup sont dans ton cas, quand survient le test.

– Je crois que j'ai échoué.

– Ah bon ? Peut-être. Mais il se peut que le véritable test n'ait pas encore eu lieu. Comment savoir ? J'ai longuement réfléchi à ce que tu m'as dit à Halifax. Tu as raison : Samson pensait qu'il était important que tu sois au courant de notre échec.

– Peut-être qu'il voulait juste que je sache quelle pagaille j'avais causée.

– As-tu appris si peu de choses avec nous, Kropp, pour penser cela ? Cette pagaille, comme tu dis, n'est pas de ton fait, ni du mien. Ne te laisse pas submerger par la culpabilité et le chagrin, Alfred. On n'a jamais remporté une bataille, on n'a jamais accompli une grande chose en se vautrant dans la culpabilité et le chagrin.

Il me tapota la main et se leva.

– Excuse-moi, je dois aller dire un mot à M. Arnold.

Il disparut dans le cockpit. Je bâillai. En regardant à travers le hublot, je ne vis que le ciel, beaucoup d'eau et quelque chose qui scintillait dans le soleil déclinant sur notre aile. Sans doute un F-16. Je bâillai de nouveau. J'avais dormi plusieurs heures et pourtant, j'avais encore sommeil.

Bennacio s'absenta un long moment. Quand il revint, il souriait.

– Qu'y a-t-il ? demandai-je.

– Elle est vivante, dit-il simplement, avant de se rasseoir à côté de moi.

– C'est formidable ! Je devrais m'excuser, Bennacio. J'étais censé l'empêcher de sortir de la pièce au fond de la maison, mais elle m'a donné un coup de genou dans le bas-ventre.

Je me sentis rougir en disant cela. Vous parlez d'un écuyer !

Le chevalier répondit par un petit geste de la main. Je ne savais pas ce que ça signifiait.

Je demandai :

– C'est votre femme ?

– C'est ma fille.

– Oh… (Je ne savais pas quoi ajouter.) Elle... elle est jolie.

Il ne répondit pas. Il regardait de nouveau par le hublot.

– Il semblerait qu'on ait commencé l'approche d'atterrissage. Ne dis pas à Mike tout ce que tu sais sur l'Épée.

– Ce ne sera pas difficile, vu que je ne sais pas grand-chose.

– Il est notre allié dans cette quête, mais nous formons une étrange alliance.

– Comment ça ?

– Tu as certainement remarqué que les êtres maléfiques n'étaient pas les seuls à convoiter l'Épée. C'est l'arme ultime. Contre laquelle il n'existe aucune défense.

– Justement, je pensais à ça, dis-je. M. Samson m'a dit qu'une armée possédant l'Épée serait invincible, mais est-ce qu'on ne pourrait pas larguer une bombe atomique dessus ?

– Elle est insensible à tout stratagème humain, aussi redoutable soit-il. J'ignore ce qui se passerait précisément, Alfred. Tout ce que je sais, c'est que l'Épée ne peut être ni vaincue ni détruite.

– Après la mort d'oncle Farrell, j'ai fait un rêve. Un cauchemar, plutôt.

Je parlai à Bennacio de l'armée de soldats sans visages et du cavalier sur le cheval noir ; je lui racontai comment il plantait l'Épée dans le sol fumant, comment les avions s'écrasaient et les chars explosaient, comment les soldats hurlaient et s'enfuyaient devant la lumière aveuglante de l'Épée.

Quand j'eus terminé ma description, Bennacio m'observa longuement.

– Tu fais des rêves très intéressants, Alfred Kropp. Prions pour qu'ils ne soient pas prophétiques.

Deux voitures nous attendaient sur l'aérodrome privé quand on se posa en France. Trois hommes en costume sombre, avec des lunettes noires, se tenaient à côté de deux véhicules noirs stationnés près de la piste. Alors qu'on descendait les marches de la passerelle, je levai la tête et vis deux F-16 passer au-dessus de nous en hurlant.

– Il faut vous faire disparaître tous les deux, dit Mike. Venez. C'est pas très loin, promis.

Il ouvrit la portière arrière d'une des deux voitures noires. Je me tournai vers Bennacio. Celui-ci hocha la tête et je me glissai à l'intérieur. Il s'assit à côté de moi et un des types en costume sombre s'installa au volant. Mike prit place à ses côtés à l'avant et on démarra. Les deux autres types nous suivirent dans la deuxième voiture.

Mike ouvrit la boîte à gants, d'où il sortit un objet souple et noir. Ça ressemblait à un torchon.

– Al, me dit-il, ça m'ennuie de faire ça, sincèrement, mais c'est un lieu secret, tu comprends ?

Il se retourna sur son siège, se pencha vers moi et avant que j'aie le temps de réagir, il m'enfila le morceau d'étoffe sur la tête. Je ne voyais plus rien. Je voulus l'ôter, mais une main se referma sur mon bras. C'était Bennacio.

Il me tapota l'épaule, comme pour dire : *Tu n'as rien à craindre.*

– J'espère que vous avez faim, tous les deux, reprit Mike. Jeff est arrivé d'Istanbul hier et c'est un sacré cuisinier ! On va d'abord manger un morceau, ensuite vous pourrez prendre une douche et vous changer. Surtout toi, Al. Tu ressembles à un truc mâché et recraché.

– Où est Mogart ? demanda Bennacio.

– Aucune idée, mon pote. (Cela ne semblait pas particulièrement l'inquiéter, mais c'était peut-être à cause du chewing-gum.) En revanche, on sait où il *n'est pas*. A Jativa. Nos gars ont investi les lieux hier ; ils ont tout détruit. Hélas, il avait déjà fichu le camp avec ses sbires. Mais ils ont retrouvé Samson. Ou plutôt, ce qu'il en reste. Dans le genre zarbi... On peut dire que vous faites pas les choses comme tout le monde, vous autres, hein ? Qu'est-ce qui s'est passé, nom d'un chien ?

Bennacio ne répondit pas. Je me demandais à quoi faisait allusion Mike. C'était quoi ce truc « zarbi » que Mogart avait fait à Samson ?

J'avais du mal à respirer sous ma cagoule. Je devais me contrôler pour ne pas l'arracher. Que ferait Mike si je l'enlevais ? Peut-être qu'il me tuerait. Mine de rien, nonchalamment, de la même manière qu'il parlait et qu'il mâchait son chewing-gum, comme s'il regardait un match de base-ball par un après-midi d'été. Ma voix fut étouffée par le tissu quand je dis :

– Samson était le capitaine de Bennacio, vous ne devriez pas parler de lui comme ça.

Il ignora ma remarque.

– On pense qu'il a filé au Maroc ou en Algérie. En tout cas, toutes les frontières du monde libre ont été bouclées, mais ça en fait des kilomètres à surveiller et il n'y a pas que des amis de la liberté, de la justice et de l'Amérique sur terre, si vous voyez ce que je veux dire. Bref, hier on a appris qu'il était prêt à négocier. Il nous a dit d'attendre ; il nous rappellerait pour nous indiquer le montant définitif et l'endroit de l'échange. Je sais pas où ça aura lieu, ni combien il faudra débourser ; ils nous disent pas grand-chose à notre niveau, mais les paris sont ouverts si ça vous tente. D'après la rumeur – attention, c'est top secret et non confirmé – la somme réclamée serait de cent milliards de dollars. J'ai bien dit *milliards*. Vous voulez que je vous donne mon avis ? Je pense que Mogart a fait tout ça uniquement pour entrer dans le palmarès des plus grosses fortunes.

Un téléphone portable sonna. J'entendis Mike parler à voix basse. J'avais l'impression qu'on roulait depuis longtemps, mais c'était difficile à dire avec cette cagoule sur la tête ; le temps s'écoule différemment quand vous ne voyez rien. On roulait vite, puis on ralentissait, puis on accélérait, comme si on empruntait des voies rapides, que l'on quittait ensuite pour prendre des routes secondaires. Soudain, le moteur s'emballa dans une pente raide. Puis la route redevint plate et la voiture s'arrêta. Le moteur fut coupé et ma portière s'ouvrit. Une main me saisit par le bras droit pour m'obliger à descendre.

Quelqu'un dit : « Attention à la tête » et m'entraîna sur un chemin rocailleux en me tenant par le coude. Les cailloux crissaient sous mes pieds et je repensai à mon rêve dans lequel j'escaladais la montagne de scories pour rejoindre la Dame en Blanc avec ses longs cheveux bruns et ses yeux sombres qui contemplaient le vide d'un air triste, en attendant la venue du Maître.

– Lève les pieds, ordonna la même voix.

Je marchais maintenant sur des planches. Le froid m'arrachait des frissons. Mais soudain, l'air se réchauffa autour de moi. J'étais à l'intérieur. Quelqu'un m'ôta ma cagoule. La lumière me fit plisser les yeux ; pourtant, il ne faisait pas très clair à l'intérieur.

On se trouvait dans le hall d'une sorte de grande bâtisse, ce qu'on appelait peut-être un château en France. Il y avait des parquets, un plafond cathédrale et une immense cheminée. Une douzaine de types s'affairaient et je sentais une odeur de bacon grillé. Soudain, je m'aperçus que je n'avais jamais eu aussi faim de ma vie. J'avais les genoux qui flageolaient.

– Alors, qu'est-ce que vous préférez, les gars ? Prendre d'abord une douche ou un petit déjeuner ?

– Alfred a besoin de manger, dit Bennacio.

– J'ai juste mangé du fromage et du raisin, ajoutai-je, sans m'adresser à quelqu'un en particulier.

De toute façon, personne ne m'écoutait.

CHAPITRE 33

Un agent prénommé Jeff déposa sur la table du jambon, du bacon, des œufs et des choses sucrées dont on me dit que c'étaient des « beignets » (une sorte de *doughnut* français) et j'en mangeai six, plus deux gros steaks, avec du café, du jus de fruit, du thé et du chocolat chaud. Mike était un fervent supporter des Cubs, l'équipe de base-ball de Chicago, et il évoqua avec cet autre gars, Paul, leurs chances de remporter le titre cette année, en précisant que leur problème, c'étaient les remplaçants, comme tous les ans. Assis à côté de moi, Bennacio grignotait un toast avec de la confiture de fraises en buvant du café ; il ne disait rien.

Après le petit déjeuner, Mike nous conduisit au premier étage pour nous montrer les salles de bains. Je me déshabillai et déposai mes vêtements devant la porte, comme l'avait suggéré Mike, afin qu'ils puissent être lavés pendant que Bennacio et moi prenions une douche.

Je restai longtemps sous le jet d'eau chaude. Je devais souffrir du décalage horaire, car je n'arrêtais pas de laisser tomber la savonnette et chaque geste prenait un temps fou. Ainsi, j'eus l'impression de mettre au moins deux heures pour me laver la tête.

A force de rester sous la douche, j'avais la peau des

doigts toute fripée. Une fois séché, j'enfilai le peignoir en éponge que je trouvai suspendu derrière la porte. La salle de bains était minuscule et je me cognais sans cesse contre le lavabo, ou bien mes coudes heurtaient les murs, mais je me sentais mieux maintenant que j'avais l'estomac plein et que j'étais propre. Je dénichai une brosse à dents et du dentifrice dans l'armoire de toilette. En me brossant les dents, je repensai à ma mère qui était très à cheval sur l'hygiène dentaire. Je n'avais jamais eu une seule carie.

Quand je redescendis, la réunion avait déjà commencé sans moi. Mike, Jeff et Paul étaient assis sur le canapé dans le grand salon ; Bennacio était assis seul près du feu, dans le rocking-chair rustique.

Une femme était assise à côté de Mike. Elle avait de grosses lèvres qui paraissaient très rouges et humides dans la lumière du feu. Ses cheveux blond platine étaient attachés en un chignon serré sur le dessus de sa tête. Elle portait un tailleur-pantalon à fines rayures et des chaussures noires à talons hauts.

Appuyé contre une poutre en bois dans l'entrée, je me sentais un peu bête avec mes pieds nus et mes cheveux encore mouillés. Mais personne ne faisait attention à moi. Mike avait la parole.

– Tout est réglé, disait-il. Hier soir, j'ai eu l'approbation du Q.G. Je peux pas vous révéler le montant, c'est top secret. Je vous dirai seulement qu'on a dépassé la plus haute enchère d'au moins un demi-million.

Il s'interrompit, comme s'il attendait une réponse de Bennacio. En vain. Le chevalier resta muet. Il regardait fixement le feu de cheminée.

Mike sortit de sa poche un morceau de papier d'aluminium, dans lequel il enveloppa soigneusement son vieux chewing-gum et il le remit dans sa poche. Il avala un nouveau chewing-gum et plia tout aussi soigneusement le papier, qu'il glissa dans sa poche.

La femme aux cheveux blonds éclatants prit la parole. Elle avait un accent anglais.

– Franchement, nous pensons que c'était son idée depuis le début : nous vendre l'Épée.

– Vraiment ? demanda Bennacio. C'est bien présomptueux.

– A qui d'autre pourrait-il s'adresser ? demanda la femme. Nous représentons les pays les plus riches de la planète. Et il sait qu'il peut nous faire confiance. Le Dragon lui-même n'a pas envie de voir le monde entier partir en fumée.

– Elle a raison, Benny ! s'exclama Mike. Comment est-ce qu'il pourrait jouir de son argent dans un champ de ruines post-atomique ? Il sait depuis le début qu'il est *obligé* de nous la vendre, à nous les gentils.

– Je vous le répète, dit Bennacio, Mogart n'a nullement l'intention de vous céder l'Épée. Jamais il ne s'en séparera.

– Ah oui ? Et pourquoi ? rétorqua Mike en adressant un sourire au chevalier.

Un sourire qui n'avait rien d'amical.

– Vous le feriez, vous ?

– Allons, Benny ! On est les bons, nous, je vous le rappelle ! On est tous dans le même camp, non ?

– Il prendra votre argent et gardera l'Épée.

– Pour dominer le monde, c'est ça ? Le roi Mogart ! Eh bien, on va devoir courir le risque, Benny.

– Vous êtes un imbécile, cracha Bennacio en détachant enfin son regard du feu pour foudroyer Mike. Il vous trahira !

– C'est justement pour ça qu'on vous a convié à cette petite fête. (Mike se tourna vers la femme à l'accent anglais.) Pas vrai, Abby ?

Celle-ci répondit :

– Nous ne procéderons à l'échange qu'après avoir vérifié l'authenticité de l'Épée.

– Après quoi, l'OPIPE nous remettra l'Épée de la Vertu, à nous ses amis, dit Bennacio.

C'était à son tour d'afficher un sourire dur et inamical.

– Je vais être franc avec vous, Benny. C'est pas nous qui décidons, dit Mike. Il faut bien avouer que vous n'avez pas fait des prodiges, vos potes et vous, pour la protéger.

– Nous l'avons protégée pendant mille ans, répliqua Bennacio. Nous l'avons perdue à la suite d'un étrange accident.

Mike jeta un regard par-dessus son épaule, dans ma direction. C'était moi « l'étrange accident ». Puis il revint sur Bennacio, sourit et haussa les épaules, comme pour dire : *Écoute, mon pote, vous n'avez même pas été capables de la protéger de ce minable.*

– Bennacio, dit Abby d'un ton plus doux. Nous avons beaucoup d'admiration pour tout ce que votre Ordre a accompli. Mais le moment est peut-être venu de confier l'Épée à d'autres protecteurs. Pourquoi Samson aurait-il fait appel à nous, sinon ?

– Abby a la situation bien en main, Benny, reprit Mike. Personne sur terre n'est mieux équipé pour protéger l'Épée.

Bennacio n'était pas convaincu.

– Je refuse d'agir si je n'ai pas l'assurance que vous nous remettrez l'Épée.

– Comme je vous le disais, Benny, on peut rien vous promettre, répondit Mike. J'ai toujours joué franc-jeu avec vous et j'ai le plus grand respect pour vous et vos potes chevaliers. Jamais on s'amuserait à vous faire une entourloupe. Je peux vous assurer personnellement que la Compagnie n'a pas l'intention d'utiliser l'Épée, pour quoi que ce soit. On veut la même chose que vous : empêcher qu'elle finisse entre les mains de tous les méchants et tous les cinglés.

– Il m'est impossible de trahir mon serment, déclara Bennacio. J'ai juré de la garder et de la défendre jusqu'à la mort. C'est le moins que je puisse faire. Si Mogart vous remet effectivement l'Épée, vous devrez me tuer pour la conserver.

– Personne ne souhaite en arriver là ! protesta Abby.

Elle n'avait pas dit qu'ils ne tueraient pas Bennacio s'il le fallait.

– Benny, reprit Mike, on a reçu le feu vert, avec ou sans vous. On attend juste que le Dragon nous recontacte pour nous donner l'heure et l'endroit de l'échange. Évidemment, on aimerait… j'aimerais… que vous veniez avec nous. Et une fois qu'on aura récupéré l'Épée, tout sera négociable. Chaque chose en son temps.

Bennacio soupira. Tout le monde resta muet un long moment. Paul rognait une petite peau sur son doigt. Jeff lissait des plis invisibles sur son pantalon. Mike mastiquait bruyamment son chewing-gum. Abby était la seule à regarder Bennacio.

Finalement, le chevalier remua dans son fauteuil et dit :

– Je vous accompagnerai… à une condition.

– On vous écoute.

– La vengeance m'appartient.

– Ainsi parla le Seigneur, ironisa Mike, mais personne ne rit.

CHAPITRE
34

Je remontai au premier étage et trouvai mes vêtements dans la chambre. Quelqu'un les avait lavés et étendus sur le petit lit disposé à côté de la fenêtre. J'ouvris les rideaux pour regarder dehors, mais il n'y avait rien à voir : la fenêtre était obstruée par des planches. *Endroit secret.* Comme si je pouvais savoir où je me trouvais en France rien qu'en regardant dehors ! Il faudrait que la tour Eiffel soit dans le jardin.

Je m'habillai et m'assis sur le lit. Je ne savais pas quoi faire et n'avais pas envie de redescendre. L'idée de me retrouver en présence de Mike et de sa bande d'espions ou je ne sais quoi me rendait nerveux.

On frappa doucement à la porte et Bennacio entra. Il la referma derrière lui et vint s'asseoir à côté de moi.

– Vous leur faites confiance ? lui demandai-je.

– Et toi ?

Je réfléchis.

– On n'a pas le choix, c'est ça ?

– Il faut se servir des outils qui sont à notre disposition, même quand ils sont à double tranchant.

– Comment ont-ils su que l'Épée avait disparu ?

– Quand ça s'est passé, Samson a immédiatement compris que nous aurions besoin de leur aide. J'ai tenté de l'en dissuader, mais je comprends maintenant que c'était malheureusement nécessaire, même si cela nous a coûté notre plus grosse perte depuis la fondation de l'Ordre.

– Je croyais que c'était moi le fautif.

Il me regarda en fronçant les sourcils.

– Je ne parle pas de l'Épée.

– Ils ne vous la rendront pas, hein ?

– Je ne pense pas.

– Comment allez-vous faire pour les empêcher de la garder ?

– Je ferai ce que j'ai toujours fait : je ferai tout pour la protéger.

– Vous ne pouvez pas les tuer, Bennacio !

Il soupira.

– Il y a très longtemps, Alfred, j'ai fait un serment aussi puissant que la pesanteur. Je ne vois pas d'autre moyen.

– Je ne sais trop ce que vous essayez de me dire, Bennacio. Peut-être parce que je n'ai jamais fait de serment de ce genre. En fait, je n'ai jamais fait de serment, point à la ligne.

Il posa sur moi son regard perçant.

– Pourquoi ? demanda-t-il.

– L'occasion ne s'est jamais présentée, je suppose.

– L'occasion s'offre à chacun de nous. Mais nous choisissons de l'ignorer ou bien nous ne savons pas la reconnaître. Dans l'avion, quand je t'ai dit que, selon moi, chaque chose avait une raison d'être, tu as pensé à la mort de ton oncle et tu t'es demandé quelle pouvait bien être la raison d'une chose apparemment si vaine et injuste. Autrefois, Alfred, les hommes cherchaient des raisons de croire. De nos jours, nous trouvons des raisons de *ne pas* croire.

– Je ne vous suis pas, Bennacio.

– L'espèce humaine est devenue arrogante, et dans son

arrogance, elle est persuadée que rien n'est inaccessible au pouvoir de sa raison. Si je ne vois aucune raison, cela veut dire qu'il ne doit pas y en avoir. Voilà l'erreur de notre époque.

– Bennacio, vous ne pouvez pas les tuer. Pour chaque personne que vous tuerez, ils en enverront une douzaine à vos trousses. Tôt ou tard, ils vous retrouveront, et quelle que soit la puissance de l'Épée, ils vous la reprendront, d'une manière ou d'une autre. Ensuite, ils vous tueront.

– Peut-être. Mais la pitié nous a déjà coûté cher. Si je t'avais tué le soir où tu as volé l'Épée, tes amis et les miens seraient encore en vie et l'Épée serait toujours en lieu sûr.

– Oui, mais je serais mort.

Il rit, me donna une tape sur le genou et se leva.

– Je crois que tu me manqueras, Alfred Kropp, quand tout ça sera terminé.

Il me laissa seul. Je restai assis quelques minutes sur le lit, pour réfléchir. Je pensais surtout que le dernier des chevaliers marchait vers sa tombe. Mogart le tuerait, ou bien les agents de l'OPIPE s'en chargeraient.

J'étais persuadé que le plan de Mike consistait à se servir de Bennacio pour récupérer l'Épée, avant de le liquider (et moi avec, sans doute). Voilà ce que voulait dire Natalia en m'accusant d'avoir condamné à mort Bennacio.

Le fait de penser à Natalia me rendait malade, sans que je sache pourquoi. Ce n'est pas agréable d'être haï par quelqu'un, mais c'est encore plus dur quand la personne qui vous hait se trouve être également la plus belle fille que vous ayez jamais vue.

CHAPITRE 35

Plus tard dans l'après-midi, j'étais encore en train de réfléchir, allongé sur mon lit, quand j'entendis au-dessus de ma tête le vrombissement d'un hélicoptère qui enflait à mesure que l'appareil se rapprochait. Du rez-de-chaussée montèrent des bruits de bousculade ; les espions affolés couraient dans tous les sens, se rentraient dedans, lançaient des ordres et des injures, tout en cherchant leurs armes.

J'entendis Mike crier :

– On est repérés !

Je me levai d'un bond et me précipitai dans le couloir, où je me heurtai de plein fouet à Bennacio. Il portait sa robe de moine et tenait à la main son épée noire.

– C'est Mogart ? demandai-je.

Il secoua la tête.

– C'est pire que ça, je le crains.

J'essayai d'imaginer une menace pire que Mogart, tandis que je descendais l'escalier derrière Bennacio. Quand on arriva dans la grande pièce, Mike et Abby nous arrê-tèrent et nous firent reculer. Mike et Abby coururent vers la porte et l'ouvrirent à la volée. Par-dessus leurs têtes, je vis un hélicoptère de combat se poser sur le terrain en pente devant la maison. Un grand type costaud vêtu d'un

215

pull noir sauta à terre. Puis il se pencha à l'intérieur de l'appareil pour aider une deuxième personne, plus petite, à descendre.

Les épaules de Mike se détendirent et il glissa son arme sous son coupe-vent, tandis que les deux nouveaux arrivants gravissaient l'allée de gravier qui conduisait à l'entrée de la maison.

Abby foudroya du regard Bennacio.

– Vous pouvez nous expliquer ? demanda-t-elle.

Mike recula d'un pas et Cabiri entra, suivi de près par Natalia. Ignorant Mike et Abby, elle se précipita vers Bennacio. Quand elle passa devant moi, je sentis l'odeur de ses cheveux : ils sentaient la pêche.

– Bonjour ! lança Cabiri à la cantonade. Salut à tous ! Vous allez bien ? Comment vont mes amis agents secrets ?

Mike claqua la porte, poussa le verrou et se retourna vivement vers Bennacio.

– Alors, vous pouvez nous expliquer ? demanda-t-il à son tour.

– Je lui ai déjà posé la question, Michael, dit Abby, froidement.

Cabiri intervint :

– Je vous en prie, ne tenez pas le seigneur Bennacio pour responsable. C'est entièrement ma faute. (Il leur adressa un petit sourire contrit.) *Scusi.*

– Gardez vos *scusi*, mon pote, répliqua Mike, alors que le bruit des pales de l'hélicoptère s'éloignait. Comment vous nous avez retrouvés ?

– Oh, fit Cabiri. Comment le renard trouve-t-il la poule ? Comment l'oiseau trouve-t-il le ver ?

Il adressa un sourire à Bennacio.

Mike se tourna vers le chevalier.

– C'est vous qui les avez appelés !

– Comment aurais-je pu les appeler ? demanda Bennacio. Je n'ai pas de téléphone.

– Je suis un Ami de l'Épée, dit Cabiri en abandonnant son ton moqueur. Les Amis de l'Épée ont des amis qui ont des amis. Vous croyez que votre présence est passée inaperçue à Saint-Étienne ?

Mike semblait ne pas l'écouter. Il passa devant Cabiri en le frôlant et gravit l'escalier au pas de course, tout en composant un numéro sur son téléphone portable. Une porte claqua au-dessus de nos têtes et j'entendis résonner la voix de Mike, sans pouvoir comprendre ce qu'il disait. Abby poussa un soupir.

Cabiri s'adressa à Bennacio :

– Pardonnez-moi, seigneur. Ce n'est pas moi qui ai insisté pour venir ici.

Il se tourna vers Natalia.

Celle-ci n'avait d'yeux que pour Bennacio.

– Je viens avec vous, déclara-t-elle en levant le menton d'un air de défi.

– Tu sais bien que c'est impossible, répondit Bennacio, avec une certaine tendresse.

– Et moi aussi, ajouta Cabiri.

– Non.

– Qui sera à vos côtés au moment de l'épreuve ? demanda Natalia. Elle ?

D'un mouvement de tête, elle désigna Abby.

– Je m'appelle Abigail, dit celle-ci. Et vous, qui êtes-vous ?

– Ou *lui* ? demanda Natalia avec un petit mouvement de tête dans ma direction.

– Ne sous-estime pas mon ami Alfred Kropp, dit Bennacio. Il ne faut pas te fier aux apparences.

– Tant mieux pour lui ! s'exclama joyeusement Cabiri en me donnant une tape dans le dos.

Mike revint en dévalant l'escalier et agita son doigt sous le nez de Cabiri.

– Vous entravez une opération de sécurité internationale, monsieur !

– Dans ce cas, tuez-moi.

– Assez ! rugit Bennacio. (Tout le monde se tut et le regarda.) Ils n'auraient pas dû venir, certes, mais ils sont là et maintenant, nous devons nous en accommoder. Quand Mogart appellera, Cabiri restera ici avec ma fille. Je reviendrai les chercher l'un et l'autre, une fois que nous aurons l'Épée.

Cela mit fin au différend. Les membres de l'OPIPE ne semblaient pas très heureux, mais ils ne trouvaient aucun prétexte valable pour renvoyer Cabiri et Natalia. Il y eut quelques discussions concernant le couchage, car toutes les chambres étaient occupées. Jeff proposa de dormir sur le canapé dans le salon afin de laisser sa chambre à Natalia et Cabiri décida de dormir avec moi.

– Toi et moi, on les seuls Amis ici, m'expliqua-t-il. Ce sera exquis, Alfred Kropp ! Mais je dois te mettre en garde contre mon ronflement et mes flatulences.

Partager mon lit avec Cabiri n'avait rien d'exquis. Il n'avait pas menti en disant qu'il ronflait et pétait.

Natalia et Bennacio restèrent cloîtrés dans la chambre du chevalier pendant des heures. J'entendais leurs voix à travers le mur, et parfois les sanglots de Natalia.

Quand elle n'était pas dans la chambre de son père, elle était dans le salon, assise dans le rocking-chair près de la cheminée ; les genoux ramenés contre la poitrine, elle contemplait les flammes et ses yeux sombres reflétaient la lumière dansante.

Parfois, elle passait près de moi dans le couloir ou dans la cuisine à l'heure du dîner et à chaque fois je sentais cette odeur de pêche. Je me revoyais enfant, actionnant la poignée de la sorbetière dans laquelle ma mère versait des pêches fraîches.

Natalia ne m'adressait pas la parole, mais de temps en temps, je la surprenais en train de m'observer. Elle s'empressait alors de détourner le regard.

Une nuit, les flatulences de Cabiri me chassèrent de la chambre. (Ses pets semblaient se rassembler sous les draps pour passer à l'attaque chaque fois que je me tournais vers lui.)

Je descendis à pas feutrés, avec l'idée de réveiller Jeff pour une partie de poker ou de billard. Mais Jeff n'était pas couché sur le canapé ; c'était Natalia qui s'y trouvait, recroquevillée sous une couverture, les yeux grands ouverts, fixés sur les braises qui s'éteignaient lentement dans la cheminée.

Je m'arrêtai quelques secondes au pied de l'escalier. J'envisageai d'aller dans la cuisine pour grignoter quelque chose, mais ça ressemblerait à une excuse pour l'avoir dérangée, c'était nul.

– Salut, dis-je, finalement.

Elle ne répondit pas.

– Euh… j'arrivais pas à dormir. Cabiri n'arrête pas de péter.

Toujours aucune réaction.

– Écoute… dis-je en avançant d'un pas dans la pièce. Au sujet de ce qui s'est passé à Halifax… C'est pas grave.

Ses yeux sombres glissèrent dans ma direction. Quand elle me regardait, j'avais l'impression d'être un insecte cloué sur une planche par une épingle.

– Qu'est-ce qui n'est pas grave ?

– Tu sais… le coup de genou dans le bas-ventre.

– J'aurais dû te poignarder.

– Oui, je comprends.

Je me glissai dans le rocking-chair en face d'elle.

Elle contemplait le feu à nouveau.

– Qui es-tu ? demanda-t-elle à voix basse.

Elle tourna vivement la tête vers moi et ses cheveux auburn voltigèrent sur son épaule droite.

– Qui es-tu pour avoir fait ça ?

– J'étais juste un gamin qui essayait d'aider son oncle.

– Tu es un voleur.

– Oui. On dirait bien.

– Mon père aurait dû te tuer quand tu as pris l'Épée. *Moi*, je t'aurais tué.

– Tu ne trouves pas que la vie est curieuse ? demandai-je. (Elle me dévisageait comme si je parlais une langue qu'elle ne comprenait pas.) Tu l'as sans doute remarqué, il n'y a pas grand-chose à faire par ici et je ne sais pas depuis quand je suis dans cette baraque, mais j'ai l'impression que ça fait très longtemps. On n'a rien pour s'occuper à part manger, dormir et réfléchir. Alors, j'ai réfléchi. Pense un peu à tout ce qui s'est passé pour que je me retrouve ici, aujourd'hui. Si mon père n'avait pas plaqué ma mère. Si ma mère n'était pas morte d'un cancer. Si oncle Farrell n'avait pas proposé de m'élever. Si M. Samson avait engagé quelqu'un d'autre comme veilleur de nuit à la Samson Tower. Ou si oncle Farrell avait dit non, tout simplement, à Mogart comme il aurait dû le faire. Ou si j'avais dit non à oncle Farrell. Je pourrais continuer encore longtemps comme ça, mais tu as compris, je suppose. Ton père parle beaucoup du destin et du sort, des trucs auxquels j'ai jamais trop cru, mais maintenant, je me dis qu'il y a peut-être quelque chose qui nous guide ou qui se sert de nous dans un but qui nous dépasse… Qu'est-ce que tu en penses ?

– Ce que j'en pense ? Je pense que tu es un imbécile.

– Tu n'es pas la première, avouai-je.

– Ton affection pour mon père me dégoûte.

– Peut-être que tu ne devrais pas être aussi dure avec moi, Natalia. Je sais ce que ça fait.

– Quoi donc ?

– De perdre un parent.

Elle m'observa longuement. A tel point que je finis par me sentir mal à l'aise, encore plus que d'habitude.

– Au moins, il y a une chance pour qu'il ne meure pas, ajoutai-je. Ma mère, elle, n'a même pas eu cette chance.

CHAPITRE 36

Après cette nuit-là, les choses changèrent entre Natalia et moi. Je ne dis pas qu'elles s'améliorèrent, mais c'était comme si nous étions parvenus à une sorte de compréhension mutuelle. Je la surprenais encore à m'observer parfois et une ou deux fois, je crois que Mike s'en aperçut lui aussi. Un soir, pendant le dîner, en levant le nez de mon assiette, je vis qu'elle me regardait ; je me tournai alors vers Mike qui la regardait en train de me regarder, et il souriait.

Un matin, alors que je passais devant la chambre de Bennacio, en sortant de la douche, j'entendis la voix de Natalia, puis les intonations graves de Bennacio. Apparemment, ils avaient une discussion très vive. Sans doute parce que Natalia insistait pour accompagner son père au rendez-vous avec Mogart. J'entrai dans ma chambre et refermai la porte. Quelques instants plus tard, j'entendis une porte claquer, puis le pas léger de Natalia dans le couloir.

J'allai frapper à la porte de Bennacio, tout doucement. Pas de réponse. Je tournai la poignée. La porte n'était pas verrouillée.

J'entrai. La lumière était éteinte, mais la pièce était faiblement éclairée par deux bougies posées sur une petite table poussée contre le mur du fond. Entre les bougies se trouvait un petit tableau dans un cadre doré, représentant un homme en robe blanche qui semblait flotter sur le fond noir ; de grandes ailes duveteuses se déployaient de chaque côté et il tenait une épée dans la main droite.

Devant ce tableau était agenouillé Bennacio. Il ne leva pas la tête, il ne bougea pas lorsque j'entrai. Je me sentais gêné, comme si je l'avais surpris nu. Mais ce qui me frappait surtout, c'était de voir qu'il paraissait tout petit, à genoux devant ce tableau, terriblement petit et seul.

– Oui, Kropp ? demanda-t-il sans se retourner ni se relever.

– Vous devriez l'emmener avec vous.

Il ne bougeait toujours pas.

– Emmenez-la avec vous, Bennacio.

– Tu ne sais pas ce que tu me demandes.

– Peut-être, dis-je. Il y a plein de choses que je ne comprends pas. Et la plupart, je ne les comprendrai sans doute jamais. Mais là, j'en suis sûr.

Ses épaules s'affaissèrent, son menton bascula sur sa poitrine et quand il se leva, je le vis pour la première fois sous l'aspect d'un vieillard, assez âgé pour être mon grand-père. Il se retourna et me regarda intensément.

– De quoi es-tu si sûr, Kropp ?

– Quand ma mère est tombée malade, elle me reprochait tout le temps de venir la voir à l'hôpital. Elle craignait que je ne manque l'école, que je ne dorme pas assez ou que je ne saute des repas, mais elle était en train de mourir. Il n'y avait aucun espoir. Je m'en fichais, je venais quand même tous les jours, même quand elle ne savait pas que j'étais là.

Tous les souvenirs me revenaient en masse : maman réduite à la taille d'un pygmée dans ce lit d'hôpital, rendue chauve par la chimiothérapie, avec de grands cernes noirs sous les yeux. Ses dents semblaient énormes derrière ses joues creusées et ses lèvres fines. Et la manière dont elle gémissait : « *Je t'en supplie, je t'en supplie, Alfred, fais-la disparaître. Fais disparaître la douleur.* »

– Peut-être que ça ne servait à rien que je sois là, repris-je. Peut-être que je ne pouvais rien faire, mais où pouvais-je aller sinon ? Vous dites que vous n'avez pas le choix, mais vous pensez que Natalia a le choix, elle. Si vous voulez mon avis, c'est hypocrite de votre part.

Je ne savais pas si tout ce que je disais avait un sens. Mais Bennacio m'écoutait. Sans rien dire. Il me regardait fixement et il m'écoutait, je pense.

– Voilà, conclus-je. C'est tout. Je vous ai presque tout dit.

Je sortis de la chambre en fermant la porte derrière moi. Natalia se tenait à quelques pas de là.

J'essuyai les larmes qui coulaient sur mes joues et passai rapidement devant elle en murmurant :

– Les accidents n'existent pas.

Je ne sais pas pourquoi j'avais dit ça.

Je retournai dans ma chambre et, au bout d'un moment (je n'aurais su dire combien de temps, deux heures peut-être), on frappa à ma porte et Bennacio entra, toujours vêtu de sa robe de moine. Il tenait une grande boîte. Il s'assit à côté de moi et posa la boîte sur le lit derrière nous.

– Kropp.

– Bennacio.

– Je ne peux pas l'emmener, dit-il.

– Vous devriez.

– Un jour, peut-être, tu auras un enfant et tu comprendras.

– Si vous le dites.

– Ne me juge pas trop sévèrement.

– OK.

Comme si ce que je pensais du seigneur Bennacio, dernier chevalier de l'Ordre de l'Épée Sacrée, avait une quelconque importance. Assis là, à côté de moi, Bennacio dégageait un puissant parfum de tristesse, comme si un manteau de désespoir invisible pesait sur ses épaules.

– Ce tableau dans votre chambre, dis-je. C'est saint Michel ?

– L'archange Michel, oui.

– Justement, je me demandais… M. Samson parlait du maître de l'Épée et la Dame de mon rêve aussi. Michel est le maître de l'Épée que vous attendez, hein ?

Il secoua lentement la tête en souriant. Je ne savais pas ce que cela signifiait. Avais-je raison ou tort ?

– Quand j'étais un jeune garçon de treize ans, dit-il, mon père m'a pris à part un jour pour m'expliquer que nous appartenions à la maison des Bedivere. Je connaissais l'histoire de l'Épée, évidemment, mais comme toi, je pensais qu'il s'agissait d'une légende. Mon père m'a conduit auprès du chef de l'Ordre, le père de Samson, qui venait d'arriver en Amérique. J'ai vu l'Épée et j'ai découvert la foi. Sur son lit de mort, mon père m'a parlé de l'échec de Bedivere.

Bennacio poussa un soupir, avant de continuer :

– Bedivere *devait* lancer l'Épée dans le lac, tel était l'ordre donné par Arthur, mais il a choisi de la garder et ainsi est apparu notre Ordre. De tous les chevaliers, c'était lui qui aimait le plus son roi, et de cet amour est née la croyance qu'un jour un autre maître reviendrait chercher l'Épée.

Il poussa un nouveau soupir, plus profond, plus triste.

– Descendre de la maison des Bedivere est un lourd fardeau, Alfred. Depuis toujours, des chevaliers de notre Ordre voient dans le geste de mon aïeul la trahison de la confiance accordée par son roi. Nombreux étaient ceux qui pensaient qu'il fallait lancer l'Épée dans les eaux d'où elle était sortie, afin d'empêcher qu'elle ne soit utilisée à mauvais escient. Sur mon honneur, en tant que dernier chevalier et dernier fils de Bedivere, si un jour je récupère l'Épée, c'est ce que je ferai. Je rachèterai son péché, même si ce péché était d'un genre particulier car il était né de l'amour.

Il reprit la boîte, la posa sur ses genoux et souleva le

couvercle. A l'intérieur, reposant sur du velours violet, il y avait une épée, fine et noire. Elle ressemblait à celle qu'il avait utilisée le soir où j'avais volé Excalibur. Il la souleva à deux mains.

– Voici l'épée de mon père. L'OPIPE l'a récupérée quand ils ont investi le repaire de Mogart. Le jour où mon père est mort, j'ai juré sur son épée de respecter l'ancien serment de notre Ordre.

Il se tourna vers moi.

– Mon destin est peut-être de périr devant Mogart quand l'heure aura sonné. Dans ce cas, accepteras-tu de prêter le même serment et de prendre cette épée ?

– Ouah, Bennacio ! (J'étais sonné.) C'est un grand honneur et je suis flatté que vous ayez pensé à moi, mais je crois que vous avez choisi le mauvais cheval. Vous devriez plutôt demander à Mike ou à Paul ou à un de ces types... Même cette femme, Abby, serait un meilleur choix. D'ailleurs, je crois que c'est elle la plus coriace du lot. Mike a peur d'elle, ça se voit.

– Qui sont ces gens, Kropp ? Des êtres arrogants, ivres de leur propre sagesse. Des imbéciles.

– Certaines personnes pourraient dire que je ne suis pas très futé, moi non plus. Il faut connaître ses limites, et ce que vous me demandez là dépasse largement mes compétences. Au fond, je suis un looser.

Il me regarda d'un air sévère.

– Que veux-tu dire ?

– Eh bien... Pour commencer, j'ai perdu l'Épée. Je suis un bon à rien. La plupart des gens possèdent des talents. Certains sont doués pour le sport, d'autres sont bons à l'école, en sciences, en maths, des trucs comme ça. Moi, je suis nul en tout. J'ai joué au foot, mais j'étais pas très bon et mes résultats scolaires sont plutôt médiocres. Disons que je suis juste... dans la moyenne.

– La moyenne.

– Ouais. Je suis un gars moyen. Même si ces derniers temps, j'ai déconné plus que d'habitude. L'idée de reprendre votre épée pour devenir une sorte de héros… c'est ridicule.

Il posa la main sur mon épaule.

– Nous ne tombons que pour pouvoir nous relever, Alfred. Nous tombons tous. Nous « déconnons » tous, comme tu dis. Échouer n'est pas important. Ce qui compte, c'est la manière dont on se relève ensuite.

Il me tapota l'épaule.

– Pour ce qui est de devenir un héros… qui peut connaître la bravoure que recèle l'âme avant que l'épreuve survienne ? Un héros vit dans chaque cœur, Alfred, attendant que surgisse le dragon.

CHAPITRE
38

Bennacio prit ma main et la posa sur le plat de la lame.

– Je sais que je vous laisserai tomber, dis-je.

J'avais les larmes aux yeux. « Peut-être que je devrais pleurer », me disais-je. Comme ça, il ne penserait plus qu'un héros sommeillait dans mon cœur.

– C'est possible, répondit-il. Souvent, notre volonté nous trahit. Mon esprit me dit que tu es un jeune homme faible, timide et qui manque d'assurance. Mais mon cœur me dit l'inverse. Malgré tous tes défauts, Alfred, tu ignores la fourberie et les faux-semblants. L'Épée ne sera jamais conquise et le mal ne sera jamais vaincu par la duperie et le mensonge, comme le croient ceux d'en bas. Alors, ne veux-tu pas prononcer le serment, maintenant qu'il y a encore de l'espoir ?

Je détournai le regard. Il y avait une telle tristesse sur son visage que je n'avais pas le courage de le regarder. Franchement, quand un chevalier comme Bennacio était obligé de demander de l'aide à Alfred Kropp, la situation était vraiment désespérée.

– Alfred, dit-il à voix basse, il y a autre chose. Une chose que tu ignores et qui pourrait t'aider à faire ton choix.

Je me retournai vers lui.

– Quoi donc ?

– Tu m'as demandé si c'était moi qui avais achevé la formation de Windimar. En effet, c'est moi qui m'en suis chargé, ce qui n'a rien d'inhabituel. Samson a lui aussi achevé la formation d'un certain chevalier, quand ce dernier a juré fidélité à l'Ordre lors de leur première rencontre en France. Tu peux deviner qui était ce chevalier.

Il attendit patiemment que mon esprit d'Alfred Kropp saisisse ce qu'il venait de dire.

– Mogart ?

– Oui. Mogart était l'écuyer de Samson, et plus que ça. Samson en avait fait son héritier.

Mon esprit d'Alfred Kropp avait du mal à comprendre.

– Mais alors, pourquoi Mogart s'est-il retourné contre lui ?

Les yeux sombres de Bennacio pétillèrent sous ses sourcils broussailleux, comme cette nuit-là, il y avait une éternité, dans les couloirs de la Samson Tower.

– Tu ne t'es jamais demandé, Alfred, pourquoi ton nom était le code qui permettait d'ouvrir la chambre secrète sous le bureau de Samson ? Tu ne t'es jamais demandé pourquoi, au moment le plus sombre, Samson m'avait ordonné de revenir en Amérique pour te retrouver ? Tu ne t'es jamais demandé pourquoi Samson avait engagé Farrell Kropp, un mécanicien sans talent, comme veilleur de nuit ? Il y a deux ans, Bernard Samson a découvert qu'il avait un autre héritier, un authentique héritier, et il voulait être sûr que l'on veillerait sur son fils jusqu'à ce que celui-ci soit en âge d'assumer pleinement son héritage de chevalier de l'Ordre.

– Oncle Farrell était le fils de Bernard Samson ? Ça voudrait dire que je suis son… (J'essayai de m'y repérer.) Son petit-neveu ou un truc comme ça ?

– Alfred, Bernard Samson était *ton* père.

Je le regardai d'un air hébété, longuement.

– Je ne comprends pas, Bennacio.

– Il y a seize ans, l'homme que tu connais sous le nom de Bernard Samson est tombé amoureux d'une femme qu'il a rencontrée au cours d'un voyage d'affaires. A Salina, dans l'Ohio, Alfred. Cette femme s'appelait Annabelle Kropp.

Je secouai lentement la tête. Même si elle était plus grosse que la moyenne, elle ne l'était pas suffisamment pour assimiler tout ce qu'il était en train de me dire.

– Samson ne souhaitait pas chasser Mogart de l'Ordre. A bien des égards, Mogart était le meilleur d'entre nous : intrépide et intelligent. Pour manier l'épée ou la lance, il n'avait pas d'égal. Mais Mogart ne voulait pas être un simple chevalier comme nous. Il voulait prendre la place de Samson. Mais quand *tu* es né, ce n'était plus possible.

– Oh, formidable ! Il ne manquait plus que ça. C'est encore ma faute, hein ?

– Ce n'est la faute de personne, Alfred. C'est une réalité, voilà tout. Tu es le dernier de la lignée de Lancelot, le plus grand chevalier qui ait jamais existé.

Je ne savais pas quoi dire. De toutes les choses qui m'étaient arrivées depuis la mort de ma mère, celle-ci était sans doute la plus bizarre… et la pire.

– Vous avez inventé tout ça pour m'obliger à prêter ce stupide serment ou je ne sais quoi. Je ne suis pas son… Ce n'est pas mon père !

Je ne pouvais plus parler et Bennacio ne m'obligea pas à continuer. Il resta assis, immobile, pendant que je pleurais.

– Pourquoi a-t-il abandonné ma mère ? parvins-je enfin à demander.

– Pour ne pas la mettre en danger… et toi non plus.

– On peut pas dire que ça ait marché, hein ?

– Parfois, les bonnes intentions échouent.

– J'arrive toujours pas à y croire.

– Comme pour les anges, ça importe peu, Alfred.

Je baissai les yeux et vis l'épée posée sur mes genoux.

– Pourquoi vous ne m'avez rien dit, Bennacio ? Pourquoi vous avez attendu jusqu'à maintenant ?

– J'espérais ne pas être obligé de te le dire. (Sa voix devint un murmure.) Prononce les paroles maintenant, Alfred Kropp. Parle, fils de mon capitaine, héritier de Lancelot. « Moi, Alfred Kropp, je jure, au nom de l'archange Michel, mon gardien et protecteur, de sacrifier ma vie pour protéger l'Épée de la Vertu, et de la défendre jusqu'à la mort contre les agents des ténèbres. »

Je répétai ces paroles et, dans le silence qui suivit, j'attendis de sentir une bravoure héroïque gonfler dans ma poitrine. Mais je ne sentis rien du tout, à part peut-être un léger mal au cœur.

Bennacio sourit, me tapota l'épaule encore une fois et rangea l'épée dans la boîte.

D'en bas monta la sonnerie du téléphone portable de Mike. Je la reconnus car c'était l'air de *Take Me Out to the Ballgame*[1].

– Ah, dit Bennacio. Enfin. Voici l'appel. C'est peut-être bon signe.

– Je suis chevalier maintenant ?

– Il n'y a plus de chevaliers, sauf un. Et sa fin est proche.

---

1. Littéralement : « Emmène-moi au match. » Célèbre chanson sur le base-ball. *(NdT)*

CHAPITRE 39

Mike frappa violemment à la porte et glissa la tête par l'entrebâillement. Il mastiquait son chewing-gum et il souriait.

– Bonne nouvelle, cow-boys ! On a le feu vert. Tout le monde sur le pont, on lève l'ancre !

Il frappa dans ses mains et s'éloigna dans le couloir d'un pas lourd, avec ses grosses chaussures de randonnée.

– Vous voulez que je reprenne votre épée, dis-je à Bennacio, mais je ne sais même pas m'en servir.

– Je n'ai pas le temps de t'apprendre, Kropp. Mais j'ai le sentiment que la victoire ne se jouera pas à la pointe de l'épée.

On descendit. Jeff avait préparé des sandwichs. Mike avait ordonné qu'on mange avant de partir, expliqua-t-il.

– Où on va ? lui demandai-je.

– C'est top secret.

Bennacio et moi, on emporta nos sandwichs dans la pièce principale et on mangea près du feu. Abby était seule dans son coin, elle parlait à voix basse dans son téléphone portable et jetait des coups d'œil à sa montre. Cabiri était là également et Natalia aussi, évidemment, mais ils ne mangeaient pas. Cabiri était très silencieux, il avait perdu son air jovial. Natalia, elle, semblait au bord des larmes.

Tout le monde se rassembla devant la porte d'entrée.

– Bon, voici le plan d'action, déclara Mike. Jeff, Paul, Bennacio et moi, on va au lieu de rendez-vous. Tous les autres attendent ici qu'on revienne.

Il lança un petit sourire narquois en direction d'Abby.

– Je vais avec Bennacio, déclara Cabiri.

– Impossible, mon pote, répondit gaiement Mike. (Il était d'excellente humeur depuis que la partie avait enfin commencé.) Vous n'avez pas d'autorisation.

– Je n'ai pas besoin de votre autorisation. Je vous ai déjà retrouvés une fois…

– Si vous essayez de quitter ce château, vous recevrez une balle dans la nuque, dit Mike avec un sourire. J'ai déjà donné l'ordre.

Cabiri tourna la tête et fit mine de cracher par terre.

– Cabiri, dit Bennacio.

Il y avait quelque chose de lointain dans sa voix et dans son regard, comme s'il était déjà là-bas, au lieu de rendez-vous, et que l'Épée des Rois se trouve à portée de main.

– Reste ici.

– Ah, comme c'est émouvant ! ironisa Mike. Les adieux, la tristesse et tout ça. Malheureusement, on est pressés, les gars. Faut lever le camp !

Il ouvrit la porte et fit signe à Bennacio de sortir. Je m'avançai en même temps que lui.

– Non, tu restes ici, Al, déclara Mike.

– Kropp m'accompagne, dit Bennacio. C'est mon second.

– Votre second quoi ?

– Si je péris, c'est lui qui prendra mon épée.

– Sans vouloir offenser personne, Benny, si j'étais vous, je prendrais plutôt Cabiri.

– Hélas, j'ai pas l'autorisation, dit ce dernier d'un ton sarcastique.

– Écoutez, Ben, reprit Mike comme s'il s'adressait à un petit enfant. Le gamin ne peut pas venir.

Abby intervint :

– Michael ! On n'a pas le temps de discuter. Laisse-le emmener le gamin.

Les lèvres de Mike remuèrent, mais aucun son ne sortit de sa bouche. Son visage vira au cramoisi.

– Je le signalerai dans mon rapport. Le Q.G. sera au courant.

– Le Q.G. sera au courant d'un tas de choses, répliqua Abby du tac au tac.

Elle fit un petit signe à Jeff, qui m'enfonça une nouvelle fois le sac noir sur la tête.

Alors qu'on franchissait la porte, j'entendis Bennacio dire :

– Laissez, je m'occupe de lui.

Une main lâcha mon coude, vite remplacée par une autre.

Bennacio m'aida à prendre place à l'arrière de la voiture, puis il ferma la portière. Celle-ci se rouvrit presque aussitôt et j'entendis Cabiri qui disait :

– Non, Natalia, non…

Je sentis une odeur de pêche.

– Au revoir, Kropp, murmura-t-elle. Veille sur mon père.

La cagoule se leva légèrement du côté droit et je sentis quelque chose d'humide et de chaud contre mon menton. Assis à l'avant de la voiture, Mike émit un sifflement.

– Y a de l'amour dans l'air ! chantonna-t-il.

La portière claqua de nouveau, la voiture démarra et le gravier crissa sous les roues. On descendait de la montagne.

On devait rouler depuis une heure environ lorsqu'on s'arrêta enfin. J'entendais le bruit d'un moteur d'avion qui chauffait. On m'ôta ma cagoule et je clignai des yeux dans la lumière aveuglante. Mon estomac se noua lorsque je découvris l'avion qui attendait à une centaine de mètres de là. Mike se tourna vers moi.

– Il est pas trop tard, Alfred. On peut faire venir un autre avion, il sera là dans dix minutes.

Je regardai Bennacio, qui s'était placé à côté de moi.

– Non, non, dis-je. Je viens.

On gravit la passerelle et on s'installa. Je choisis un siège près de l'allée car je ne voulais pas regarder par le hublot. Mike chaussa une grosse paire d'écouteurs. Il dit quelques mots dans le micro et l'avion commença à rouler vers la piste.

– C'est parti ! s'exclama Mike, le visage rougi par l'excitation. Ça me rappelle la fois où le ministère de la Défense a fait appel à nous pour régler un petit problème dans la Zone 51 ! Quel merdier ! Mais je peux pas en dire plus, c'est top secret !

Il ne parlait plus, il braillait, tandis que l'avion accélérait. Plaqué au fond de mon siège, je me débattais avec ma ceinture de sécurité : j'avais oublié de l'attacher !

– Et aussi la fois où on s'est paumés pendant six jours dans le Triangle des Bermudes ! Dans le genre mauvaises vibrations ! Lors de cette opération, j'ai vu des trucs à vous filer des cheveux blancs ! (Il se tourna vers Bennacio en riant.) Vous, c'est déjà fait !

Bennacio ne répondit pas, mais il avait l'air écœuré. J'étais quasiment certain qu'il allait tuer Mike avant la fin de cette histoire. Je me demandais si Mike le savait et s'il réservait le même sort à Bennacio. J'avais presque de la peine pour Mike ; il ne savait pas à qui il avait affaire.

Il nous expliqua qu'on se rendrait immédiatement au

lieu de rendez-vous où on échangerait l'argent de la rançon contre l'Épée.

Il refusa de nous révéler où se trouvait le lieu de rendez-vous, mais il précisa que nous serions rejoints sur place par quelques agents de l'OPIPE, de la « Compagnie » plus exactement. Les agents de l'OPIPE ne disaient jamais l'« OPIPE ». Peut-être que ça signifiait : Organisation de Protection contre les Inventeurs de Plaisanteries Écœurantes.

– Vous nous laisserez parler, ajouta Mike. Tout ce que vous avez à faire, Benny, c'est de rester en retrait et d'attendre. Je vous dirai à quel moment vous devrez intervenir pour authentifier la marchandise.

– Et ensuite ? demanda Bennacio.

– Ensuite, vous pourrez vous venger. Amusez-vous bien.

– Et l'Épée ?

– Chaque chose en son temps, Benny. Commençons d'abord par la récupérer, OK ? Après, vous pourrez discuter avec mes supérieurs.

Bennacio hocha la tête, mais je voyais bien que cela ne lui plaisait pas. Mon estomac se soulevait. Je pris le sac en papier qui se trouvait devant moi.

Quand on eut atterri, j'attendis qu'on me remette la cagoule sur la tête, mais Mike resta planté à la porte de l'avion et il m'adressa un sourire, tout en mastiquant son chewing-gum. D'un petit mouvement de tête, il me fit signe de descendre. Le soleil s'était couché, remplacé par un brouillard dense et froid. Quel jour on était ? J'avais perdu toute notion du temps.

Mike nous conduisit vers deux Bentley stationnées sur la piste. Bennacio dut déplacer son épée pour pouvoir s'asseoir. Il renversa la tête contre le dossier et ferma les yeux. Au bout d'une minute, ses lèvres remuèrent, comme s'il récitait une prière. C'était sans doute le cas.

On quitta la route principale pour emprunter une voie étroite qui serpentait au milieu d'une forêt. Les phares de la voiture avaient du mal à transpercer le brouillard et je craignais qu'on ne percute un arbre avant d'arriver à destination. Notre chauffeur roulait beaucoup trop vite, mais j'avais entendu dire que les Européens avaient l'habitude de conduire trop vite.

Après un quart d'heure de route environ, la forêt s'éclaircit ; on roulait maintenant dans un paysage vallonné. Au loin, des projecteurs illuminaient des formes noires pointées vers le ciel nocturne tels des doigts épais. J'avais déjà vu cet endroit. Quand la voiture ralentit, je compris que Mogart avait décidé que le sort du monde se jouerait sur le site de Stonehenge.

CHAPITRE
40

La voiture s'arrêta à une centaine de mètres du cercle de pierres illuminé. D'énormes projecteurs avaient été installés à l'extérieur du cercle et le brouillard épais isolait chaque faisceau dirigé vers le centre. Il faisait si froid que je voyais mon souffle. Des hommes en costume sombre nous attendaient devant le cercle. L'un d'eux s'avança et dit à Mike, avec un accent anglais :

– Aucune trace de notre proie pour l'instant, Mike. On a installé le périmètre de surveillance ; il ne pourra s'approcher à moins de dix kilomètres sans qu'on le repère.

Mike hocha la tête et donna une tape dans le dos de l'Anglais. Mais Bennacio dit, calmement :

– Il est déjà là.

– Je suis désolé, mais c'est impos…, dit l'agent anglais.

Il n'acheva pas sa phrase car un groupe d'hommes venait de surgir de derrière une des grosses pierres qui formaient le cercle. Ils étaient six, vêtus de robes noires. Au milieu se tenait un homme plus grand que les autres ; il portait une robe blanche dont il avait ôté la capuche.

Mogart.

On pénétra à l'intérieur du cercle, du côté opposé. Les types de l'OPIPE, au nombre de sept, se tenaient devant Bennacio et moi. C'était un match équilibré, sauf que

Mogart possédait l'Épée qu'aucune armée ne pouvait vaincre. Mike fit un pas vers lui et leva la main.

– Quelle ponctualité, monsieur Mogart ! Je suis vachement impressionné, je dois le dire.

– Et vous, vous êtes en retard, monsieur Arnold, répondit Mogart. Je vois que vous avez amené des invités inattendus. Quelle joie de te revoir, frère chevalier.

Il s'inclina devant Bennacio, avant de se tourner vers moi.

– Monsieur Kropp ! Vous ici, c'est extraordinaire ! Veuillez recevoir toute ma gratitude pour m'avoir apporté l'Épée !

– Allez au diable, marmonnai-je dans ma barbe.

Bennacio posa sa main sur mon bras, comme pour me dire : *Du calme.*

– Bon, fit Mike. Maintenant qu'on en a fini avec les civilités, si on parlait un peu affaires ?

– Vous autres, Américains, vous êtes toujours si brutaux, plaisanta Mogart.

Mike adressa un geste à Paul qui glissa la main à l'intérieur de son manteau pour sortir une grande enveloppe blanche. Mike la prit et la lança en direction de Mogart. Elle atterrit à un mètre de lui et un de ses hommes la ramassa pour la remettre à son chef.

– C'est l'adresse de la banque et le numéro de compte, dit Mike. Donnez-nous l'objet et on vous donnera le code d'accès.

Mogart jeta un coup d'œil à l'intérieur de l'enveloppe. Un petit sourire apparut aux commissures de ses lèvres. Il remit l'enveloppe au type qui se tenait à sa droite et fit un signe de tête à celui qui se trouvait à sa gauche. Celui-ci avança vers le centre du cercle en tenant un objet long et étroit enveloppé dans une étoffe dorée qui scintillait dans la lumière des projecteurs. Il le déposa par terre, au milieu du cercle de pierres, et recula pour rejoindre Mogart.

– OK, Benny, dit Mike. A vous de jouer.

Bennacio passa devant lui, sans se presser. Je voulus lui emboîter le pas, mais il me glissa :

– Non, Alfred. Seulement si je t'appelle.

Il avança seul au centre du cercle et s'agenouilla devant le paquet posé sur le sol. L'étoffe projeta des éclats dorés quand il la déroula. Il fit un geste avec sa main droite. De là où je me trouvais, je ne voyais pas très bien, mais ça ressemblait à un signe de croix.

Je ne peux pas raconter tout ce qui se passa ensuite car beaucoup de choses se produisirent simultanément, même si elles semblèrent se dérouler au ralenti, comme un accident de voiture. Soudain, des silhouettes en robes noires jaillirent de tous les côtés pour converger vers Bennacio en brandissant des épées. Paul brailla quelque chose près de moi. Je me retournai et découvris un essaim de robes noires, puis l'éclair d'une longue épée noire, avant que celle-ci s'enfonce dans le dos de Paul. De l'autre côté, j'entendis les détonations d'armes à feu de petits calibres. Une tête tranchée passa sous mon nez ; c'était celle de Jeff.

Un individu en robe noire tournoya devant moi : un des agents anglais lui avait coincé la tête sous son bras, mais l'autre l'obligeait à reculer et pour finir, il plaqua l'agent contre une des pierres ; il se libéra, se retourna et lui planta son épée dans le corps, jusqu'à la garde.

C'est à cet instant que quelqu'un m'obligea à me coucher au sol, en me soufflant dans l'oreille : « A terre ! » Un coup de feu retentit tout près de mon oreille droite et la détonation se répercuta à l'intérieur de mon crâne. Un corps s'écroula sur moi. Je roulai sur le côté pour me dégager et découvris le trou laissé par la balle au milieu de son front.

Je jetai un coup d'œil à droite. Mike était là, à plat

ventre, un pistolet à la main ; il scrutait le centre du cercle. Sa main gauche appuyait dans le creux de mes reins, sans doute pour m'obliger à rester couché.

En regardant autour de moi, je constatai que plus personne n'était debout, à l'exception de Mogart et de Bennacio. Autour de ce dernier gisaient quatre ou cinq ADT en robe noire, décapités pour la plupart ; les jambes de certains continuaient à s'agiter. Je remarquai un mince filet de sang sur le côté du visage de Bennacio, là où un de ses ennemis avait dû le frapper quand il s'était agenouillé devant l'Épée.

Je cherchai Excalibur dans sa main, mais elle n'y était pas. Elle se trouvait dans la main de Mogart.

Les deux hommes demeurèrent immobiles et muets pendant un long moment. Ils se dévisageaient, à environ deux mètres l'un de l'autre. Ils avalaient de grandes bouffées d'air qu'ils recrachaient sous forme de petits jets de vapeur.

Finalement, Bennacio dit :

– Rends l'Épée, Mogart. Rends-la maintenant et je ferai preuve de clémence à ton égard.

Il paraissait très calme.

– Oh ! s'exclama Mogart d'un ton ironique, il y a si longtemps que j'attends ta miséricorde ! Sire Bennacio ! Le noble Bennacio ! Le plus gentil et le plus brave des chevaliers ! Le dernier chevalier ! (L'expression moqueuse disparut et une ombre traversa son visage.) C'est *moi*, le dernier chevalier, Bennacio ! Je suis l'héritier de Lancelot, le maître de l'Épée !

Je me penchai en avant et murmurai à l'oreille de Mike :
– Tuez-le.

Mike fit non de la tête. J'aurais pu lui prendre son pistolet et tirer, mais je n'avais jamais utilisé une arme à feu. A vrai dire, les armes à feu me faisaient peur. Mike continuait à mastiquer son chewing-gum, avec une telle force qu'on entendait craquer sa mâchoire.

Bennacio tira son épée des replis de sa robe de moine et la tint le long de son corps, nonchalamment, comme s'il s'agissait d'un parapluie.

– Tu n'as jamais su choisir tes amis, dit Mogart. Des lâches et des idiots. Mais quel choix remarquable que celui de ton écuyer, seigneur Bennacio ! Un simple d'esprit obèse, un bon à rien, tout juste assez intelligent pour lacer ses chaussures. Là, tu t'es surpassé, Bennacio !

– L'Épée ne nous appartient pas, ni à toi ni à moi, Mogart.

Bennacio avait déjà employé ce ton avec moi, celui d'un père patient qui s'adresse à son enfant obtus.

– Au fond de ton cœur, à moins qu'il ne soit totalement corrompu, tu le sais. Tu peux trahir ton serment sacré, mais tu ne peux pas changer la vérité. Tu veux garder une chose qui ne t'est pas destinée. Renonce à cette folie si tu veux rester en vie.

– Que de sages paroles dans la bouche d'un homme dont l'unique objectif est de me tuer !

– Je ne veux faire du mal à personne, Mogart. Je te le demande une dernière fois. Renonce à l'Épée et tu vivras. Décide-toi maintenant : oui ou non.

Bennacio leva son épée à la verticale, à deux mains, la poignée au niveau du torse, la lame devant le visage, à cinq centimètres de son nez pointu. Mogart sourit et brandit Excalibur, en la tenant de la même manière que Bennacio. Chacun semblait renvoyer l'image de l'autre : Bennacio avec sa robe de moine et son épée noire, Mogart avec sa robe blanche et son Épée des Rois, beaucoup plus longue et plus large.

– Voici ma réponse, dit Mogart à voix basse, et il se jeta sur Bennacio.

CHAPITRE 41

La lame de Bennacio n'était qu'une tache noire ; sa surface étincelante jetait parfois des éclairs dans la lumière aveuglante des projecteurs. Il virevoltait, tournoyait, faisait des pas de côté, tout autour du cercle : sa robe voltigeait et claquait au gré de ses déplacements. Il était plus grand que Mogart, et plus rapide. L'un et l'autre tenaient leur épée à deux mains et, chaque fois qu'Excalibur frappait l'épée de Bennacio, je voyais jaillir des éclats de métal noir et des étincelles sur la toile de fond gris anthracite des immenses pierres.

Les lames fendaient l'air froid en sifflant et en gémissant. Je ne savais pas si c'était à cause du bourdonnement dans mes oreilles, provoqué par les détonations, mais j'entendais un bruit diffus, comme un chœur, et je me souvins que Bennacio m'avait raconté que les anges s'étaient lamentés la dernière fois où Mogart et lui s'étaient rencontrés.

Je me souvenais également de la sensation que j'avais éprouvée en maniant l'Épée : elle semblait faire partie de moi, ou plutôt, j'étais une partie d'elle. Bennacio m'avait souvent dit qu'on ne pouvait pas la vaincre ni la détruire, et je pris conscience tout à coup d'une chose que lui savait depuis le début : nul ne pouvait gagner contre l'Épée. Il n'avait aucune chance. *Et pourtant, il se battait !*

Mogart donnait des signes d'impatience. Sans doute pensait-il que Bennacio devrait déjà être mort. Ses coups s'accéléraient et les esquives de Bennacio devenaient un peu plus lentes, jusqu'à ce que Mogart brandisse l'Épée à bout de bras pour l'abattre sur la tête de son adversaire en décrivant un arc de cercle. Bennacio leva son épée pour bloquer le coup, mais lorsque Excalibur frappa, son arme lui échappa des mains et s'envola dans l'obscurité. Sous la violence du coup, il tomba à genoux.

C'est alors qu'il fit une chose étrange, et horrible ; la chose la plus étrange et la plus horrible dont j'aie jamais été témoin : Bennacio renversa la tête en arrière et écarta les bras, très lentement, les paumes vers le ciel. Il se sacrifiait !

Mogart hésita. La pointe de l'épée était à quelques centimètres de la poitrine de Bennacio qui se soulevait et retombait de façon saccadée.

– Non… murmurai-je.

Puis Mogart planta l'Épée dans la poitrine du dernier chevalier et Bennacio s'écroula, sans un bruit, les yeux ouverts.

Quelqu'un hurlait, suffisamment fort pour étouffer les chants aigus, les tintements, ou je ne sais quoi, qui résonnaient dans ma tête, et il me fallut plusieurs secondes pour m'apercevoir que c'était *moi* qui hurlais !

Et soudain, voilà que je traversais en courant le cercle de pierres ; je fonçais droit sur Mogart, pendant que Mike criait dans mon dos :

– Kropp ! Kropp ! Kropp !

Alors que j'étais à six ou sept mètres de Mogart, celui-ci retira l'Épée de la poitrine de Bennacio et le dernier chevalier roula sur le flanc. Ses yeux écarquillés me regardaient courir.

Je n'étais plus qu'à trois mètres de Mogart quand il me fit face.

Deux mètres. Il leva l'Épée, dont la lame luisait encore du sang de Bennacio.

Un mètre. Il se mit à sourire.

Je ne le laissai pas sourire longtemps. J'écrasai mon avant-bras sur son visage et il recula en titubant. Emporté par mon élan, je le percutai de plein fouet et on bascula tous les deux dans l'herbe. Je retombai sur lui ; il en eut le souffle coupé. Il essaya de lever l'Épée, mais je lui assénai un coup sur le poignet. Quand sa main heurta le sol, je lui arrachai Excalibur et me relevai.

Je reculai rapidement de quelques pas, en essayant de reprendre mon souffle ; ma respiration formait des petits nuages tourbillonnants. Mogart se leva avec peine ; lui aussi essayait de reprendre son souffle.

Une voix s'éleva dans mon dos :

– Alfred.

Je me retournai et l'Épée se leva, sans que je le veuille. Mike marchait vers moi, avec un sourire jusqu'aux oreilles ; il tenait toujours son arme dans la main droite et tendait la gauche vers moi.

– Génial, mec ! Absolument génial ! s'exclama-t-il. Ça te dirait de bosser pour nous ?

– C'est le football, dis-je d'une voix entrecoupée. Ça a fini par payer.

– Monsieur Kropp, dit Mogart. Je vous supplie de réfléchir.

Je reculai encore de quelques pas, pour les avoir à l'œil tous les deux. Mogart avait retrouvé son sourire.

– Cette Épée ne vous appartient pas, dit-il.

– A vous non plus, répliquai-je.

Ma voix me semblait faible et tremblante.

– En fait, elle m'appartient, dit Mike. Ou plutôt, elle appartient à mon employeur. On l'a achetée au prix fort. Alfred, je vais donner à M. Mogart le code d'accès du compte en Suisse pour qu'il ait son argent, et ensuite, toi, moi et l'Épée, on s'arrache d'ici. Qu'est-ce que tu en dis ?

En guise de réponse, je me mis à courir.

CHAPITRE 43

Évidemment, il faisait nuit, il y avait du brouillard, et j'étais en territoire inconnu, mais tandis que je courais en trébuchant, je me répétais que je devais essayer d'atteindre la forêt que nous avions traversée. J'avais des picotements dans la nuque et les poils hérissés ; je m'attendais à recevoir une balle tirée par Mike. Il n'aurait pas hésité à tuer Mogart pour récupérer l'Épée et je pensais qu'il n'hésiterait pas à me liquider, moi aussi.

Je n'ai jamais été un très bon coureur et le poids d'Excalibur n'arrangeait rien. Par-dessus le marché, mes pieds se prenaient dans les herbes hautes et j'aurais pu tourner en rond dans l'obscurité sans m'en apercevoir. Heureusement, les projecteurs m'aidaient : je jetais des coups d'œil par-dessus mon épaule, sans cesser de courir, et je les voyais diminuer. Je tendais l'oreille pour guetter le bruit de l'armée de Mogart lancée à mes trousses, mais je n'entendais que ma respiration haletante et le *squish-squish* de mes semelles dans l'herbe.

J'arrivai enfin au bord de la route pavée. Si c'était celle qu'on avait empruntée à l'aller, j'étais sûr d'atteindre la forêt en la suivant en sens inverse. Je n'entendais toujours aucun bruit de poursuite et je n'avais plus la force de courir, alors je me mis à marcher. Le brouillard et la transpiration plaquaient mes cheveux sur mon crâne, et je devais sans cesse essuyer mon visage en sueur. Ma chemise collait à mon torse et je frissonnais. Je sentais venir le rhume. Curieusement, ma cicatrice au pouce m'élançait de nouveau. Peut-être était-ce à cause de la proximité de l'Épée ?

Je continuais de marcher, sans apercevoir la forêt, mais uniquement des collines qui disparaissaient dans la purée de pois, lorsque j'entendis une voiture derrière moi, sur la route.

Je fonçai vers le bas-côté et me jetai au sol en me faisant aussi plat que possible, pour un simple d'esprit obèse et empoté. Mais apparemment, ce n'était pas suffisant car la voiture s'arrêta et une voix me lança :

– Alfred ! Alfred Kropp ! Amène-toi !

Je soulevai la tête. Assis au volant, Mike souriait, mastiquait et me faisait des signes pressants avec la main.

– Viens ! Il n'y a pas de temps à perdre !

Il avait sans doute raison sur ce point et je n'avais guère le choix. J'escaladai le fossé pour rejoindre la voiture et je sautai sur le siège arrière. Mike donna un grand coup d'accélérateur et les roues de la Bentley s'emballèrent en hurlant sur la chaussée mouillée comme un animal blessé.

– Salut, mon gars ! brailla Mike. C'était moins une, hein ? On a eu des grosses pertes, mais on s'y attendait, pas vrai ? Le plus important, c'est qu'on ait l'Épée. On a récupéré l'Épée et sauvé le monde, pas mal en une seule soirée, non ?

Je me renversai contre le dossier, l'Épée sur la poitrine, encore essoufflé.

– Tu as réagi rudement vite, Al. Vous aviez tout combiné, Benny et toi, ou bien c'était ton idée ?

Je ne répondis pas. Mike semblait s'en moquer. Il continua à parler tout seul :

– Zut ! J'ai perdu mon portable là-bas, pendant la bataille. Bah, tout le monde est en état d'alerte de toute façon. Jeff et moi, on faisait équipe depuis Le Caire, cette histoire de secte de dingos fascinés par la mort dans la Vallée des Rois. Oh, j'en ai déjà trop dit, c'est top secret. En tout cas, il va me manquer, ce vieux filou. Et Benny ! La vache, si c'est pas dommage ! Un sacré bonhomme. Ah oui, un sacré bonhomme. Si j'avais mon portable, j'appellerais deux ou trois Stealth et je filerais une bonne leçon à ce cinglé médiéval et je ferais disparaître ce tas de vieilles pierres millénaires. Ce serait pas cher payé, hein ?

– Vous l'avez tué ? demandai-je.

Il rit.

– A ton avis, Al ?

– Je pense que non.

Je me redressai et appuyai la pointe de l'Épée dans la nuque de Mike.

Il ne réagit pas, mais ses mains serrèrent plus fortement le volant.

– Arrêtez-vous, ordonnai-je.

– Hé, Al ! Ally, mon pote. Qu'est-ce que tu fous ?

– Arrêtez-vous, Mike.

Il ralentit et se gara sur le bas-côté.

– Bon, et maintenant ? dit-il. Je t'écoute, Al. A quoi ça rime tout ça ?

Je ne savais pas trop. J'improvisais au fur et à mesure.

– Donnez-moi votre arme. Non ! Avec la main gauche. Laissez la main droite sur le volant. Lentement…

Je pris son arme par-dessus son épaule gauche et la glissai dans ma ceinture.

– Bien, dis-je. Maintenant, remettez votre main gauche sur le volant.

– Al, je te rappelle que je fais partie des gentils. (Sa voix était calme, mais il mastiquait furieusement.)

Écoute… Personne ne regrette plus que moi ce qui est arrivé à Benny. C'est une honte, mais tu étais là, tu as tout vu… Qu'est-ce que tu voulais que je fasse, hein ?

– Vous lui avez tendu un piège.

– Allons, Al !

– Vous avez tout manigancé. Mogart ne voulait pas seulement l'argent. Il voulait Bennacio aussi.

Mike ne savait pas quoi répondre. Il me regardait dans le rétroviseur intérieur. Quand il ne répondit pas, je compris que j'avais raison.

– Comme vous avez piégé M. Samson et les autres chevaliers en Espagne. Vous avez averti Mogart de leur arrivée.

Il secoua la tête, en souriant maintenant.

– Pourquoi je ferais ça, Alfred ?

– Parce que vous saviez la même chose, tous les deux : tant que les chevaliers étaient vivants, eux seuls pouvaient protéger l'Épée. Vous deviez donc les éliminer. Alors, vous les avez inclus dans votre marchandage.

– Voilà une théorie très intéressante, Al.

– M. Samson vous faisait confiance, repris-je. Et vous l'avez trahi. Bennacio, lui, savait que vous alliez nous trahir ce soir, mais il n'a pas compris qu'il avait le choix. Il a prêté serment… il a donné sa parole…

– Sans vouloir te vexer, Al, je sais que tu veux bien faire et tout ça, mais cette histoire te dépasse. Pose cette épée, mon gars. On reparlera de tout ça dans l'avion, OK ? Tu n'as pas envie de rentrer chez toi ?

– J'ai plus de chez moi.

– Ah bon ? (Il émit un sifflement.) Ça doit être dur, dis donc. Je suis vraiment désolé, Al. On peut t'emmener où tu veux. Natalia est toujours au château. Tu as envie de la revoir ? Tu en pinces pour elle, hein ?

Je ne répondis pas, mais je sentis mon visage s'enflammer. Mike Arnold me vit rougir et sourit.

– Descendez, ordonnai-je.

– Al…

J'appuyai la pointe de l'Épée dans son cou.

– OK, je descends.

Il ouvrit la portière et descendit. Je descendis à mon tour et pointai le pistolet sur sa tête.

– Couchez-vous à plat ventre, les mains derrière la tête.

– Tu fais une grosse erreur, Al. Une sacrée gaffe…

– Couchez-vous, Mike. Sinon, je tire.

– Tu crois ? Je suis désolé, Al, mais je pense pas que t'en sois capable.

Il fit un pas vers moi et le coup partit tout seul. On sursauta l'un et l'autre. Aucun de nous deux ne s'attendait à ça. Je n'avais même pas conscience d'avoir appuyé sur la détente.

– OK, OK, dit Mike.

Et il s'allongea par terre.

– Les mains derrière la tête, ordonnai-je.

Il croisa ses doigts derrière sa nuque.

– Où est-ce que tu penses aller, Al ? Tu ne peux pas quitter le pays. Que comptes-tu faire avec l'Épée ? Dominer le monde ? En faire don à un musée ? Tu ne réfléchis pas, petit.

– Salut, Mike.

Je remontai en voiture et démarrai. Je gardai les yeux fixés dans le rétroviseur, mais je ne vis pas Mike se relever.

CHAPITRE
44

Le volant était placé du mauvais côté[1] et j'avais du mal à garder la voiture sur la route ; les roues de droite n'arrêtaient pas de mordre les accotements, jusqu'à ce que je me souvienne que je devais rouler à gauche. Ça allait un peu mieux, mais c'était quand même bizarre. En outre, je savais que je devais me débarrasser de cette voiture dès que possible : une Bentley, c'était un peu trop voyant pour prendre la fuite.

Je roulais au hasard dans la campagne anglaise, sans même savoir dans quelle direction j'allais. Je continuai sur ma lancée puis j'atteignis une route qui paraissait plus grande, et à partir de là, je pris des routes de plus en plus importantes, jusqu'à ce que je me retrouve sur une autoroute (ou quel que soit le nom qu'on leur donnait en Angleterre) et, après quelques kilomètres, je passai devant un panneau indiquant : « Londres 75 km ».

La circulation devint plus dense dès que je me rapprochai de la ville. Je serrais le volant à deux mains, à m'en faire pâlir les jointures ; l'Épée était posée près de moi sur le siège du passager. Je n'arrêtais pas de bâiller et n'avais

_____
1. En Angleterre, le volant se trouve à droite dans les véhicules automobiles. *(NdT)*

qu'une seule envie : me garer sur le bas-côté et dormir, mais je continuais à rouler.

Le soleil se levait lorsque j'atteignis les abords de Londres. Pas question de pénétrer dans le cœur de la capitale au volant d'une Bentley volée, alors je m'arrêtai dans le premier hôtel que je croisai, dans un endroit baptisé Slough. J'ôtai ma veste pour y envelopper l'Épée, mais cela voulait dire que la crosse du pistolet dépassait de mon pantalon, exposée à tous les regards. Je ne savais pas quoi faire et je me demandais si l'employé de la réception n'allait pas tiquer en voyant un enfant de quinze ans débarquer sans bagages ni parents, avec sous le bras une veste ayant la forme d'une grande épée. Mais parfois, on n'a pas le choix, alors j'enfonçai l'arme dans mon slip, complètement. Je sentais le métal froid contre mes testicules.

L'hôtel paraissait vieux, comme si cette maison avait été autre chose avant de devenir un hôtel, la résidence secondaire d'un noble, par exemple. Le hall était tout petit, et il faisait très vieux, lui aussi, comparé aux hôtels américains que je connaissais. L'employé de la réception ne fit aucune remarque au sujet de ma veste en forme d'épée. Il me donna une chambre au deuxième étage en précisant que je devrais prendre l'escalier car il n'y avait pas d'ascenseur. Il me demanda combien de temps je pensais rester. Je lui répondis que je faisais le tour de l'Angleterre à pied et que je partirais quand je serais fatigué de marcher. Il ne me posa pas d'autre question. Il ne sourit pas une seule fois, et je pensai qu'il avait peut-être de vilaines dents.

Une fois dans l'escalier, je sortis le pistolet de mon slip et le coinçai tant bien que mal sous mon bras. Le couloir était étroit et il y avait des taches d'humidité sur les plinthes. La peinture et la moquette semblaient avoir au moins dix ans et elles sentaient le moisi. Ma chambre était située au fond du couloir, à côté des toilettes.

Mon lit était étroit et quand je m'assis dessus, il branla un peu. Je craignais qu'il ne se brise sous mon poids. Je songeais à appeler la réception pour demander s'ils n'avaient pas des chambres avec des lits plus grands. Je posai le pistolet sur la table de chevet et l'Épée sur le lit à côté de moi. J'ôtai mes chaussures, puis mes chaussettes mouillées, et m'allongeai.

Qu'allais-je faire de l'Épée maintenant ? Mike avait raison. Ils boucleraient le pays et écumeraient toutes les régions s'il le fallait. Ils trouveraient la Bentley sur le parking de l'hôtel et je n'avais même pas donné un faux nom à la réception.

Je m'attendais à ce qu'on frappe à la porte à tout moment, mais ils ne prendraient sans doute même pas cette peine ; ils feraient irruption en ouvrant le feu car, après tout, je détenais l'Épée des Rois et je risquais de m'en servir pour me rendre maître du monde.

Je bâillai. J'avais besoin de dormir, mais mon instinct me disait que c'était certainement la dernière chose à mettre sur la liste de mes priorités. Alors, je me levai. Sur un des murs, à côté de la télé, un miroir était accroché. Après m'être regardé, je décidai de prendre une douche, mais cela voulait dire quitter la chambre, or je ne voulais pas emporter l'Épée avec moi sous la douche ni la laisser dans la chambre. En m'observant dans le miroir, je repensai à Mogart qui m'avait traité d'obèse. Je n'étais pas obèse, j'étais fort. J'avais toujours été fort et massif, comme ces blocs de pierre de Stonehenge, larges et rectangulaires, la forme la plus ennuyeuse qui soit, juste après le carré.

Je me rassis sur le lit et essayai de réfléchir à ce que j'allais faire maintenant. Je ne pouvais pas rester longtemps ici, à peine quelques heures. Le mieux serait de prendre une douche, de me brosser les dents et de m'en aller, sauf que je n'avais pas de brosse à dents. Je n'avais rien du tout, à part l'arme la plus puissante au monde. Je pourrais m'autoproclamer empereur Kropp, roi Alfred Ier, Seigneur de la Terre, mais pour l'instant, tout ce que je voulais, c'était une brosse à dents.

Si je me nommais roi, je pourrais convoquer tous les leaders du monde à Slough et décréter la paix universelle. Je pourrais ordonner qu'on fasse fondre les chars, les bombes et les canons pour fabriquer des équipements de jeux. Je pourrais ordonner à tous les pays riches de nourrir les pays pauvres, déclarer la guerre illégale et obliger les gouvernements à utiliser tout l'argent qu'ils dépensaient autrefois en armement pour trouver des remèdes contre les maladies et mettre au point des voitures qui ne polluent pas. Je pourrais réclamer la fin de tous les maux qui existaient sur terre. Plus de guerres, plus de maladies, plus de famines. Je pourrais accomplir l'objectif pour lequel l'archange avait remis l'Épée à Arthur, d'après Bennacio : unir l'humanité. Je pourrais achever ce qu'avait commencé Arthur. Cela ne ferait pas revenir Bennacio, ni Samson ni les chevaliers, ni oncle Farrell, ni tous ceux qui avaient disparu à cause de moi, mais ça rachèterait un peu ma faute. Peut-être même que Natalia cesserait de me détester.

Peut-être que mon destin était de devenir le sauveur du monde, armé d'une épée. Ah, Amy Pouchard regretterait de ne pas m'avoir donné son numéro de portable ! Je m'imaginais assis sur un grand trône, avec une grosse couronne dorée sur ma grosse tête.

Le rhume que j'avais senti venir était bien là. J'avais mal à la tête, le nez qui coulait et le front brûlant. Allongé sur le lit, je me disais que dans une minute, j'allais me lever et prendre une douche froide pour faire baisser la fièvre. Ensuite, j'aurais les idées plus claires.

– C'est ça. Tu as tout compris, Kropp, me dis-je à voix haute. (J'étais très fiévreux.) Les chevaliers de l'Ordre Sacré ont caché l'Épée pendant mille ans, en attendant qu'Alfred Kropp fasse son apparition pour sauver le monde. Parfaitement ! Aucun d'eux, de Bedivere jusqu'à aujourd'hui, n'avait jamais eu l'idée d'utiliser l'Épée pour propager la paix dans ce monde pourri. C'est *toi* qu'ils attendaient, M. le cancre à la grosse tête, pour prendre les choses en main.

Je caressai le métal froid de la lame. Après mille ans, elle était toujours lisse et parfaite ! Le simple fait de la toucher me rendait à la fois heureux et triste.

Finalement, je m'endormis et me retrouvai plongé dans le rêve où apparaissait le cavalier noir sur cet effroyable champ de bataille. L'Épée était dans la main du cavalier. Au moment où il allait planter la lame dans la terre et pulvériser ses ennemis, il leva la tête et je vis son visage. C'était *le mien*. Pas celui de Kropp le Doux... Kropp le Conquérant, Kropp le Terrible.

Quand je rouvris les yeux, la chambre était plongée dans l'obscurité et le téléphone sonnait. J'allumai la lampe de chevet en me demandant combien de temps j'avais dormi et qui pouvait bien m'appeler. Peut-être était-ce la réception pour m'annoncer que des types en robe noire m'attendaient dans le hall.

Je décrochai.

– Allô ?

– Bonjour, monsieur Kropp.

Je pris le pistolet de Mike qui se trouvait sur la table de chevet et le posai sur mes genoux.

– Monsieur Mogart.

– Êtes-vous en train de regarder la télévision ?

– Pardon ?

– Y a-t-il un téléviseur dans votre chambre ? Si oui, je vous suggère de l'allumer et de vous mettre sur la une.

– Maintenant ?

– Immédiatement.

– Je vais devoir poser le téléphone.

– Faites donc.

Je posai donc le téléphone et allumai la télé. Les infos de la BBC venaient de commencer. Au bout de cinq minutes environ, ils diffusèrent un reportage consacré à la conférence de presse du ministre de la Justice américain, cet après-midi. Il présentait la mise à jour de la liste des personnes les plus recherchées par le FBI. Avant même que la photo apparaisse sur l'écran, je sus ce que j'allais découvrir.

C'était ma tête.

Le ministre expliquait que j'étais un fugitif recherché par toutes les polices du monde, que j'étais lié à des terroristes et responsable de la mort de seize Britanniques et Américains lors d'une opération destinée à détruire un des plus célèbres trésors nationaux d'Angleterre. Il annonça ensuite que le ministère de la Justice offrait une récompense de six millions de dollars pour toute information pouvant conduire à mon arrestation et à ma condamnation.

Le looser à la grosse tête arrivait enfin premier quelque part ! J'étais le fugitif le plus recherché au monde et je ne pensais qu'à une chose : j'aurai du mal désormais à organiser mon sommet réunissant tous les leaders de ce monde et à fonder le royaume de Kropptomanie.

J'éteignis la télé et repris le téléphone.

– Je suis là.

– Félicitations, monsieur Kropp ! Vous êtes une vedette. Peut-être même ferez-vous la une des magazines people.

– Comment… comment m'avez-vous retrouvé, monsieur Mogart ?

Je m'approchai de la fenêtre. Je tirai le rideau en m'attendant à découvrir un commando prêt à envahir le bâtiment. Mais je ne voyais que le parking désert et un bois. A ma gauche, les lumières jaunâtres de Londres éclairaient l'horizon.

– Un garçon de quinze ans, pas particulièrement futé, seul dans un pays étranger, apeuré et sans amis, au volant d'une voiture équipée d'un GPS… Vous croyez que c'est difficile ?

– Non, pas trop.

Je me rassis sur le lit.

– Je sais ce que vous voulez, monsieur Mogart. Mais si je vous donne cette chose, ce sera la fin du monde. Comme vous le disiez, je n'ai que quinze ans, et j'aimerais beaucoup que le monde dure encore un peu, au moins jusqu'à ce que j'aie quarante ans. Peut-être même cinquante.

– Vous n'avez pas bien compris la situation, Alfred. (C'était la première fois que Mogart m'appelait par mon prénom.) Que vous viviez jusqu'à cinquante ans m'importe peu. Je ne veux qu'une seule chose. Vous voyez donc que nous sommes tous les deux pareillement désavantagés. Vous avez une chose que je désire et j'ai une chose que vous désirez.

– Quoi donc ? demandai-je car je ne voyais pas une seule chose à laquelle je tenais encore. Tout ceux qui comptaient pour moi étaient morts, pensais-je. Mais ce n'était pas vrai et le plus curieux, c'était que de nous deux, Mogart était le seul à le savoir.

– Kropp.

Il me fallut une seconde pour m'apercevoir que cette voix au bout du fil n'était pas celle de Mogart. Ce n'était même pas une voix d'homme.

– Kropp, murmura-t-elle.

– Natalia ?

J'entendis un petit cri strident, puis le silence. Et la voix de Mogart de nouveau.

– Comprenez bien une chose, monsieur Kropp : je ne tiens pas énormément à ce que je possède comme vous ne tenez pas énormément à ce que vous possédez. En revanche, je donnerais ma vie pour avoir ce que vous détenez, et vous donneriez la vôtre pour avoir ce que je détiens. Selon moi, il n'y a qu'un seul moyen de satisfaire nos désirs respectifs. Vous me suivez, monsieur Kropp ?

– Ça n'aurait pas été plus simple de venir ici directement pour prendre ce que vous voulez ?

Ma voix tremblait affreusement.

– Pourquoi me déplacerais-je, monsieur Kropp, alors que vous allez me l'apporter ?

Au même moment, il y eut quelques coups secs frappés à la porte. Je sursautai et laissai échapper un petit cri.

– Il y a quelqu'un à la porte, dit Mogart. Allez ouvrir.

– J'ai une arme à feu, dis-je. Je vais m'en servir.

– Si vous faites ça, elle meurt.

On continuait à frapper à la porte.

– C'est qui ? demandai-je dans le téléphone.

– Allez ouvrir et vous verrez. J'attends.

Je marchai vers la porte et lançai :

– Qui est là ?

– Votre escorte, monsieur Kropp, répondit une voix d'homme.

J'ôtai le verrou et reculai de quelques pas en levant le pistolet, si bien qu'il était pointé sur le nez du visiteur lorsqu'il entra dans la chambre.

– N'essayez même pas de vous approcher du lit, dis-je.

Il hocha la tête. C'était un type costaud, à peu près de ma corpulence. Il portait une longue cape grise sur les épaules, attachée par une broche en forme de dragon,

264

juste sous sa pomme d'Adam. Sous la cape, je distinguais un costume chic. Ses longs cheveux gominés étaient peignés en arrière.

– Restez où vous êtes, ajoutai-je en reculant vers le lit, tout en gardant mon arme braquée sur lui. (Il hocha la tête de nouveau.) Pas de gestes brusques, surtout !

Il hocha la tête une troisième fois. Avec ma main gauche, je repris le téléphone et le portai à mon oreille.

– Monsieur Kropp, dit Mogart d'une voix douce, je crois vous avoir dit, il y a quelque temps, que la plupart des hommes manquaient de volonté. De ce fait, les nations s'effritent et déclinent, de grands projets échouent, il en découle une souffrance et une humiliation inutiles. Je crois vous avoir dit également – je vous ai même fait une démonstration très parlante – ce qui arriverait si votre volonté s'opposait à la mienne. Vous allez donc accompagner mon associé qui vous conduira jusqu'à moi, ou sinon la fille mourra.

Mes genoux se dérobèrent et je dus m'asseoir sur le lit. Le pistolet tomba à mes côtés. J'avais fait un serment et si je respectais ma parole, Natalia mourrait. Je me sentais tellement désespéré que je faillis prendre l'Épée et la remettre à l'envoyé de Mogart, qui se tenait toujours près de la porte, avec un sourire.

La voix de Mogart avait perdu son aspect enjoué ; son ton se durcit :

– Écoutez-moi attentivement, Kropp. Vous n'êtes pas préparé à ce que vous essayez de faire. Vous n'êtes qu'un gamin qui joue à un jeu d'adultes. Peut-être prenez-vous plaisir à jouer les héros, mais sincèrement, vous avez de la chance que ce soit moi qui vous aie trouvé en premier.

– Je ne sais pas de quoi vous parlez ! hurlai-je dans le téléphone. J'ai jamais voulu être un héros ! J'ai jamais voulu tout ça !

– Ils arrivent, monsieur Kropp. Souvenez-vous du reportage que vous venez de voir à la télévision. Les membres de l'OPIPE viennent vous chercher et ils vous trouveront. Et quand ils vous trouveront, ils vous prendront l'Épée, et moi, je tuerai la fille. Vous aurez tout perdu. Vous n'avez pas d'autre choix que de me l'apporter.

– Si je vous l'apporte, vous tuerez quand même Natalia.

– Vous m'offusquez, monsieur Kropp.

– Vous la tuerez car la dernière fois que je vous ai donné l'Épée, vous avez tué oncle Farrell alors que ce n'était pas nécessaire !

Mogart soupira.

– C'est vrai. Je n'aurais pas dû tuer votre oncle. J'aurais dû *vous* tuer.

– Vous le ferez aussi, dis-je.

– Dois-je comprendre que votre réponse est non ?

– Vous connaissez déjà ma réponse.

– En effet, dit Mogart.

Je raccrochai le téléphone. L'associé de Mogart se tenait toujours près de la porte, et il me souriait.

– En route, dit-il. Le maître nous attend.

– C'est moi qui ai l'Épée, maintenant, rétorquai-je. Ça ne fait pas de moi le maître ?

– Tu réclames l'Épée ? me demanda-t-il d'un ton moqueur.

Je la regardai, posée sur le lit à côté de moi.

– Non. C'est justement ça le problème. *Personne* ne peut la réclamer. Vous pourriez attendre mille ans, ou dix mille ans, personne ne peut vraiment la réclamer. C'est là que votre patron a tout faux, à mon avis, et c'est pour ça que les chevaliers ont caché l'Épée durant tout ce temps. C'est peut-être même pour ça qu'Arthur devait mourir. Excalibur n'est pas une chose qu'on peut posséder.

Il ne comprenait pas. Je demandai :

– Où on va ?

– Le maître ne te l'a pas dit ? A Dundagel, qu'on appelle maintenant Tintagel.

– Oh ! Et qu'est-ce qu'il y a à Tintagel ?

– Camelot. Et les grottes de Merlin.

– Oui, évidemment. C'est logique, dis-je.

Je pris le pistolet et lui tirai une balle dans la rotule gauche.

Il poussa un cri de douleur et bascula vers le sol, la tête la première, en se tenant le genou à deux mains. Je récupérai Excalibur sur le lit.

– Au nom de saint Michel ! m'écriai-je.

Il ne vit même pas arriver l'Épée. Je le frappai sur le crâne avec le plat de la lame et il cessa de bouger.

Je m'agenouillai près de lui et pressai son poignet entre mes doigts pour prendre son pouls. Il n'était pas mort. Je repensai à ce que m'avait dit Bennacio après avoir liquidé ces deux hommes dans la forêt, là-bas en Amérique : « Tu n'aurais pas pitié d'eux si tu les connaissais aussi bien que moi. »

– Mon cher Bennacio, murmurai-je en ouvrant la broche en forme de dragon pour ôter la cape grise, je sais ce qu'ils ont fait à mon père. Et je sais ce qu'ils vous ont fait, à vous et aux autres chevaliers, mais à un moment donné, quelqu'un doit dire : « Ça suffit ! » Il faut laisser sécher le sang et les tripes.

Sous sa cape, l'envoyé de Mogart avait caché une de ces épées à lame noire. En fouillant dans ses poches, je trouvai des clés de voiture.

J'attachai l'épée noire autour de ma taille et fis tourner la ceinture de manière à ce que l'arme pende du côté droit. Puis je glissai Excalibur de l'autre côté. Après quoi, je jetai la cape sur mes épaules, je la fermai à l'aide de la broche et je me regardai dans le miroir. Sir Alfred du Château des Méga-Conneries.

J'enjambai l'homme, ouvris tout doucement la porte de la chambre et jetai des coups d'œil dans le couloir avant de sortir en refermant la porte derrière moi.

J'empruntai l'escalier de service pour redescendre dans le hall, en priant pour qu'il y ait une porte sur l'arrière de la maison. Le tissu de la cape était tendu à gauche, ne laissant aucun doute sur l'objet dissimulé.

L'escalier débouchait juste à côté d'une porte vitrée qui s'ouvrait sur le parking. Je me faufilai à l'extérieur et fis le tour de l'hôtel en cherchant la bagnole de l'envoyé de Mogart. Il y avait une Lamborghini Murcielago noire garée sur l'emplacement réservé aux handicapés non loin de l'entrée principale. Je savais que c'était la bonne avant même d'introduire la clé dans la serrure. Ces types aimaient les belles voitures.

Ne pouvant pas m'installer au volant avec ces deux épées qui dépassaient sur les côtés, je les sortis de ma ceinture et les déposai sur le minuscule siège arrière, en les recouvrant avec la cape. Je fis le tour du parking avant de partir pour voir si d'autres individus en robe noire traînaient dans les parages, mais je ne remarquai rien.

J'ignorais où se trouvait Tintagel, alors je m'arrêtai dans la première station-service que je rencontrai. Le pompiste me jeta un drôle de regard lorsque j'entrai avec ma cape grise fermée par une broche en forme de dragon.

– Tu es déguisé en quoi, là ? me demanda-t-il.

– Je suis le descendant de Lancelot, le plus grand chevalier de tous les temps.

Il haussa un sourcil.

– Si tu es Lancelot, dit-il, j'aimerais pas voir Guenièvre.

– J'ai pas dit que *j'étais* Lancelot. Je suis un descendant de Lancelot.

– Oh, d'accord. Et moi, je suis la reine de Saba.

Je dis au pompiste que j'avais besoin d'une carte de l'Angleterre et lui demandai où était Tintagel.

– Tintagel ? C'est en Cornouailles.

– C'est loin d'ici ?

– Environ trois cents kilomètres.

Il déplia la carte sur le comptoir et me montra l'endroit en question, sur la côte sud-ouest.

– Là, c'est Tintagel Head, dit-il en indiquant un point situé près de l'océan Atlantique. Y a plein de Ricains qui vont là. La vue est spectaculaire, avec une falaise de cent mètres de haut qui surplombe la mer.

– Il y a un château aussi ?

– Des ruines, plutôt. Reste plus grand-chose à visiter. C'était le château du roi Arthur, d'après la légende. Mais tu le sais déjà, évidemment, vu que tu es le descendant de Lancelot. D'ailleurs, tu savais qu'il n'était pas anglais ? Il était français.

– Ah bon ? Eh bien… *magnifique*[1]. Il ne reste plus que des ruines, vous dites ?

– Au-dessus, oui. Mais sur la falaise, juste en dessous, il y a une caverne qui serait, à ce qu'on raconte, le sanctuaire de Merlin, le magicien du roi. Certains disent qu'à marée basse, quand le vent souffle de la mer, on entend le fantôme de Merlin se lamenter sur le royaume disparu… Pour ceux qui croient à ce genre de trucs.

– Oh, mais j'y crois, monsieur.

– Forcément, sire chevalier, répondit le pompiste.

---

1. En français dans le texte. *(NdT)*

CHAPITRE 46

Je roulai donc en direction de Tintagel, à plus de 140 km/h, m'attendant à tomber sur un barrage à tout instant ou à voir surgir dans le ciel nocturne un hélicoptère de combat qui fondrait sur moi en mitraillant mes pneus. Mais rien de tel ne se produisit. J'essayais de réfléchir. Il me fallait absolument un plan. En vérité, c'était sans doute la dernière fois que je pouvais en élaborer un, mais je me sentais totalement nu, comme si je me retrouvais pris dans un ouragan qui m'arrachait tous mes vêtements ; j'étais nu dans le vent qui mugissait, sans rien pour me raccrocher.

Après une heure et demie de route, je sentis le parfum de la mer. Je ralentis car les panneaux routiers étaient différents et, à cette vitesse, j'avais du mal à les lire. Je quittai la route nationale à un embranchement qui annonçait la direction de Tintagel et suivis les panneaux jusqu'à Tintagel Head. Je baissai la vitre. Maintenant, je ne sentais plus seulement la mer, je l'entendais.

Je finis par tomber sur un barrage… deux chevalets peints en rouge et placés au milieu de la chaussée. Un panneau était posté juste à côté : « Site fermé pour cause de fouilles archéologiques ». Je reculai sur une trentaine de mètres et écrasai l'accélérateur de la Lamborghini. Un des chevalets s'envola et retomba sur le pare-brise qui se fendit en une multitude de lézardes formant un motif complexe.

J'éteignis les phares et roulai au pas, redoutant de voir des hommes en robe noire jaillir de l'obscurité pour sauter sur le capot de la voiture. La route s'achevait à une cinquantaine de mètres du bord de la falaise. Je coupai le moteur et descendis.

Un vent glacial soufflait du large. Je demeurai quelques secondes face aux bourrasques cinglantes ; mes yeux pleuraient méchamment et les larmes glissaient sur mes tempes et dans mes cheveux. J'aurais dû remettre les épées dans ma ceinture et marcher vers mon destin funeste comme Bennacio, et vers le destin funeste du monde, car si je perdais l'Épée maintenant, il n'y aurait plus personne pour la récupérer, exception faite de l'OPIPE. Mais je ne savais pas trop de quel côté se trouvait la Compagnie. Mike Arnold était un abruti et j'avais des doutes sur Abigail également, sauf qu'elle semblait plutôt gentille et qu'elle n'aimait pas Mike, ce qui était un bon point.

Mais au lieu de prendre les épées, je me rassis au volant. Et je me dis : « Alors, Kropp, qu'est-ce que tu choisis : Natalia ou l'Épée ? » Cette question me fit me précipiter hors de la voiture pour jeter les clés dans l'obscurité, le plus loin possible.

Je remis les épées dans ma ceinture ; la noire à droite, Excalibur à gauche. Je jetai la cape sur mes épaules. Je tapotai mes poches, à la recherche du pistolet, puis ça me revint : je l'avais laissé sur le lit dans la chambre d'hôtel. Tout ça me dépassait. Mogart avait raison, je n'étais pas préparé. Assurément.

Je voyais des silhouettes sombres et trapues se découper sur le fond du ciel sans lune, masquant quelques étoiles. Je m'en approchai à pied. Je ne distinguais aucun signe d'activité, uniquement un groupe de blocs blanchâtres qui dépassaient du sol telles d'immenses dents qu'on aurait jetées là. Difficile d'y voir un château blanc étincelant au bord de la mer.

Je remarquai un chemin fait de grosses pierres blanches qui partait des ruines et conduisait au bord de la falaise. Mais je ne trouvai aucune corde, aucune rampe, rien à quoi s'accrocher. Je dérapais sur les pierres humides en descendant à petits pas, de biais. Les gouttelettes de pluie et les embruns s'accrochaient à ma cape.

Je m'arrêtai à l'extrémité du chemin, en me demandant où était la bande de Mogart. Ils devaient tous être ici maintenant.

A une trentaine de mètres de là, une lumière s'échappait d'une ouverture dans la paroi de la falaise. La caverne de Merlin !

Je continuai d'avancer, tout doucement, plaqué contre la roche. Sous mes pieds, les pierres humides étaient lisses, usées par des siècles de flux et de reflux. Arrivé à l'orée de la cavité, je laissai échapper un petit hoquet. J'entendais des hommes discuter tout doucement ; leurs voix résonnaient contre les parois de la caverne. Il y avait un autre bruit : une sorte de sifflement aigu, sans doute le souffle du vent qui s'engouffrait dans les crevasses de la falaise. Les fameuses lamentations de Merlin.

Je n'avais pas vraiment de plan. C'était la première fois que je devais investir un repaire de méchants et je ne connaissais cette situation qu'à travers des films et des livres. Je me tenais à droite de l'ouverture de la caverne, le dos plaqué contre la paroi rocheuse. Juste en face de moi se dressait une autre falaise, légèrement plus petite, qui formait l'autre partie de la crique, si bien que je ne voyais plus l'océan. Mais je l'entendais, et je sentais son goût salé sur ma langue. On aurait pu croire que le fait de détenir l'arme la plus puissante qu'ait jamais connue l'humanité me donnerait du courage, mais en vérité, je me sentais… insignifiant.

J'inspirai à fond et dis à voix haute :

– Je vais mourir.

Puis je me retournai et entrai dans la caverne.

Deux hommes étaient assis devant un petit feu à l'intérieur de la caverne, à six ou sept mètres de l'entrée. Pendant une seconde, ils me regardèrent d'un air hébété, puis l'un des deux se leva. Il portait une robe noire et tenait à la main une fine épée noire, semblable à celle qui était glissée dans ma ceinture du côté droit.

– Où est le garçon ? me lança-t-il d'un ton sec. Où est l'Épée ?

Il devait me prendre pour l'envoyé de Mogart.

– On est là tous les deux, répondis-je et je sortis Excalibur.

Là encore, il lui fallut une ou deux secondes pour comprendre ce qui se passait, puis il se jeta sur moi en poussant un cri furieux.

Et il s'écroula à mes pieds. Stupéfait, je le regardai. Il était tombé brusquement, sans même avoir eu le temps de lever son épée.

J'enjambai son corps en luttant contre la nausée que je sentais monter en moi. Je tournai la tête vers l'autre type, qui fit demi-tour pour courir vers le fond de la caverne, mais il glissait sur les pierres mouillées. Au lieu d'une robe noire, il portait un coupe-vent bleu et gris, un pantalon

Dockers, des baskets New Balance et une casquette des Chicago Cubs.

Je le rattrapai au fond de la caverne (elle n'était pas très profonde : une vingtaine de mètres), l'obligeai à se retourner et le plaquai contre la paroi avec mon avant-bras gauche, tandis qu'avec mon autre main, j'appuyais la pointe de l'Épée sur sa pomme d'Adam.

– Salut, Mike.

– Salut, Al.

Il mastiquait son chewing-gum, avec un large sourire qui dévoilait ses grandes dents blanches.

– Où est Mogart ? demandai-je.

– J'en sais rien.

J'appuyai un peu plus la pointe de l'Épée dans son cou. Ses yeux s'écarquillèrent.

– Écoute-moi, fiston… Ma parole… Tu viens de tuer le seul gars qui savait où est Mogart. Il devait nous conduire auprès de lui dès que tu serais arrivé avec ton escorte. Je te jure que je sais pas où il est !

– Vous lui avez donné Natalia.

Mike ne dit rien. Il souriait, mais son regard était glacial.

– Dites-moi où elle est.

– Même si je le savais, qu'est-ce que tu ferais, Al ? Tu refileras l'Épée à Mogart ? Il la tuera quand même. Et si tu essayes de le tuer, il te tuera avant. Tu ne comprends pas que tu n'as aucune chance de gagner ? Le moment est venu de limiter les dégâts. Il faut prendre du recul pour analyser la situation. C'est le sort du monde qui se joue ici, Al ! Tu es prêt à sacrifier l'humanité tout entière pour sauver une seule personne ? Soyons raisonnables, quoi !

– OK, Mike, je vais être raisonnable. Je vais conclure un marché avec vous. Vous me conduisez auprès de Mogart et une fois que tout sera terminé, je vous donnerai l'Épée.

Il me dévisagea, en continuant à mastiquer son chewing-gum, plus lentement.

– C'est bien pour ça que vous êtes là, non ? ajoutai-je. Donnez-moi Mogart et elle est à vous.

Mike semblait réfléchir.

– Qu'est-ce qui me dit que tu vas pas me doubler ?

– Rien. Mais comme me l'a expliqué Mogart, vous n'avez pas le choix.

Je reculai d'un pas, en gardant l'Épée pointée sur son cou.

– Donnez-moi votre arme.

Il glissa la main dans la poche de son coupe-vent et sortit le pistolet en le tenant au bout de son doigt recourbé. Je le pris et le fourrai dans ma poche.

– Autre chose ? demanda-t-il.

On aurait dit qu'il se retenait pour ne pas éclater de rire.

– Non, dis-je. (Puis une pensée me vint.) Si. OPIPE, ça veut dire quoi ?

– Olibrius qui Pourchassent Inutilement des Personnes Extraordinaires. (Il rit malgré lui, sans cesser de mastiquer.) Ça te va ? On a fini ?

– Juste une dernière chose, ajoutai-je en tendant la main. Donnez-moi votre chewing-gum.

Il faillit éclater de rire encore une fois, mais il vit que je ne plaisantais pas. Alors, il ôta son chewing-gum de sa bouche et le laissa tomber dans ma paume. A partir de ce moment-là, la moitié de sa personnalité s'évapora. Je lançai le chewing-gum dans un coin sombre.

Mike se dirigea sur sa gauche et je le suivis en longeant le fond de la caverne dont les parois étaient lisses et légèrement concaves. Soudain, Mike s'arrêta devant une fissure. De la largeur d'une personne, à peine, elle allait du sol à la voûte.

– Passez devant, dis-je.

Lorsqu'on se faufila dans la faille, le grondement de la mer s'atténua, pour céder la place à des bruits de ruissellements et aux gémissements de Merlin. Le sol accidenté, jonché de pierres, descendait en pente douce. Le boyau tournait à droite, puis à gauche, avant de plonger de manière brutale et je dus prendre appui contre la paroi déchiquetée avec ma main libre pour conserver mon équilibre. On continua à descendre lentement. Les pierres qui roulaient sous nos pieds et des saillies rocheuses, tranchantes comme des lames de couteau, ralentissaient notre progression.

Petit à petit, les parois s'écartèrent et le sol devint plus plat, plus lisse. Un cercle de lumière brillait au loin. Alors qu'on se trouvait à une centaine de mètres de cette ouverture lumineuse, Mike se retourna vers moi et me glissa, d'un ton pressant :

– Al, faut que tu me redonnes mon flingue.

– Pourquoi ?

– Il va croire que je l'ai trahi. Tu as vu ce qu'il fait aux gens qui le trahissent.

Je réfléchis.

– OK, dis-je.

Je sortis le pistolet de ma poche et lui assénai un coup de crosse sur la tête, de toutes mes forces.

Il s'écroula. Je remis l'arme dans ma poche, enjambai Mike et parcourus les derniers mètres qui me séparaient du but, seul.

Je me retrouvai à l'entrée d'une immense caverne dont les parois et la voûte se perdaient dans les profondeurs des ombres arquées. Le sol était aussi lisse et sombre qu'un lac gelé. Mes pas résonnaient contre les parois invisibles, tandis que j'avançais prudemment. Il n'y avait pas d'autre bruit, et pas âme qui vive. Je marchais en tenant l'Épée devant moi, en me disant qu'il y avait peut-être un autre passage, et que j'avais assommé Mike prématurément. Mais soudain, j'entendis la voix de Mogart. Elle semblait provenir de partout et de nulle part.

– Monsieur Kropp ! Vous ne cesserez donc jamais de m'étonner.

Je m'arrêtai net. Lentement, je sortis le pistolet de ma poche et le tins dans ma main gauche, pour me rassurer plus qu'autre chose.

– Être arrivé jusqu'ici, avec si peu d'expérience et encore moins d'intelligence... Je vous félicite, monsieur.

– Où est Natalia ?

Ma voix me paraissait toute fluette, comme une voix d'enfant.

– Ici.

La voix de Mogart avait jailli tout près de mon oreille. Je me retournai vivement et les vis marcher vers moi tous les deux. Natalia avançait devant Mogart, qui la tenait par la nuque avec sa main gauche. Dans la droite, il tenait un poignard effilé.

Ils s'arrêtèrent à six ou sept mètres de moi. Mogart souriait.

– Je me réjouis de voir que vous vous êtes occupé de M. Arnold, dit-il avec un petit mouvement de tête en direction du pistolet. Je n'ai jamais aimé cet individu.

Les yeux de Natalia étaient secs, mais très rouges ; elle avait dû pleurer. Ses cheveux auburn étaient tout emmêlés et on apercevait un gros bleu sur son front.

– Je suis désolé, lui dis-je. Tout va bien ?

Elle hocha la tête et regarda Mogart.

– J'ai apporté l'Épée, monsieur Mogart. Lâchez Natalia.

– Le pistolet, d'abord. Il ne vous sert pas à grand-chose, monsieur Kropp, et vous pourriez commettre une terrible bévue. Vous risquez d'atteindre la mauvaise personne.

Je réfléchis. Si je refusais, il était capable de poignarder Natalia avant que j'aie le temps de tirer. De plus, je manquerais certainement ma cible. Mais j'avais toujours l'Épée et Mogart savait que s'il tuait Natalia, je n'aurais plus aucune raison de le laisser vivre. En même temps, je m'en ficherais qu'il soit mort, si Natalia était morte aussi.

Je lançai le pistolet qui glissa sur le sol lisse et disparut dans l'obscurité.

– Parfait, commenta Mogart. Maintenant, l'Épée, je vous prie.

– Lâchez-la d'abord.

Il s'esclaffa.

– Oh, oh, comme on est culotté maintenant ! Mais le culot, monsieur Kropp, ne peut jamais remplacer l'intelligence.

La pointe du poignard appuya contre le flanc de Natalia. Elle ouvrit de grands yeux et hurla :

– Kropp !

– Décidez-vous, Alfred Kropp. Lancez l'Épée ou préparez-vous à la regarder mourir.

Natalia n'était qu'une personne et, comme l'avait souligné Mike, que valait le sort d'une personne quand le destin du monde était en jeu ? Si je refusais de donner l'Épée à Mogart, il tuerait Natalia. Si je la lui donnais, il la tuerait quand même, très certainement, et mon serment sacré, le seul serment que j'aie jamais fait, serait brisé.

Je savais que, quelle que soit ma décision, ce serait forcément la mauvaise, comme toutes celles que j'avais prises depuis le début de cette histoire. Je n'arrêtais pas de me planter. Peut-être que pour remédier au problème, je devrais faire un choix… et faire le contraire ensuite.

En observant Mogart, je découvris une cruelle vérité : il n'était pas mon pire ennemi. Mon pire ennemi, c'était ce looser de quinze ans, sans domicile, qui tenait l'Épée des Rois.

– Décidez-vous, monsieur Kropp, dit Mogart.

Je me décidai.

Je lançai l'Épée dans sa direction. Elle retomba bruyamment sur le sol en pierre, à mi-chemin entre nous deux. Je m'attendais à ce qu'il jette Natalia à terre pour se précipiter vers l'Épée, mais il ne bougea pas. Il ne regardait même pas Excalibur, c'était moi qu'il regardait et je sentis mon estomac se serrer, comme dans l'appartement d'oncle Farrell juste avant que Mogart lui plante l'Épée dans le corps.

– Non, monsieur Mogart ! suppliai-je. Vous n'avez pas besoin de faire ça. Ne lui faites pas de mal, par pitié.

– Allons, monsieur Kropp. Après tout ce qui s'est passé, vous n'avez donc rien appris ?

Sur ce, il plongea la lame du poignard dans le corps de Natalia.

CHAPITRE
49

Elle tomba en silence. L'espace d'un court instant, je demeurai pétrifié, avant de me jeter sur l'Épée, mais trop tard. Mogart plongea dessus le premier, puis roula sur le côté au moment où je bondissais vers lui.

Je me relevai péniblement et tirai l'épée noire de ma ceinture, avec l'intention de la faire passer dans ma main droite ; hélas, Mogart était déjà sur moi et l'Épée des Rois s'abattit en direction de ma tête dans un sifflement.

Je soulevai mon arme juste à temps pour contrer l'attaque et je poussai un hurlement lorsque Excalibur heurta la lame avec un bruit retentissant. Le choc faillit me briser le poignet. Je reculai, tout en exécutant des moulinets avec mon épée, tandis que Mogart, de manière presque décontractée, me portait des bottes. Il souriait, comme s'il prenait du bon temps, et il disait des choses du genre : « Bravo, monsieur Kropp ! Excellent ! Jolie parade ! Sur la pointe des pieds, sautillez sur place et gardez votre épée levée ! »

Il continuait d'avancer et moi, je continuais de reculer. Il attaquait à droite, puis à gauche, puis de nouveau à droite, très vite, et finalement, je contrai un coup d'une telle violence que mon bras fut emporté et j'entendis craquer l'articulation de mon épaule.

Avec sa main libre, il saisit mon poignet, celui qui tenait l'épée. L'étau de ses doigts était glacé. Je sentis la pointe d'Excalibur appuyer sous mon menton. Mogart approcha son visage du mien et me souffla :

– Il y a une chose qui m'intrigue à votre sujet, Alfred Kropp. Pourquoi vous entêtez-vous ? Je tue votre oncle et vous vous joignez à Bennacio. Je tue Bennacio et vous décidez d'agir seul. Je tue Natalia et vous continuez à vous battre. Alors, expliquez-moi, mon garçon. Pourquoi vous entêtez-vous ?

– Je… j'ai fait un serment… bredouillai-je.

Il pencha la tête sur le côté et ses yeux pétillèrent lorsqu'il se remit à sourire.

– Un serment ! Alfred Kropp a fait un serment ! (Il lâcha un rire sardonique.) Au seigneur Bennacio, je suppose.

– Non, dis-je. Au Ciel.

Et je lui décochai un coup de genou dans le bas-ventre, de toutes mes forces. Je libérai mon bras et reculai prestement, tandis que Mogart s'écroulait sur le sol de pierre. C'était le moment ! Vas-y, Kropp, pendant qu'il est à terre. Tue-le avec ton épée ! Mais quelque chose m'en empêchait. Au lieu de le trucider, je restai planté là, le souffle coupé, à attendre qu'il se relève.

– L'Épée ne vous appartient pas, monsieur Mogart. Vous ne comprenez pas ça ? Elle n'appartient à personne.

Mogart se releva, le visage déformé par la douleur et autre chose, pas véritablement de la colère, plutôt un mélange de colère et de tristesse, comme un petit garçon boudeur à qui on refuse sa gourmandise préférée.

– Qui êtes-vous ? demanda-t-il d'une voix entrecoupée. Qui êtes-vous, Alfred Kropp ? Comment se fait-il que je vous retrouve toujours sur ma route, telle une grosse pierre qui me bloque le passage ?

A chaque question, il avançait d'un pas vers moi. Et moi, je reculais d'autant.

– Pourquoi Bennacio est-il venu vous trouver après la mort de Samson ? (Un pas en avant.) Pourquoi vous a-t-il amené ici ? (Un pas en avant.) Pourquoi vous a-t-il fait prêter serment ? (Un pas en avant.) *Qui êtes-vous, Alfred Kropp ?*

– Je suis le fils de Bernard Samson, le descendant de Lancelot.

Il se figea. On aurait dit que je l'avais giflé. Soudain, la douleur et la tristesse abandonnèrent son visage, ne laissant place qu'à l'expression de la colère.

Il se jeta sur moi en poussant un horrible rugissement. Je levai mon épée à la lame noire, juste à temps pour contrer la trajectoire descendante d'Excalibur. Le choc déclencha un bourdonnement douloureux dans mes oreilles. La rage faisait briller les yeux de Mogart qui multipliait les attaques, avec une telle vitesse qu'Excalibur n'était plus qu'une tache floue argentée.

Je continuais à reculer, jusqu'à ce que je finisse par heurter la paroi de la caverne derrière moi. Je n'avais plus que deux options : me battre ou renoncer et mourir.

Je me déplaçais à l'instinct, en tenant mon arme à deux mains, tandis que Mogart continuait son ballet meurtrier. Les lames de nos épées s'entrechoquaient dans d'effroyables grincements. Je sentais les dents tranchantes de la roche me mordiller le dos à travers la cape.

Je hurlai le nom de Bennacio, à pleins poumons. Cela ne fit que décupler la colère de Mogart, qui me décocha un grand direct du gauche dans l'épaule. Sous le choc, je laissai échapper mon épée, qui rebondit bruyamment sur le sol.

Mogart appuya son avant-bras sur mon cou, et tandis que je tentais de respirer malgré la pression, je compris que le combat était terminé.

– Le fils de Samson ! me cracha-t-il au visage.

Je sentis la pointe de la lame d'Excalibur appuyer sur mon ventre, traverser le tissu de la cape et déchirer la chemise en dessous.

– Le descendant de Lancelot ! La cause de mon exil ! La boucle est bouclée, Alfred Kropp !

– Je vous en supplie, murmurai-je. Je vous en supplie, monsieur Mogart…

Je ne savais pas trop ce que je le suppliais de faire. Ou de ne pas faire.

– Le noble Bennacio vous a-t-il raconté comment votre père avait trouvé la mort ? Quelqu'un vous a expliqué, Alfred Kropp, comment papa était mort ?

Je sentis la pointe de l'Épée entailler ma peau et la chaleur écœurante de mon propre sang couler sur mon ventre.

– Par pitié… Par pitié…

– Je l'ai torturé. Je lui ai tailladé le corps, jusqu'à ce que, à genoux, il me supplie de l'achever, de mettre fin à sa misérable vie. Comme vous me suppliez maintenant.

Une secousse agita son bras. La lame s'enfonça un peu plus dans mon corps, d'une dizaine de centimètres, et le goût du sang se répandit dans ma bouche.

– Et quand il n'a plus eu assez de souffle pour me supplier, j'ai tranché sa misérable tête.

Son bras droit plongea de nouveau, avec brutalité. J'avais la bouche pleine de sang maintenant.

Son visage s'effaçait et sa voix s'éloignait.

– Ensuite, reprit-il, j'ai ramassé la tête de Bernard Samson et je l'ai plantée sur une pique. Je l'ai placée à l'entrée de mon donjon, pour que la charogne se régale, pour que les corbeaux se délectent de ses yeux et de sa langue. Vous voyez donc que la boucle est bouclée, monsieur Kropp. Le moment est venu de nous dire adieu. Le moment est venu pour vous de rejoindre votre père.

Sur ce, il enfonça l'Épée dans mon corps, jusqu'à la garde, et j'entendis la cape se déchirer lorsque la pointe d'acier me transperça le dos et se planta dans la paroi rocheuse derrière, aussi facilement que si c'était du sable.

Mogart lâcha l'Épée et recula. Il avait retrouvé le sourire.

– Maintenant, dit-il, *mourez*, Alfred Kropp.

Je ne le saurai jamais, mais je crois qu'au moment où il prononça ce mot, je mourus.

CHAPITRE
50

Je vis des choses après ma mort.

Au début, je flottais près de la voûte de la caverne et je me voyais en dessous, cloué à la paroi. Mogart tenait à deux mains la poignée de l'Épée et il tirait de toutes ses forces, le visage déformé par l'effort. Ses rugissements de rage et de frustration se répercutaient contre les murs de la caverne.

Il avait beau tirer et tirer encore, il n'arrivait pas à ôter l'Épée de la pierre.

Il recula en titubant, se retourna et avisa le long poignard qu'il avait laissé tomber quand il s'était jeté sur l'Épée. Sans doute avait-il l'intention de **me** découper autour d'Excalibur, car il est difficile de prendre appui sur un corps, c'est trop mou. Cette image s'effaça.

Le silence s'installa, puis j'entendis le murmure du vent dans les feuilles.

Soudain, j'étais assis au chevet de ma mère à l'hôpital, et elle me disait : « *Fais-la disparaître. Je t'en supplie, fais disparaître la douleur.* »

Comme je ne pouvais pas agir, je détournai la tête et découvris oncle Farrell, sur le canapé, l'Épée plantée dans le ventre. Devant mes yeux, il la retira et me la tendit. « *Prends-la, Al. Emporte-la.* »

Je tournai le dos à oncle Farrell ; Bernard Samson, mon père, était là, à mes côtés, et il disait : « *Ils appartiennent à un ordre ancien et secret, ils sont liés par un serment sacré, celui de protéger l'Épée jusqu'à ce que son maître vienne la réclamer.* »

Je me retournai de nouveau et aperçus Bennacio. Je nous entendis parler, mais c'était plus comme si je me souvenais d'une de nos discussions.

Qui est le maître si Arthur est mort ?

Le maître est celui qui réclame l'Épée.

Et c'est qui ?

Le maître de l'Épée.

Puis Bennacio s'en alla et je fus triste de le voir partir, car je crois que c'était lui qui me manquait le plus.

Je vis ensuite la Dame en Blanc, assise sous l'if. Je ne sentais aucun souffle de vent et pourtant ses longs cheveux bruns flottaient dans son dos et les plis de sa robe blanche ondulaient comme des vagues.

Elle ne me regarda pas lorsque je m'arrêtai sous l'arbre à côté d'elle. Ses joues étaient mouillées.

– Suis-je mort ? demandai-je.

– Est-ce ce que tu souhaites ?

– Oui, je crois. Je suis affreusement fatigué.

Plus que tout, j'avais envie de m'allonger en posant ma tête sur ses genoux et de sentir sa main caresser mon front.

Une larme roula sur sa joue et je dis :

– Non, ne pleurez pas. C'est pas comme si je n'avais pas essayé. Dès le début, j'ai fait ce qu'on m'a demandé. Oncle Farrell m'a demandé de l'aider à s'emparer de l'Épée, je l'ai fait. Bennacio m'a demandé de l'aider à la récupérer, je l'ai fait. Mogart m'a demandé de la lui apporter, je l'ai fait. Mais chaque fois que j'ai fait ce qu'on me demandait, quelqu'un a été tué. Oncle Farrell, Bennacio et maintenant, Natalia. Vous voyez, Madame, il ne reste plus personne. Plus personne à aider, et plus personne à faire mourir. Je n'ai aucune raison de retourner là-bas.

Je détournai le regard car je ne supportais pas de la voir pleurer. Elle était toujours là, mais je ne la voyais plus. En revanche, je voyais le souvenir que j'avais gardé d'elle, le souvenir de l'if, des herbes hautes et des éclats scintillants, semblables à des dents, sur le monticule de scories en contrebas. Et, au-dessus de ma tête, les papillons.

Le moment est venu. Tu te souviens maintenant, Alfred Kropp, de ce qui a été oublié ?

Et puis, il n'y eut plus rien. Même l'obscurité n'était pas noire car j'avais perdu le souvenir du noir. Aucune lumière, aucun bruit, aucune sensation, aucun souvenir… Même *moi*, je n'étais plus là. Alfred Kropp n'existait plus.

Et quand tout ce qui restait de moi eut disparu, je me souvins de ce que j'avais oublié.

Je tendis la main vers l'if et ôtai l'épingle argentée plantée dans le corps d'un papillon. Libéré, il s'envola aussitôt, noir, rouge et doré sur le fond bleu du ciel, s'élevant de plus en plus haut, pour finalement disparaître.

L'obscurité revint, mais cette fois, c'était parce que j'avais les yeux fermés.

Alors, je les rouvris.

J'étais revenu dans la caverne de Merlin et l'Épée des Rois dépassait de mon ventre.

Je sus à cet instant, je sus enfin qui était le maître de l'Épée.

CHAPITRE
51

Mogart avança vers moi en brandissant le long poignard noir, mais il s'arrêta en entendant le son de ma voix.

– Le maître… murmurai-je, le souffle coupé… Le maître de l'Épée est… celui… (Je toussai et du sang coula de ma bouche, sur mon menton.) Celui… qui la réclame.

Je levai les mains et refermai les doigts sur la poignée. Dans mon dos, le métal racla contre la pierre lorsque j'extirpai l'Épée de mon corps. Mogart avait ouvert la bouche, pour hurler ou dire quelque chose, je ne sais pas, et je ne le saurai jamais car je m'étais libéré de l'Épée – ou elle s'était libérée de moi – et, enfin libre, je fis décrire un immense arc de cercle à Excalibur, en voyant mon propre sang jaillir de la lame, et je tranchai l'infâme tête de Mogart !

Je m'écroulai sur le sol en pierre glacé. Je savais que j'allais peut-être mourir de nouveau, mais j'étais déjà mort une fois et ça ne m'inquiétait plus. Du moment que je pouvais finir ce que j'avais entrepris.

Je rampai en direction de Natalia, mais mes bras se dérobèrent sous moi et je m'écrasai à plat ventre. Je lâchai l'Épée car j'avais besoin de mes deux mains pour me redresser.

Une faible lueur blanche enveloppait Natalia et à travers mes larmes, à cause d'un effet de lumière sans doute, je crus voir une ombre planer au-dessus d'elle et des ailes.

J'avais la tête qui tournait et des étoiles noires jaillissaient devant mes yeux. Jamais je n'arriverais à temps, mais je me disais que je pouvais parcourir encore quelques centimètres. Allez, encore un centimètre ou deux, Kropp. Encore un centimètre. Et après, encore un autre.

Mes dents claquaient, j'étais frigorifié ; je ne me souvenais pas d'avoir eu aussi froid. La douce lueur qui entourait Natalia me brûlait les yeux quand je la regardais, alors je les fermai et je sentis une sorte de chaleur m'envelopper, comme si quelqu'un m'avait enroulé dans une couverture.

J'entendis un bruit de cataractes et je pensai à un grand fleuve courant vers la mer. Des centaines d'années, des milliers, des siècles entiers s'écoulèrent et je ne savais toujours pas si j'étais plus près du but, ou bien très loin.

Soudain, je sentis une odeur de pêche.

J'ouvris les yeux et découvris le visage de la plus belle fille que j'aie jamais vue.

Je lui murmurai à l'oreille :

– Au nom des pouvoirs de l'Épée, Natalia… au nom de l'archange Michel…

Je plongeai mes doigts dans ma plaie au ventre et je répandis mon sang sur son flanc, là où Mogart l'avait poignardée.

Je badigeonnai sa blessure avec mon sang, en lui murmurant :

– Tu vois, je me suis souvenu. Je me suis souvenu de ce que j'avais oublié. J'ai failli rester mort, tellement j'étais fatigué, mais je me suis souvenu de ce que j'avais oublié : *le pouvoir de guérir ainsi que celui de détruire…* Alors,

relève-toi, Natalia, relève-toi car c'est moi le maître maintenant et tu dois m'obéir.

Je lissai ses cheveux et caressai son front avec mon
autre main.

– Vis, lui dis-je. Vis.

Après ce qui me parut être une éternité, elle ouvrit les
yeux et inspira une grande bouffée d'air. Je sus que je
l'avais sauvée.

Je suppose qu'après tout ça, j'aurais dû me vider de mon sang et mourir à côté de Natalia, mais Mike arriva et nous découvrit à l'intérieur de la caverne. Très vite, on nous disposa sur des civières et des hommes nous transportèrent au sommet de la falaise en remontant le chemin. Là, un hélicoptère nous attendait. On nous conduisit dans un hôpital de Londres.

Après quelques semaines, je pus enfin me redresser dans mon lit et manger des aliments solides, même si la nourriture à l'hôpital n'est jamais très bonne, et comme on se trouvait en Angleterre, c'était carrément dégueu.

On me fit subir deux opérations pour me retirer une partie de l'intestin et me rafistoler le poumon gauche, que Mogart avec perforé avec son dernier coup d'épée. Quinze jours plus tard, je pouvais marcher, et parfois, Natalia faisait quelques pas avec moi dans le couloir. On ne parlait pas beaucoup au cours de ces promenades, mais elle me remercia de lui avoir sauvé la vie. Une fois, je lui demandai si elle croyait aux anges.

— Quand j'étais petite, je croyais que j'avais un ange gardien.

— Ça ne compte pas, dis-je. Les enfants croient au Père

Noël aussi. Ton père disait que les anges existaient, qu'on y croie ou pas.

Elle détourna le regard. Je m'en voulais d'avoir parlé de son père, je me serais foutu un coup de pied ! Pour une fois qu'elle s'adressait à moi comme si j'étais presque une personne normale.

— Je suppose que ce serait trop dur pour toi de me pardonner, dis-je.

— Tu aurais dû me laisser mourir, dit-elle. Il n'y aurait plus de problème. Pourquoi tu ne m'as pas laissée mourir ?

Elle se mit à pleurer.

Je m'étais excusé, mais à ses yeux cela ne faisait qu'aggraver les choses. Je commençais à croire que je possédais ce don particulier : aggraver les choses. Je voulus lui prendre la main pendant qu'elle pleurait, mais elle me tourna le dos. Je pouvais lui sauver la vie, mais pas réparer son cœur brisé.

Après le départ de Natalia, je me sentis vraiment mal ; encore plus mal que depuis le début de toute cette histoire avec l'Épée. Vous pourriez penser que l'idée d'avoir sauvé six milliards de vies me mettrait du baume au cœur, eh bien non. J'étais capable de sauver le monde, mais ça ne ferait pas revenir oncle Farrell. Ça ne ferait pas revenir mon père.

Ni Bennacio. Je ne cessais de revoir sa mort : la manière dont il avait écarté les bras pour laisser Mogart le transpercer. Pourquoi n'avait-il pas lutté ? Il aurait pu bondir et plaquer son adversaire aux genoux. Pourquoi avait-il renoncé ? Était-ce compatible avec son précieux serment ? Je lui en voulais. S'il n'avait pas abandonné le combat, je ne me serais pas retrouvé avec l'Épée sur les bras, je serais vivant, et Natalia n'aurait pas le cœur brisé.

Une ombre traversa la chambre, mais je n'y fis pas

298

attention. J'avais envie que tout disparaisse : l'hôpital, Londres, mes souvenirs, moi.

L'ombre se rapprocha et je l'entendis demander à voix basse :

– Pourquoi pleures-tu, Alfred ?

– Ça marche avec tout le monde, sauf avec moi, Natalia. Je peux guérir tout le monde, mais pas moi.

Elle s'était assise sur la chaise en bois à côté du lit. Elle portait une longue cape rouge par-dessus une robe grise avec un col haut, et ses boucles d'oreilles étaient deux gros diamants de la taille d'une olive. Ses cheveux blond roux flottaient librement sur ses épaules. Ainsi, elle ressemblait à une princesse médiévale, à la fois belle et terrifiante. En la voyant habillée de cette façon, je compris qu'elle s'en allait.

– Tu oublies quelque chose, dit-elle.

– Je ne peux rien oublier, répondis-je. C'est bien ça, le problème.

– Tu oublies que tu as sauvé le monde.

Je ne dis rien. Je me demandais pourquoi elle était revenue, mais en même temps, je savais pourquoi, même si je n'arrivais pas à le formuler avec des mots.

C'est elle qui le dit :

– Je m'en vais, Alfred.

– Quand ?

– Ce soir.

– Ne pars pas.

– Il le faut.

Elle inspira profondément, droite comme un i sur sa chaise.

– Mais avant de partir, ajouta-t-elle, je voulais rendre hommage au maître.

– Je suis le maître de rien du tout, dis-je.

– Alfred, dit-elle à voix basse. Comme mon père, j'ai

attendu longtemps ta venue. Mon père me racontait les histoires de notre ancêtre Bedivere qui avait trahi le roi en refusant de rendre l'Épée à l'eau d'où elle était sortie, comme il en avait reçu ordre. Je passais des heures à imaginer à quoi pouvait ressembler le maître. Grand, beau, courageux, honnête, chaste, modeste, le chevalier par excellence… Bref, tout ce que mon père était à mes yeux.

Elle me regarda de biais : de toute évidence, je ne ressemblais pas au maître de l'Épée tel qu'elle l'imaginait.

– En fait, reprit-elle, quand j'étais encore toute jeune, j'ai dit à mon père que ce pourrait être *lui*, le maître, que son destin était peut-être de revendiquer l'Épée. Quelle jolie façon de racheter la honte de Bedivere.

– Qu'a-t-il répondu ?

– Il m'a parlé de la prophétie faite par Merlin avant de quitter le monde des humains, selon laquelle le maître ne viendrait qu'après que le dernier mâle de la lignée des Bedivere eut péri. Mon père croyait en cette prophétie, Alfred. Il y croyait parce qu'il la trouvait juste. C'était le prix que nous devions payer pour la faute de notre ancêtre, notre manière d'expier son péché.

Je revis Bennacio s'agenouillant devant Mogart, et je compris alors pourquoi il avait écarté les bras de cette façon, comme pour dire : *Je suis là. Je suis là.*

– Oh, bon sang ! Comme si je ne me sentais pas assez mal, déjà ! Qu'est-ce que je suis censé faire, hein ? Qu'est-ce que tu attends de moi, Natalia ? Je voulais juste aider mon oncle. Je ne connaissais pas mon père et je ne pouvais pas me douter que j'avais volé l'Épée des Rois pour le compte d'un chevalier noir, un agent des ténèbres ou je ne sais quoi. Comment une personne sensée pourrait croire à ces histoires ? Merlin, le roi Arthur, des épées magiques, des anges, des prophéties… Qui croit encore à tout ça de nos jours ? Je ne sais pas ce que tu attends de

moi, Natalia. Peux-tu me dire ce que je dois faire, hein ?
Il serait bon que quelqu'un me le dise, et vite, car je suis
au bout du rouleau, là.

Elle se pencha au-dessus du lit et ses cheveux cascadè-
rent sur mon visage. Elle murmura :

– Il est en paix, Alfred. Son rêve s'est accompli et il est
en paix. Sois en paix à ton tour.

Elle déposa un baiser sur mon front. Ses cheveux
étaient comme les murs d'une cathédrale autour de moi,
un sanctuaire, et elle me glissa à l'oreille :

– Sois en paix, Alfred.

CHAPITRE 53

Un après-midi, une semaine environ avant que je sorte de l'hôpital, la porte de ma chambre s'ouvrit et un type en costume sombre entra. Grand, le dos voûté, avec une tête de chien battu et de très longs lobes d'oreilles, il me faisait penser à un basset. Il referma la porte derrière lui, tandis que je me redressais dans mon lit, en pensant : « Quoi, encore ? »

Il ne dit pas un mot ; il me regarda à peine. Il traversa la chambre pour aller jeter un coup d'œil entre les rideaux, puis il alla inspecter le cabinet de toilette. Après cela, il retourna ouvrir la porte de la chambre et s'adressa à voix basse à une personne qui se trouvait dans le couloir. Il recula et une femme entra à son tour, vêtue d'un tailleur-pantalon à fines rayures, avec des chaussures à talons hauts, noires et brillantes, qui claquaient sur le linoléum. Ses cheveux d'un blond éclatant étaient ramassés sur le dessus de sa tête en un petit chignon serré. Elle tenait sous le bras un objet enveloppé de satin blanc.

– Abigail ? fis-je.

– Alfred. (Elle sourit et je fus impressionné par l'excellent état de ses dents.) Comme c'est gentil de vous souvenir de moi.

Elle confia son paquet à l'homme à la tête de basset et s'assit sur le lit à côté de moi.

– Comment vous sentez-vous ? me demanda-t-elle.

– Plutôt mal. Physiquement, ça peut aller. C'est pour le reste que je m'inquiète.

– Vous avez subi de dures épreuves, Alfred.

Il s'ensuivit un silence gênant. Finalement, je lâchai :

– Je ne l'ai pas.

– Vous n'avez pas quoi ?

– Vous savez bien. Je ne l'ai pas. Et je ne sais pas où elle est, même si j'ai une petite idée.

– On peut savoir ?

Je me mordis la lèvre. Son sourire resta accroché à son visage ; ses yeux bleus brillaient.

– Vous ne me faites pas confiance, Alfred. Je ne vous en veux pas. Nous n'avons rien fait pour mériter votre confiance. De toute façon, vous n'êtes pas obligé de me le dire. Je crois que je le sais déjà. Le cadeau a été rendu à celui qui l'avait offert. (Je ne dis rien et elle baissa la voix.) Le maître réclame l'Épée, et ce faisant, il comprend que nul ne peut la posséder.

Elle semblait ravie.

– Nous avons mis cette caverne sens dessus dessous, Alfred, et nous avons dragué toute la crique. L'Épée a disparu, ce qui constitue à la fois une grande perte et un grand bienfait. Son séjour sur terre est terminé ; notre monde a perdu un objet merveilleux. Peut-être est-ce le prix à payer pour... devenir adultes.

Je la regardai fixement.

– Mais qui êtes-vous, d'abord ? demandai-je.

– Oh, je croyais que vous le saviez.

– Tout ce que je sais, c'est que vous avez trahi M. Samson et ses chevaliers, et vous avez trahi Bennacio, vous avez trahi sa fille et bien failli la faire tuer. Moi, vous m'avez fait tuer pour de bon et...

– Ce n'est pas l'OPIPE qui a trahi tous ces gens, Alfred,

c'est Mike Arnold. (Elle fit une petite grimace comme si elle avait du mal à prononcer ce nom.) Vous, plus que quiconque, êtes capable de comprendre l'effet que peut produire l'Épée sur… des esprits faibles. Mike s'est laissé séduire par Excalibur dès le début. A notre insu, il a contacté le Dragon et il lui a livré les plans de Samson pour investir son château en Espagne. Il a accepté de sacrifier Bennacio afin d'obtenir l'Épée. Il a également indiqué à Mogart où il pourrait trouver Natalia… tout cela sans qu'on le sache. Mike Arnold était ce qu'on pourrait appeler un « renégat », et il a été éliminé.

– Vous l'avez tué ?

Abigail sourit.

– Il ne fait plus partie de la Compagnie.

– La Compagnie, répétai-je. C'est quoi, la Compagnie ? C'est quoi, l'OPIPE, et pourquoi elle s'intéresse tant à l'Épée ?

– C'est son rôle.

Je la dévisageai un instant, puis je dis, car j'avais appris certaines choses en chemin :

– C'est ma faute : je vous ai posé deux questions, ça vous a permis de choisir celle à laquelle vous vouliez répondre.

Elle émit ce petit rire perlé qu'on associe généralement aux gens cultivés ou originaires d'Angleterre.

– Notre organisation se consacre à la recherche et à la préservation des grands mystères du monde, expliqua-t-elle.

– Ah oui ? Et moi, depuis le début, je vous prends pour une bande d'espions ultrasecrets qui s'amusent à tuer tous ceux qu'ils n'aiment pas.

– Nous ne sommes pas des espions, Alfred. Pas dans le sens où vous l'entendez. Nous sommes clandestins, en effet, car peu de gens connaissent notre existence, et nous possédons certaines… technologies qui ne sont pas encore reconnues officiellement, mais nous sommes plus souvent équipés de stylos et d'ordinateurs portables que de gilets pare-balles et d'armes à feu. L'OPIPE possède plus de savants, d'historiens et de théoriciens que d'agents de terrain comme Mike Arnold. Par exemple, le chef de mon département est docteur en thaumatologie. Et moi, je possède un doctorat en eschatologie.

– C'est quoi, ça ? demandai-je.

Abigail devenait très « bennacienne » : plus elle m'expliquait, moins je comprenais.

– L'eschatologie, c'est l'étude des fins dernières : la mort, l'au-delà, la fin du monde.

– Oh ! Pigé.

– Et la thaumatologie, c'est l'étude des miracles. Alors, vous voyez, il était normal que Samson fasse appel à nous quand l'Épée a disparu.

Elle fit un geste en direction du grand type avec sa tête de basset et ses grosses paluches, et celui-ci lui apporta l'objet enveloppé de satin blanc. Abigail le déposa sur mes genoux.

– C'est quoi ? demandai-je.

Mais j'avais déjà deviné avant même de poser la question. Je tirai sur un coin de l'étoffe et l'épée noire apparut.

– L'épée de Bennacio, dit-elle. Nous l'avons récupérée à Stonehenge et nous avons pensé que ça vous ferait plaisir de l'avoir.

Je regardai fixement l'épée.

– Merci, murmurai-je.

– Une dernière chose avant que je parte, Alfred. Je dois dire que la Compagnie a été très impressionnée.

– Impressionnée par quoi ?

– Par vous. C'est tout bonnement extraordinaire.

– Quoi donc ?

– Non seulement vous avez survécu à cette épreuve, mais en plus, vous avez réussi ce que nous, avec toutes les ressources dont nous disposons, nous n'avons pas pu faire.

– Bah, fis-je. Tout ça, c'était plus ou moins ma faute au départ. Alors, je me suis dit que je devais me racheter.

– Ne soyez pas aussi dur avec vous-même. Vous êtes encore très jeune. Vous ignorez combien c'est rare.

– La jeunesse ?

– Non. De faire le bon choix. Et pas seulement. De comprendre aussi ce qu'est le bon choix.

– Oh ! C'est sûr, répondis-je, même si je n'étais pas certain de voir où elle voulait en venir, ni pourquoi nous avions cette discussion philosophique.

– Nous garderons l'œil sur vous, Alfred Kropp.

– Ah ?

Ce n'était pas rassurant.

– Nous nous intéressons à votre… développement.

Un frisson me parcourut l'échine.

– Écoutez, Abby… Abigail… madame… Je n'ai aucune envie de me retrouver mêlé à une autre histoire de ce genre, alors si vous avez peur que…

Elle leva la main pour me faire taire.

– Nous n'avons absolument pas peur. En fait, je voulais juste vous donner ceci, au cas où vous auriez envie d'en savoir plus sur la Compagnie. Nous sommes toujours en quête de nouveaux talents… dans le domaine de l'extra-ordinaire.

Elle laissa tomber une carte de visite sur mes genoux, se leva du lit, fit un signe de tête au basset près de la porte et me laissa seul. Je pris la carte et la lus :

OFFICE DES PARADOXES INTERDIMENSIONNELS
&
DES PHÉNOMÈNES EXTRAORDINAIRES
(OPIPE)

Abigail Smith, docteur en médecine,
docteur en droit, MBA
Agent Spécial
Division des opérations

Washington – Londres – Paris – Tokyo
Bruxelles – Rome – Moscou – Sydney

CHAPITRE
54

Ma famille d'accueil, les Tuttle, arriva à Londres le lendemain pour me ramener en Amérique. J'ignorais qu'ils allaient venir. Je les vis tout à coup débarquer dans la chambre, et Horace Tuttle s'écria :

– Alfred Kropp, espèce d'enquiquineur à tête de citrouille ! Qu'est-ce que tu fabriques ici, à Londres, en Angleterre ?

– Si jamais tu fugues encore de cette façon, on sera obligés de se séparer de toi, Alfred, ajouta Betty Tuttle avec des larmes dans les yeux.

– D'ailleurs, il se pourrait qu'on s'en sépare quand même, renchérit Horace. Va falloir t'expliquer, mon gars !

– En fait, dis-je. J'ai sauvé le monde d'une destruction complète.

– Oui, c'est ça ! Et moi, je suis Tarzan, le seigneur de la jungle !

– Allons, Horace, dit Betty. Tu sais ce que nous a dit l'assistante sociale : Alfred est *un jeune garçon à problèmes.*

– On a tous des problèmes, grommela Horace.

– Je suis certaine qu'Alfred est bien décidé à retourner à l'école et à tenir son rôle de bon citoyen en contribuant à la vie de la communauté. (Betty me tapota le bras.) N'est-ce pas ?

– Exact, répondis-je.

– J'ai pas traversé l'Atlantique et je suis pas venu dans ce pays paumé pour bavarder, dit Horace. Où sont tes affaires, Alfred ? On fiche le camp !

– Je n'ai pas d'affaires, dis-je. À part ça.

Je leur montrai l'épée noire de Bennacio. Horace voulut me la prendre, mais je lui dis de ne pas y toucher ; la lame était tranchante. Surtout, l'idée qu'Horace Tuttle puisse poser la main sur l'épée du dernier chevalier de l'Ordre de l'Épée Sacrée me soulevait l'estomac.

– On passera jamais la douane avec ça, commenta-t-il.

– Dans ce cas, je reste ici, dis-je. Je ne partirai pas sans elle.

Et je ne partis pas sans elle. Je fourrai l'épée dans le sac d'Horace et quand les détecteurs de métal s'affolèrent à l'aéroport, je sortis la carte de l'agent spécial Abigail Smith. Les agents de sécurité passèrent un coup de téléphone et cinq minutes après, on franchissait la douane.

CHAPITRE 55

Voilà comment je me retrouvai à Knoxville, Tennessee, après avoir sauvé le monde et tous ses habitants, y compris les Tuttle.

Une semaine plus tard, j'étais de retour au lycée. Après l'épisode de Stonehenge, ma photo avait fait le tour du globe et j'étais devenu une sorte de célébrité. J'ignore quels coups de fil furent échangés et ce qui fut dit, mais je repris ma place comme si rien ne s'était passé. Une rumeur circulait selon laquelle j'étais un terroriste international car c'était ainsi qu'on me présentait à la télévision, mais certaines personnes ne savent pas saisir les nuances.

Dès mon premier jour, Amy Pouchard m'entraîna à l'écart après le cours de maths. Elle mastiquait rageusement un chewing-gum, ce qui me rappelait Mike Arnold, et soudain, je découvris qu'elle me plaisait moins que je ne l'avais cru.

– Tu disparais, tu fais tout sauter et maintenant, tu reviens, dit-elle.

– Je n'ai rien fait sauter, répondis-je. Par contre, j'ai tué quelqu'un.

Elle ouvrit de grands yeux.

– Allez, arrête !

– Il l'avait cherché.

– C'était un terroriste ?

– Non. Plutôt un agent des ténèbres.

– Ouah ! Trop cool !

Elle posa la main sur mon avant-bras. Sa peau était gla-
cée et je me demandai si elle avait un problème de circulation.

– Tu l'as flingué ?

– Je l'ai décapité.

Elle demeura bouche bée et j'apercevais la petite boule
verte luisante du chewing-gum entre sa langue et ses
dents.

– Kropp ! Hé, Kropp !

C'était Barry Lancaster qui se frayait un passage dans
le hall encombré pour foncer vers moi.

– Tu sors toujours avec lui ? demandai-je à Amy Pouchard.

– Plus ou moins. Pas vraiment… Il n'a jamais décapité
quelqu'un, ni rien. Tu veux mon numéro de portable ?

Barry m'avait rejoint. Il me décocha un grand coup de
poing dans l'épaule droite en s'exclamant :

– Qu'est-ce que tu fous ici, Kropp ! Tu devrais pas être
en taule ?

– En fait, dis-je, je devrais être en cours de sciences.

– Au lieu de ça, tu discutes avec ma nana. C'est pas très
malin, Kropp.

– Ce n'est pas ta nana, Barry.

– Qu'est-ce que t'en sais ?

Il me poussa de nouveau.

– Arrête de me bousculer, Barry.

– Oh ! C'est toi qui vas m'en empêcher, Kropp ?

Et il me poussa encore une fois.

Amy Pouchard intervint :

– Laisse tomber, Barry.

Un petit rassemblement s'était formé autour de nous. La cloche sonna, mais personne n'y prêta attention.

– C'est peut-être à ce moment-là, dis-je, que je devrais te prévenir que le dernier type qui m'a poussé comme ça a fini décapité.

– Arrête ton baratin, grommela Barry.

Et il se jeta sur moi.

Je ne lui laissai aucune chance. Je fis un pas sur le côté et lui assénai un uppercut magistral sur le côté de sa tête blonde au moment où il me frôlait, emporté par son élan. Il s'écroula et resta couché par terre. Sans doute que si j'avais été Barry, je lui aurais balancé un coup de pied dans les côtes. Mais je n'étais pas Barry Lancaster. J'étais Alfred Kropp, et même si je n'étais pas véritablement tenu par le code de la chevalerie, j'étais le descendant du plus grand roi de tous les temps. De plus, avoir déjà été mort une fois vous aidait à prendre du recul pour savoir quand ça valait la peine de se battre.

Je lui tendis la main.

– C'est débile, Barry. On va se faire virer tous les deux.

– Ton coup de poing, c'était du bol !

Il repoussa ma main d'un geste brusque.

– C'est peu probable, répondis-je. Je n'ai jamais eu beaucoup de chance.

Je l'aidai à se relever.

– Espèce de monstre ! cracha-t-il.

Mais il ne me poussa pas cette fois et il n'essaya pas de me frapper. A partir de ce jour-là, plus personne ne se moqua de ma taille et ne fit d'allusions à mon Q.I. Tout le monde me ficha la paix. Même mes profs gardaient leurs distances et faisaient de gros efforts pour ne pas m'embêter. Évidemment, toute l'école fut bientôt au courant que j'avais tué quelqu'un, de mon propre aveu, et la rumeur selon laquelle j'étais un terroriste persista.

Je passai presque tous mes après-midi dans la Vieille Ville, à marcher sans but, ou bien installé au *Vieux Café d'Antan*, là où j'avais rencontré Bennacio. Je choisissais toujours le dernier tabouret au bout du bar et je sirotais des cafés au lait en regardant passer les gens derrière la grande vitre. Parfois, je sortais la carte de visite qu'Abigail Smith m'avait donnée à Londres et je la contemplais. Mais la plupart du temps, je regardais dehors, tout simplement. Et je redoutais toujours le moment où je devais rentrer chez les Tuttle.

Assis à la cafétéria, j'avais l'impression d'être près de Bennacio, qui était pour moi ce qui ressemblait le plus à un père, et parfois j'entendais sa voix dans ma tête : « *Ne te préoccupe pas tant de la culpabilité et du chagrin. Jamais une bataille n'a été remportée, jamais une grande chose n'a été accomplie en se vautrant dans la culpabilité et le chagrin.* »

Je commençais à comprendre que je n'avais pas réclamé seulement l'Épée des Rois dans la caverne de Merlin. J'avais revendiqué une chose encore plus puissante et plus effrayante.

J'avais revendiqué mon identité.

Un après-midi, alors que je venais de terminer mon café, je jetai un coup d'œil à ma montre et constatai qu'il était presque dix-huit heures. Le temps que je rentre chez les Tuttle, le dîner serait fini ; Betty en ferait tout un plat et elle me demanderait où je traînais tous les jours au lieu de rentrer à la maison et d'étudier comme un gentil garçon. Horace trépignerait et beuglerait ; les murs fins de la maison trembleraient. Après avoir mangé les restes, je me réfugierais dans la petite chambre que je partageais avec Lester et Dexter. Le lendemain matin, je retournerais à l'école. Voilà quelle était ma vie, la vie d'Alfred Kropp, descendant de Lancelot, fils de l'Ordre Sacré, maître de l'Épée des Rois et Aventurier Extraordinaire.

Je quittai la cafétéria et tournai dans Central Avenue, mais au lieu de marcher vers l'arrêt de bus, j'allai droit vers la cabine téléphonique située un peu plus loin et je composai le numéro qui figurait au dos de la carte de visite.

– Ici Alfred Kropp. Bonjour Abby… euh, Abigail… madame Smith, professeur Smith… madame, bafouillai-je. J'ai repensé à ce que vous m'avez dit. Comme quoi vous cherchiez de nouveaux talents…

RICK YANCEY est originaire de Floride où il vit aujourd'hui en compagnie de sa femme, ses trois fils, ses deux chiens et son iguane. Après des études de langue anglaise à l'université de Chicago, il décide en 2004 de se consacrer à sa passion : l'écriture. Cette passion pour les livres et plus particulièrement pour les légendes arthuriennes remonte à son plus jeune âge (il écrit son premier roman à quatorze ans !), à l'époque où il dévorait *Charlie et la chocolaterie* de Roald Dahl.

Il est déjà l'auteur de nombreuses pièces de théâtre et de deux romans pour adultes, *A Burning in Homeland* et *The Highly Effective Detective*, qui connaissent un vif succès aux États-Unis. *Les Extraordinaires Aventures d'Alfred Kropp* est son premier livre pour les adolescents.

Mise en pages : Maryline Gatepaille

Loi n°49-956 du 16 juillet 1949
sur les publications destinées à la jeunesse
ISBN : 2-07-057336-2
Numéro d'édition : 138950
Numéro d'impression : 81245
Dépôt légal : octobre 2006
Imprimé en France sur les presses
de la Société Nouvelle Firmin-Didot